녹두꽃

3

정현민 대본집
녹두꽃 3

초판 1쇄 인쇄 2019년 7월 16일
초판 1쇄 발행 2019년 7월 23일

지은이 | 정현민
펴낸이 | 金滇珉
펴낸곳 | 북로그컴퍼니
편집부 | 김옥자·김현영·김나정
디자인 | 김승은·송지애
마케팅 | 이예지
경영기획 | 김형곤
주소 | 서울시 마포구 월드컵북로1길 60(서교동), 5층
전화 | 02-738-0214
팩스 | 02-738-1030
등록 | 제2010-000174호

ISBN 979-11-90224-06-2 04810
ISBN 979-11-90224-03-1 04810(세트)

정현민 대본집

사람, 하늘이 되다

3

북로그컴퍼니

작가의 말

최종회 대본을 탈고하면 버릇처럼 하는 일이 있다.
시놉시스의 기획의도를 정독한다.
그렇게 초심과 만난다.

이번에도 부족했다.
여지가 없다.
그러나 마냥 부끄럽지는 않다.
초심은 지켰다.
작가가 지켜야 할 최소한은 지켰다.

부족한 작가의 초심을 믿고 갑오년의 신세계를 향해 나아간 〈녹두꽃〉의 모든 동지들에게 경의를 표한다. 씨제스엔터테인먼트 백창주 대표와 박진형 부대표, 명품 감독 신경수를 비롯한 제작진과 모든 출연진에게 감사드린다.

작업실의 보배들인 유진이와 노권, 자문을 맡아준 조경란 선생, 그리고 내가 가장 두려워하는 시청자인 강여사, 도윤이, 시윤이에게도 지면을 빌려 감사의 뜻을 전한다.

일러두기

1. 이 책의 편집은 정현민 작가의 드라마 대본 집필 형식을 최대한 따랐습니다.

2. 드라마 대사는 글말이 아닌 입말임을 감안하여, 한글맞춤법과 다른 부분이라 해
   도 그 표현을 살렸습니다.

3. 쉼표, 느낌표, 마침표 등과 같은 구두점도 작가의 의도를 따랐습니다. 마침표가 없
   는 것 역시 작가의 의도입니다.

4. 각주의 위치와 내용은 각 회차별 자막과 내용 흐름을 고려한 것입니다.

5. 이 책은 작가의 최종 대본으로, 방송되지 않은 부분이 포함되어 있습니다.

차례

흰옷의 백성들이 죽창을 들고 모여드니
앉으면 죽산(竹山)이요, 서면 백산(白山)이라!

전설이 된 미완의 혁명, 동학농민혁명!

1894년 조선 강토를 피로 물들인 동학농민혁명은 단순한 반란이 아니라 봉건의 한 시대를 마감하고 근대의 신새벽을 열어젖힌 전환기적 사건이었다. '사람이 곧 하늘(人乃天)'이라는 믿음으로 자유와 평등, 민족 자주가 실현되는 나라를 만들고자 했던 아래로부터의 혁명이었다.

미완(未完)의 혁명이기도 했다. 전봉준의 지휘 아래 서울로 진격하던 혁명군은 공주 우금티 전투에서 조일연합군의 막강한 화력 앞에 무릎을 꿇었다. 그러나 그들의 정신은 살아남아 3·1운동으로, 항일독립투쟁으로, 4·19로, 6월항쟁으로 면면히 이어져 왔다.

역사란 과거의 거울로 현재를 돌아보는 것이다.

열강의 침탈에 숨죽이던 조선에서 아직은 충분히 강하지 못한 지금의 조국을, 불의에 항거하여 분연히 떨쳐 일어섰던 민초들의 모습에서 어쩌면 우리가 잊고 사는지도 모를 정의의 소중함을 돌이켜보고자 한다.

다른 세상은 가능하다고 믿었던 선조들의 우렁찬 사자후!

이 드라마는 '동학' 하면 떠오르는 녹두장군 전봉준의 일대기가 아니다.

항쟁의 소용돌이에 휩쓸려 궤도를 이탈해버린 민초들의 이야기다.

혁명군과 토벌대로 갈라져 서로의 가슴에 총구를 겨눠야 하는 이복형제가 써내려가는 애증과 영욕의 드라마다. 역사에 이름 한 줄 남기지 못하고 스러져간 무명전사들, 혁명과 반혁명이 교차하는 와중에도 삶의 의지를 잃지 않았던 갑오년의 위대한 백성들에게 바치는 헌사이다.

이제 전설이 된 혁명, 동학농민혁명을 소환하고자 한다.
박제된 역사에서 체취 물씬한 휴먼 스토리로 되살아나는 항쟁의 추억!
수저계급론에 절망한 시청자의 가슴을 후련하게 해줄 도전과 전복의 판타지!
드라마... 〈녹두꽃〉이다.

• 백이강 (白利康, 남, 20대) / 자신의 과거를 향해 봉기한 동학군 별동대장

과거의 죗값을 치르고 새 세상을 열기 위해 봉기한 동학농민군 별동대장.
근성이 느껴지는 눈매와 일그러진 미소, 독이 잔뜩 오른 늦가을 독사 같은 이미지의
사내. 적의 총구를 이마에 대고도 후퇴를 모르는 직진남이다.

전라도 고부관아의 악명 높은 이방이자 만석꾼인 백가의 장남. 백가가 본처의 여종
을 범해 태어난 얼자로, 이강이란 이름 대신 '거시기'라 불렸다.

본처의 서슬에 질린 백가는 어미를 끝내 면천해주지 않았다. 언제 어미와 내쳐질지
모른다는 막연한 불안감이 유년 시절의 그를 괴롭혔다. 쫓겨나면 지천에 널린 도적떼
의 칼받이가 되거나 탐관오리의 먹잇감으로 말라죽을 터... 그런 이강에게 비빌 언덕이
되어준 사람은 뜻밖에도 이복동생 이현이었다. 그는 안방마님의 눈총에도 굴하지 않고
이강이네를 지성으로 대했다. 거시기 운운하다 이현에게 혼쭐이 난 아랫것들이 한둘이
아니었다. 기특하고 고마웠다.

백가네의 일원이 되기 위해선 밥값을 해야 했다. 백성들의 앙상한 몸에 몽둥이질을
하는 게 밥값이었고, 남의 것을 빼앗고 죄 없는 자를 가두는 게 밥값이었다. 그렇게 아
버지 백가가 짜놓은 각본대로 동생 이현은 꽃길만 밟고 갈 수 있도록, 백가네를 향한
욕받이는 내가 다 하겠다고 다짐하며 살았다.

백성의 분노가 들불처럼 타오르기 시작하던 갑오년, 이강은 갈림길 앞에 선다. 백성
들이 증오하는 '호환마마보다 더 숭악헌 백가네 거시기'로 계속 살 것인지, 아니면 전봉
준과 함께 새로운 세상을 꿈꾸며 살아볼 것인지...

마침내 그는 왼손엔 죽창, 오른손엔 흉터를 가린 가죽반장갑을 끼고, 혁명의 대열에

합류한다.

• 백이현 (白利賢, 남, 20대) / 조선의 메이지유신을 꿈꾸는 개화주의자

백가네 막내이자 본처 소생의 적자.
문명을 신봉하고 일본을 조선의 롤모델로 여기는 중인계급의 엘리트.

미소년 같은 수려한 용모, 고매한 인품과 우아한 언행...
백가네라면 치를 떠는 고부 사람들도 이현에 대해서만은 적대감을 드러내지 않았다.
스승 황석주는 그의 됨됨이를 놓고 '어두움에서 밝음이 튀어나오듯 썩은 물에서 피어
난 연꽃'이라 극찬하기도 했다.

하지만 신중함이 몸에 배어 여간해선 속내를 드러내지 않고 타인에게 곁을 주는 데
인색하다. 눈부시게 아름답지만 나비가 날아들지 않는 향기 없는 꽃... 이것이 그의 이
미지다.

자신이 누리는 모든 것이 백성들의 생살이요, 피눈물임을 일찌감치 깨달았다. 백가
가 악행을 일삼은 집 앞에 쌀섬이나 두고 오는 것으로 부끄러움과 죄책감을 씻곤 했다.
그는 백가가 제시하는 삶의 행로를 군말 없이 착실히 걸어갔다. 효심이 지극해서도, 출
세욕에 불타서도 아니었다. 부친이 벌인 악행의 박물관과도 같은 이 고부 땅을 하루 빨
리 벗어나기 위해서였다.

일본 유학 시절, 조선의 내로라하는 집안의 자제들은 물론 개화당의 거물 정객들과
어울렸다. 스산하기만 했던 그의 가슴엔 그때부터 '개화'라는 열정과 야심이 싹트기 시
작했다.

일본 유학을 마치고 돌아온 이현은 민란에 휩쓸리게 된다. 마침내 그는 책 대신 신식
소총 한 자루를 쥐고 동학농민군에 맞서게 되는데...

• 송자인 (宋慈仁, 세례명 리디아, 여, 20대) / 이문을 남기는 삶을 좇았으나, 사람을 남기는 삶을 택한 객주

개항장 일본 상인들과의 중개무역으로 급성장 중인 전주상인.
냉철한 판단력과 카리스마로 전주여각을 진두지휘하는 철의 여인이다.

전라도 보부상들의 대부, 도접장 송봉길의 무남독녀 외동딸.
차분한 언행에 우아한 자태로 얼핏 보면 명문대가의 금지옥엽이지만 흥분하면 걸쭉한 전라도 사투리에 욕지거리가 사정없이 튀어나온다.

흥정에서 셈을 익히고, 물목으로 글을 배웠다. 똑같은 물건의 값이 때와 장소에 따라 바뀌듯 세상도 변하리라 믿는다. 그녀는 다가올 신세계에서 객꾼이 아닌 주인공으로 살고 싶었다. 그녀의 야심은 전주를 넘어 조선 전체를 향한 지 오래...

호기심에 성당을 들락거렸지만 여간해선 신앙심이 생기지 않았다. 그녀에게 천주교는 그저 신문물, 신식사상일 뿐. 불란서 신부가 들려주는 나라 밖 얘기를 들으며 개화를 열망하는 신여성으로 성장했다.

그러던 어느 날, 조병갑과 이방 백가가 실시한 방곡령으로 인해 전주여각이 큰 타격을 입게 된다. 보다 못한 그녀는 갑오년 정월, 고부로 내려간다. 전봉준이 일으킨 민란의 소용돌이에 휩쓸리면서 백가네의 두 형제와 엮이게 되는데...

• 전봉준 (全琫準, 남, 40세) / 동학농민혁명을 이끈 민초의 영웅

녹두장군. 동학농민혁명을 이끈 영웅이자 시대의 고뇌를 온몸으로 껴안은 사나이. 전라도 고부군의 동학 접주.

농부처럼 억세고 다부진 체격. 늘 미소를 띠고 있지만 어딘가 위험하고 불온한 느낌을 풍긴다. 몰락한 양반의 후손으로 읍내에 약방을 내어 호구지책으로 삼고 있다. 시대를 꿰뚫는 혜안과 혁명의 결기를 가슴에 품은 희대의 이단아.

태어나서 본 것이라곤 수탈과 난리요, 들은 것이라곤 산 자의 통곡과 죽은 자의 침묵이었다. 이따위 세상은 응당 뒤집어져야 했다. '사람이 곧 하늘'이라는 인내천 사상에 후천개벽의 평등세상이 온다고 주장하는 동학은 도탄에 신음하는 백성들에게 한줄기 구원의 빛과 같았다. 그는 동학에서 혁명의 가능성을 발견했다.

부친 전창혁이 고부군수 조병갑의 전횡을 비난하다 매를 맞고 죽은 뒤, 전봉준은 타들어가는 분노를 억누르며 기회를 엿봤다. 학정에 신음해온 군민들의 원한이 하늘을 찌르는 바로 그때를!

갑오년 정월, 전봉준은 마침내 봉기의 칼을 치켜들게 되는데...

백가네 사람들

• 백가 (白哥, 남, 50대 초반)

전라도 고부관아의 이방. 본명은 백만득(白萬得).
치부의 달인, 처세의 대가, 탐욕의 화신이다.
상황에 따라 천의 얼굴로 변신하는 인물이다. 수령 앞에서는 간사하고 동류배들 앞에선 거만하며 백성에게는 한없이 포악하다.

나라에서 녹봉 한 푼 내려주지 않는 세습 아전의 아들로 태어나 가난과 멸시를 견디며 오로지 만석꾼이 되겠다는 일념으로 살았다. 부친의 대를 이어 이방이 되었을 때 세상은 이미 충분히 썩어 있었다. 그에겐 세상의 악취가 천국의 향기와도 같았다. 탐욕스러운 수령과 결탁하여 세금 착복, 뇌물 수수, 고리대금, 땅 투기 등 갖은 부정과 비리를 저지른 세월이 어언 삼십 년...

바깥에선 망종이지만 집안에서는 썩 괜찮은 가장이다.
가장 체면에 대놓고 드러내지 않을 뿐 가족 위하는 마음이 끕진하다.
아랫것들한테도 후할 땐 후한 편이다.

본처의 눈치가 보여 면천을 못 해준 유월한테는 미안함을, 얼자 거시기에겐 상당히 짠한 감정을 갖고 있다. 물론 내색은 전혀 하지 않는다.

똑소리 나는 아들 이현이가 조정에 나아가 고관대작이 되어주기를 열망한다.

곳간이 미어터지고 금고가 차고 넘쳐도 여전히 채워지지 않는 한 가지... 명예를 움켜쥐고 죽는 것이 그의 남은 소원이다.

· 채씨 (蔡氏, 여, 40대)

걸쭉한 사투리가 인상적인 백가의 정실부인. 이현과 이화의 생모.

여염집 아낙 같은 수더분한 용모지만 성깔과 고집이 대단하다.

원래는 무던하고 넉넉한 성품이었으나 남편이 자기 몸종을 범해 이강을 낳은 뒤로 마음의 문을 닫아버렸다. 배 아파 낳은 두 자녀 이현과 이화에게만 내심을 터놓는다.

· 백이화 (白利花, 여, 30대 초반)

전주에 사는 백가의 장녀.

괄괄하고 다소 이기적인 성격의 여인.

전라감영의 군교, 김당손과 혼인하여 아들 둘을 낳아 키운다.

남편의 장래를 위해 툭하면 민원을 들고 친정을 찾는다. 백가에게 달라붙어 갖은 아양을 떨어대지만 내심은 아비를 썩 좋아하지 않는다. 모친의 가슴에 대못을 박은 유월이 사건 때문이다.

유월이 모친의 몸종이던 시절을 기억하는 그녀는 유월이네를 가족으로 인정하지 않는다. 이따금 이강이와 마주칠 때면 적대감을 숨기지 않는다.

· 유월 (여, 30대)

백가네 여종.

정실부인 채씨의 몸종이었는데 겁간을 당해 이강을 낳았다.

불학무식하지만 어질고 강인한 여인.

무엇이든 참고 견디는 데 이골이 난 그녀이지만 아들 이강이 생각만 하면 금세 눈가가 촉촉해진다.

아들 생각에 설움이 북받칠 때면 오래 전 동학쟁이 방물장수가 가르쳐준 13자 주문을 읊으며 마음을 다스린다.

"시~천~주~조~화~정~~~~영~세~불~망~만~사~지~~~~"

• 남서방 (남, 50대 후반)

평생을 독신으로 살며 백가네의 집사 노릇을 해온 행랑아범.

남도 사람 특유의 해학과 구수함이 느껴지는 사내.

집안일에 손을 놓은 채씨부인을 대신하여 대소사를 도맡아 본다.

눈치가 빠르고 부지런하며 충직하다.

가족들의 신뢰를 한 몸에 받으며 백가조차 그를 형처럼 의지할 때가 있다.

동학 사람들

• 최경선 (崔景善, 남, 36세)

태인 주산리의 접주이자 '전봉준의 그림자'로 불리는 최측근.

고부민란부터 죽음의 순간까지 전봉준과 생사고락을 함께한다.

창의군 선봉장 격인 영솔장으로서 별동대를 지휘한다.

우직하고 담력이 강하며 무예에 능하다.

백성을 괴롭히던 이강이 별동대에 들어온 것을 못마땅하게 여긴다. 그러나 이강과 동고동락하면서 그의 진가를 알아보게 되고 차기 별동대장의 중책을 맡긴다.

• 해승 (海承, 남, 40대)

승려 출신의 최경선 부대원.

우락부락한 외모와 달리 부드럽고 넉넉한 인품의 소유자.
말수가 적고 사려 깊다.
태견의 달인. 기묘한 품새와 보법으로 상대의 기선을 제압한다. 무릎으로 얼굴 찍기
는 그의 필살기.
사찰에서 전승되는 의술을 터득하여 부상자의 치료를 도맡는다.

칠반천인 중 하나인 조례(상여꾼)의 아들로 태어난 울분을 싸움질로 풀며 자랐다. 왈
짜로 살다간 제명에 못 죽을 거란 부친의 유언을 따라 출가했다. 대해와 같은 깨달음을
득도하고자 '해승'을 법명으로 삼았으나 손톱 길이만큼 남긴 제 머리털처럼 아직 속세
에 대한 번뇌가 남아 있다. 만민평등과 개혁을 주장하는 동학을 접하고 미련 없이 목탁
대신 칼을 쥐었다.

• 버들 (여, 20대)

최경선 부대의 저격수.
운봉 일대를 주름잡았던 명포수 박가의 딸.
어려서부터 지리산 자락을 누비며 사냥으로 잔뼈가 굵은 여인.

아버지가 민란에 연루되어 죽음을 당하자 그의 유품인 마우저 소총을 갖고 오지를
떠돌다 최경선을 만나 동학에 입도했다. 탐관오리에 대한 원한이 골수에 사무쳐 있다.

백이강처럼 범죄를 저지르고 창의군에 들어온 사람들을 경원시한다. 혁명의 대의는
커녕 언제든 혁명을 배신할 수 있는 종자들이라 믿는다. 하지만 전투를 거듭하면서 이
강에게 전우애 이상의 감정을 느끼게 된다.

· 번개 (남, 10대 후반)

댕기머리가 인상적인 최경선 부대의 전령. 본명은 김학수.

왜소하지만 발이 빠르고 새총과 돌팔매에 능하다.
길눈이 밝아 전령의 직책을 맡고 있다.
막내 부대원이지만 어린애 취급을 싫어할 만큼 자존심이 세다.
버들을 누이처럼 따른다.

그의 고향은 다름 아닌 전라도 고부. 가족은 수년 전 백가의 탐학을 피해 야반도주
하다가 화적떼에게 죽임을 당했다.

· 동록개 (남, 40대)

백정 출신의 최경선 부대원.
동록개란 이름은 '동네 개'라는 뜻.

넙데데한 얼굴에 다소 맹해 보이는 인상과 달리 입만 열었다하면 좌중을 휘어잡는
입담의 소유자. 어깨 너머로 익힌 판소리는 웬만한 명창이 울고 갈 정도다. 일자무식에
동학 교리는 귀동냥으로도 배운 적 없지만 교주 최시형이 천한 노비 출신이라는 얘기
를 듣고 그날부로 동학에 입도했다.

좋은 세상이 되면 그럴듯한 이름 석 자가 새겨진 호패를 차고 고향 원평으로 금의환
향하는 것이 꿈이다.

· 김가 (남, 30대)

빈농 출신의 최경선 부대원.
능글맞고 눈치가 빠르다.
신중하고 용의주도한 면이 있다.

전국의 광산을 떠돌아다닌 이력의 소유자로 화약을 이용한 폭파전문가.
최경선과 일부 동학도들만이 알고 있는 그의 이름은 경천...
훗날, 전봉준을 밀고하여 붙잡히게 만드는 바로 그, 김경천이다.

· 김개남 (金開南, 남, 42세)

태인 대접주.
손화중과 더불어 동학농민군의 2인자 격인 총관령.
본명은 기범이나 "조선의 남쪽을 개벽한다"는 의지로 개남으로 개명했다.

시종일관 강경노선을 추구하였으며 피아가 분명하고 호전적이다.
민초들에겐 더없이 따뜻하지만 가진 자들에게는 저승사자 같은 사람.

· 손화중 (孫華仲, 남, 34세)

동학농민군 총관령. 정읍 출생으로 무장 접주.
전봉준, 김개남과 더불어 동학농민군의 3대 지도자 중 1인.

만석꾼 집안의 자제로 한때 벼슬에 뜻을 두기도 하였으나 20대의 나이에 지리산에
서 동학에 입도했다. 온화하고 인자한 성품으로 포교에 전념, 호남지방에서 제일 많은
교도를 거느리는 무장포의 접주가 된다.

· 송희옥 (宋喜玉, 남, 30대)

전봉준의 처족 7촌으로 최경선과 더불어 최측근의 한 사람.

발이 빠르고 영민하여 대외 연락을 도맡는다.

항쟁 막바지에 민보군에 의해 죽음을 맞는다.

고부 사람들

• 황석주 (黃晢珠, 남, 40세)

황진사라 불리는 고부 도계서원의 강장(講長).

전봉준과는 동문수학한 막역지우.

명재상 황희의 후손으로 가난하지만 양반의 품위와 자존심을 지키며 사는 인물.

첫 아이를 사산(死産)한 뒤 시름시름 앓다가 죽은 아내가 가슴에 대못처럼 박혀 있다. 재가를 하라는 주변의 권유는 귓등으로 흘리며 홀아비로 살아온 지 여러 해다.

강직하고 덕망 있는 성품으로 향촌 유림들 사이에 신망이 높다. 향청[1]의 좌수[2]를 뽑을 때면 늘 첫손에 꼽혔지만 그때마다 고사해왔다. 일찍이 과거에 급제하여 출사했으나 썩어빠진 조정에 실망하여 낙향, 은거하며 학문에만 정진한다. 친일 성향의 개화파를 싫어하고 척사론의 입장을 견지하는 보수적인 정치관의 소유자.

• 황명심 (黃明心, 여, 20세)

황석주의 여동생.

새침한 성격에 곱상한 외모, 순수하고 맑은 마음씨를 지닌 처녀.

〈운영전〉 같은 연애소설을 탐독하며 낭만과 사랑이 가득한 인생을 꿈꾼다.

철이 들 무렵부터 오라버니의 애제자인 백이현을 흠모했다. 하지만 이현은 하찮은 중

---

1 향청: 조선시대 지방 양반들의 자치기구이자 수령의 자문기관.

2 좌수: 향청의 우두머리.

인의 신분... 이루어질 수 없는 인연임을 안타까워하며 조용히 속앓이만 해온 그녀였다.

그런데 어느 날 갑자기 백가가 혼담을 제의해 오면서 그녀의 인생도 새로운 국면을 맞게 된다.

· 홍가 (남, 50대)

어깨 너머로 배운 글로 장터에서 대서를 해주며 먹고 살던 차에 백가의 눈에 띄어 마름이 되었다. 그의 꼼꼼한 일처리를 눈여겨본 백가가 수령에게 뇌물을 써 형방에 앉혔다. 간사하고 음흉하다.

· 억쇠 (남, 20대)

고부관아에서 허드렛일을 하는 통인.
관아 일보다는 통인들의 왕초, 이강을 따라다니는 시간이 더 많다.
힘이 세지만 유순한 성격에 어리숙한 면이 있다.
이강을 대장이라 부르며 진심으로 따른다.

· 박원명 (朴原明, 남, 50대)

조병갑의 후임으로 부임하는 고부군수.
우유부단하고 일처리가 유능하진 않지만 최소한의 양심과 정의감을 갖춘 관료다.

조정에 변변한 연줄도 없고, 야심도 크지 않아 오지의 수령만 전전하던 인물.
민란이 터지자 모두가 기피하는 고부로 떠밀리듯 부임해온다.
무골호인으로 갑오년의 난세 속에서도 고부군수의 직책을 성실히 수행한다.

전주 사람들

· 송봉길 (宋鳳吉, 남, 60대)

송자인의 아버지.
전라도 보부상들의 자치조직, 전라도임방의 도접장.
왜소한 체구에 병인양요 때 부상을 입어 다리를 전다.
보부상들의 전폭적인 지지를 받고 있는 터라 조정에서도 차기 팔도 도접장으로 낙점한 상태.

평생을 보부상이라는 자긍심 하나로 살아왔다.
왕실에서 하사하는 내탕금과 보부상들이 장터에서 거둬들이는 무명잡세들로 상당한 부를 모았으나 초심을 잃지 않고 검소한 생활을 유지한다.
도접장으로서 보부상들의 기득권을 지키기 일이라면 물불을 가리지 않는다. 뇌물은 물론 필요하다면 폭력도 불사한다.

· 최덕기 (남, 40대 후반)

송봉길의 의형제로, 송자인이 운영하는 전주여각의 행수.
송자인을 그림자처럼 수행하는 충직한 사내.
거칠고 다부진 외모에 성미 또한 괄괄하지만 송자인 앞에서는 순한 양으로 돌변, 좀체 기를 펴지 못한다.
십이 년 전 임오군란이 일어났을 때 전우들을 진압하라는 명이 떨어지자 미련 없이 군을 떠났다. 화전을 일구며 살던 중에 송봉길을 만나 세상 밖으로 나왔다.
무과에 급제한 전통무예의 고수로 옛 수하들이 중앙군부의 요직에 많이 진출해 있다.

· 김당손 (金瑺孫, 남, 30대 후반)

백가의 사위. 전라감영의 군교.

우락부락한 인상에 풍채가 좋다.
제법 용맹한 군인처럼 행세하지만 사실은 간이 작고 용렬한 위인이다.
마누라 이화가 아니라 장인의 재산을 사랑한다.

· 김문현 (金文鉉, 남, 37세)

전라감사.
대사헌, 형조판서 등을 역임하고 전라도 관찰사로 부임한 인물.
교만하고 용의주도한 성품.
고부민란이 발생하자 조병갑을 체포하고 전봉준을 살해하려다 실패한다.
황토현에서 전라감영군이 동학농민군에 패배하자 파면되어 거제로 유배를 간다.

중후반부 등장인물

· 홍계훈 (洪啓薰, 남, 40대)

장위영 정령관.
전봉준이 백산에서 거병하자 양호초토사가 되어 최정예 경군을 이끌고 전라도로 내
려온다.

1882년 임오군란 당시 목숨을 걸고 중전을 궐 밖으로 피신시킨 공로를 인정받아 중
용되었다. 중전에 대한 충성심이 지극하고 용맹하다. 황룡강 전투에서 패전한 이후 관
군의 힘으로는 도저히 진압하기 어렵다고 판단한 그는 고종으로 하여금 청나라에 구원
병을 요청토록 하는 중대한 실수를 저지른다.

· 이규태 (李圭泰, 남, 30대)

장위영 영관으로 덕장의 풍모를 지닌 인물.

전주여각의 최덕기와는 과거 임오군란에 함께 참여했던 사이. 상사였던 최덕기를 존경한다.

동학농민군의 1차 봉기 때 초토사 홍계훈의 부관으로 종군하였다가 2차 봉기 때는 양호도순무영 별군관으로 임명, 선봉장으로 진압에 나선다.

정치군인과는 거리가 먼, 정직한 군인이다.

애민, 애국심이 충만하다. 동학농민군을 바라보는 그의 시각은 철저히 조정의 입장에 복무한다. 동학농민군을 사교를 믿는 폭도 정도로 여기던 그는 전투를 거듭하면서 점점 그들의 주장에 감화되어 가는데...

· 이두황 (李斗璜, 남, 30대 후반)

장위영 영관.

잔인하고 호전적이며 흉폭하다.

청일전쟁 발발 직후, 평양 전투 등에서 일본군을 지원하다가 동학농민군이 2차 봉기를 일으키자 우선봉을 맡아 진압에 참여한다.

진압군의 주력인 일본군 장교들에게 빌붙어 신임을 얻는 한편, 패퇴하는 동학농민군을 학살하는 데 앞장선다.

· 김학진 (金鶴鎭, 남, 50대)

전라도 관찰사.

형조, 공조판서를 역임하며 승승장구하던 중 동학농민군 봉기의 책임을 물어 파직된 김문현의 후임으로 임명된다. 모두가 꺼리는 전라감사에 부임하기 직전, 고종에게 '편의종사(便宜從事)[3]'의 조처를 내려달라 고집한 뒤 재가를 받아낸다.

---

3 편의종사(便宜從事): 수령이나 장수가 현지의 사정에 따라 임금의 결재를 받지 않고 우선 일을 처리할 수 있는 권한을 갖는 것.

세도가 안동 김씨의 피가 흐르나 청렴한 성품으로 백성들에게 명망이 높다.

일평생 화두였던 근민관(近民官)이 되고자 부단히 스스로를 채찍질한다. 끊임없이 변화하는 정세에 휘둘리지 않는 소신을 지닌 인물.

동학농민군을 진압하라는 고종의 명을 받고 부임했으나 일본군이 경복궁을 무력으로 점령하는 사건이 발발하자 외려 농민군을 지원하게 된다.

• 다케다 요스케 (武田陽介, 남, 30대 초반)

조선 주재 일본공사관의 무관.

낭인회 조직인 천우협[4]을 지원하고 각종 공작을 꾸민다.

이현의 일본 유학 시절 선배.

동학농민혁명으로 위기에 처한 이현을 도와준다.

천민 출신이지만 메이지유신으로 인해 게이오의숙에 입학할 수 있었다. 고등과를 수석 졸업한 수재.

사교적이고 쾌활하다. 조국에 대한 자부심이 남다르며 애국심이 투철하다.

조선은 언젠가 일본에 병합되어야 한다는 확고한 신념을 갖고 있다.

특별출연

• 조병갑 (趙秉甲, 남, 50대)

고부군수.

희대의 탐관오리로 이방 백가와 죽이 척척 맞는다.

---

4   천우협: 조선에서 암약하던 일본 낭인 집단.

고부민란이 터지자 전주로 달아나 목숨을 부지하지만 조정의 문책을 받아 귀양길에 오른다.

• 이용태 (李容泰, 남, 41세)

고부민란의 진상조사와 민심 수습을 위해 파견된 안핵사[5].

삼십 대 초반에 과거에 합격한 뒤 영국, 러시아, 이탈리아 등 유럽 주재 참찬관을 지낸 외교관료 출신.

늘 서양을 동경하며, 조선 사람을 미개인 취급하는 버릇이 있다.

비열하고 영악하다. 장흥부사로 재직 중에 안핵사로 파견되지만 탄압과 수탈로 일관한다.

• 이하응 (남, 70대 중반)

흥선대원군.

고종의 아버지로 며느리인 중전과 끊임없이 갈등하고 대립한다.

중전과의 정쟁에서 패배, 실각한 이후 절치부심하던 그는 동학농민혁명이 발발하자 이를 계기로 재집권의 꿈을 키워나간다.

• 중전 (여, 40대)

고종의 왕비. (시호 명성황후)

기품 있고 단아하지만 정치적 술수가 뛰어나다.

대원군과의 갈등이 심화되던 1882년 임오군란 당시 위기를 겪었으나 청나라의 도움으로 극적으로 복귀, 십 년째 민씨 일파의 태두로 군림 중이다.

---

5   안핵사: 조선 시대 지방에서 큰 사건이 발생하였을 때 그것을 조사하기 위하여 파견하는 임시 관리.

· 고종 (남, 40대)

조선 제26대 왕이자, 대한제국 제1대 황제(재위 1863~1907).
명민하나 우유부단하다.

· 김홍집 (金弘集, 남, 50대)

갑오개혁을 주도한 조선의 마지막 영의정이자 최초의 총리대신.
본관은 경주. 초명은 김굉집, 자는 경능, 호는 도원이다.

· 최시형 (崔時亨, 남, 60대 후반)

동학의 제2대 교주. 본관은 경주. 호는 해월.

교조 최제우가 참형을 당한 이후 은신과 도피를 거듭하면서도 백성들 사이에 동학
을 전파하는 데 혁혁한 공로를 세운 인물. 부드럽고 온화한 성격에 정치적 입장도 무력
투쟁보다는 평화적인 방식을 선호한다.

· 손병희 (孫秉熙, 남, 30대 중반)

최시형의 최측근 참모.
훗날 동학의 3대 교주이자 3·1 운동 민족대표 33인 중 1인.
동학농민군의 2차 봉기가 일어나자 충청도에서 북접통령이 되어 연합전선을 구축한
다. 북접의 동학군을 이끌고 남하, 전봉준과 함께 우금티 전투에 참전한다.

· 김창수 (金昌洙, 남, 21세)

훗날 김구.
어린 나이지만 총명하고 대담하다.
벼슬자리를 사고파는 부패한 세태에 분노하여 18세에 동학에 입도했다. 이듬해 팔봉
접주가 되어 동학군의 선봉장으로 해주성을 공략한다.

그 외 다수

용어정리

| 씬 | 장면(Scene)이라는 의미. 같은 장소, 같은 시간 내에서 이루어지는 일련의 행동이나 대사가 한 씬을 구성한다. |

씬   장면(Scene)이라는 의미. 같은 장소, 같은 시간 내에서 이루어지는 일련의 행동이나 대사가 한 씬을 구성한다.

(E)   효과음(Effect)을 뜻하며, 보통 등장인물은 보이지 않고 소리만 들릴 경우에 사용한다.

점프   연속성이 없는 두 장면을 붙이는 편집 방식이다.

몽타주   따로따로 편집된 장면들을 짧게 끊어서 붙인 화면을 말한다.

인서트   화면의 특정 동작이나 상황을 강조하기 위해 삽입한 화면. 인서트 화면이 없어도 장면을 이해하는 데에는 별다른 지장이 없으나 인서트를 삽입함으로써 상황이 명확해지는 한편 스토리가 강조된다. 인서트 화면으로는 대개 클로즈업을 사용한다.

클로즈업   배경이나 인물의 일부를 화면에 크게 나타내는 것을 말한다.

(O.L)   오버랩(Over Lap). 현재의 화면이 사라지면서 뒤의 화면으로 바뀌는 기법이다.

DIS   디졸브(Dissolve). 앞 화면이 서서히 사라지고 다른 화면이 서서히 나타나는 것을 말한다.

F.O   페이드아웃(Fade-Out). 화면이 점차 어두워지면서 장면이 바뀌는 것을 말한다.

플래시백   회상을 나타내는 장면. 지금 일어나고 있는 사건의 인과를 설명할 때 쓰이기도 하고, 인물의 성격을 설명하기 위해 쓰이기도 한다.

(Na)   내레이션(Narration)을 지칭하는 용어로, 장면 밖에서 들려오는 목소리를 나타낸다.

17회

1.　　(16회 67씬의) 다시 대도소 안 (밤)

전봉준　고부에서 탈영병들이 늑혼을 자행했다.
이강　　!
전봉준　상대는 석주의 동생 명심이. 격분한 양반들과 싸움이 벌어졌고 수많은 사람
　　　　들이 죽고 다쳤다. 종국에는 백이현이 탈영병들을 쏴죽이고 잠적했다.
이강　　(경악하는) 이현이가 머슬 으쨌다고라?
전봉준　나를 더 이상 실망시키지 마라. 사실을 말해라.
이강　　(망연자실한)

2.　　(16회 68씬의) 다시 헛간 안 (밤)

　　　　천 위에 쓰여진 붉은 피의 네 글자 '開化朝鮮(개화조선)'!
　　　　단검을 내려놓은 이현, 수건에 피를 닦는다.

다케다　(일본어) 천우협 총책이 조선 이름을 쓸 수는 없지. 내가 일본 이름을 지어주
　　　　겠네.
이현　　이미 정해 둔 것이 있습니다.

다케다	(보는)

3. (16회 엔딩씬의) 다시 대도소 안 + 다시 헛간 안 교차 (밤)

이강	(각오가 선 듯한 어조로) 야. 이현이가... 도채빕니다.
전봉준	(노기 어리는)
이현	(일본어) ... 도깨비.

냉혹한 이현의 모습에서.

4. 동 앞 대청 (밤)

해숭, 버들, 동록개, 믿기지 않는다는 표정으로 대도소 안의 대화를 듣고 있다. 최경선, 옅은 한숨을 내쉬는...

이강	(E) 이현이 행방은 으째 됐습니까?

5. 동 대도소 안 (밤)

전봉준	노상에서 양반의 말과 재물을 약탈한 뒤 종적을 감췄다.
이강	(탄식)
전봉준	(노려보는) 못난 놈.
이강	면목 없습니다.
전봉준	내일 아침 대도소의 재판에 출석하거라.
이강	... 야.

최경선, 들어온다.

최경선	장군, 재판을 허믄 모두가 알게 될 것입니다. 그간으 공을 생각혀서 한 번만 눈감아 주시지라.
전봉준	나 하나 눈감으면 모두의 눈과 귀를 막을 수 있는 것인가?
최경선	(말문 막히는)
전봉준	그런 것이었다면... 도채비가 누군지 캐묻지도 않았어.
이강	... 그럭허겠습니다. (인사하고 나가는)
최경선	(한숨)
전봉준	...

6.   동 대청 안 (밤)

굳은 표정으로 나오던 이강, 멈춘다. 해승, 동록개, 버들이 노려본다.

해승	도채비가... 동생이었어?
이강	미안허요.
동록개	써글... (이강의 멱살을 잡으며) 대장이란 작자가 대원들을 이리 감쪽겉이 속여도 되는거!
이강	(씁쓸한) 그믄 이실직고라도 헙니까? 내 동상이 도채빙게 같이 죽여블자고!
동록개	머시여! (주먹을 치켜들면)
해승	(잡는) 참으슈.
동록개	염병... (이강의 멱살을 홱 푸는)
해승	동생이라니까 이해는 한다. 하지만 이제... 내 대장은 아니야.

해승, 사라진다. 노려보던 동록개, 뒤를 따른다. 이강, 침통한...

버들	집강은 모더게 막었어야제.
이강	(보는)
버들	(눈물 그렁한) 느허고 느 동상... 번개 두 번 죽인 거 모르겄냐?
이강	(자조적인) 그려... 백가네 종자들이 원래... 그리 징헌 늠들이여. (사라지는)
버들	(우는)

7.   전라감영 동헌 안 (낮)

분노한 표정의 사람들이 지켜보는 가운데 이강이 거적 위에 무릎을 꿇고 앉은. 그 앞에 송희옥과 원로들이 마치 판사들처럼 앉아 있다. 일각에 최경선과 손화중, 별동대, 굳은 표정으로 바라본다.

송희옥   (흔쾌하지 않은) 별동대원 김학수 등 다수으 창의군얼 학살헌 고부 이방 백이현을 도운 죄. 백이현이 고부 집강이 되는 것을 묵인헌 죄. 이로 인해 고부에서 발생헌 유혈사태에 원인을 제공헌 죄.

별동대   (침통한)

송희옥   이상이... 백이강으 죄상이 되겠습니다.

원로1   죄인은 죄를 인정허능가?

일동   (주목하는)

이강   (덤덤히) 인정헙니다.

주변에서 비난이 터져 나온다. '으째 그럴 수가 있는겨!', '그러고도 별동대장이여!', '세상 믿을 늠 한나도 읎구먼!' 정도... 손화중, 최경선, 별동대, 침통한...

송희옥   조용히들 허쇼! (잠잠해지면 원로1에게) 논의를 시작허시지요.

원로들, 곱지 않은 시선으로 이강을 바라본다.

8.   동 대도소 안 (낮)

초조감이 느껴지는 전봉준, 홀로 생각에 잠겨 있다.
최경선이 급히 들어온다.

최경선   장군!

전봉준	처결이 나왔는가?
최경선	(침통한) 야... 근디 사람들이 도채비라믄 치를 떨어가꼬 말여라.
전봉준	(불안한) 무슨 처결이 나왔길래?
최경선	... 파문[1]입니다.
전봉준	!

9. 동 동헌 안 (낮)

충격에 빠진 이강. 원로들이 하나둘 자리를 뜨는데 버들이 막아선다.

버들	(격분한) 이건 너무 심헌 거 아녀라?
원로들	!
버들	백대장이 잘못던 건 맞는디요! 넘도 아니고 동상이었는디 정상은 참작혀주셔야지라!
원로1	그렇게 파문 정도로 끝내는 거 아녀!
버들	동학쟁이헌티 파문보다 중헌 벌도 있다요!!!
원로들	(당황하는)
버들	(해승·동록개에게) 접장들은 으째 암말도 않는당가! 참말로 이러케 인연 끊어블라는거!
해승·동록개	(침통한)
버들	(원로1에게) 나 돌아블기 전이 재판 다시 허쇼! 다시!!!
손화중	그만하시게!
버들	손접주님!
손화중	대도소의 판결이네! 따르시게!
버들	(분한)
이강	승복... 허겄습니다.

---

1   파문: 종교에서 신도의 자격을 빼앗고 내쫓는 일.

사람들, 술렁이는... 버들, 탄식하는... 이강, 일어나 대도소로 향하는.

10.   다시 대도소 안 (낮)

이강, 다소 격앙된 표정으로 들어온다. 전봉준과 최경선이 바라본다.

이강   (꾸벅 인사하고) 심려를 끼쳐서 죄송헙니다.
전봉준   (착잡한) 너무 상심 말고 일단은 고부로 내려가 근신하거라.
이강   고부는 됐고요. 백으종군 허게만 해주십쇼.
전봉준   백의종군이라니?
이강   임금이 봉기를 명했잖여라. 으병 다시 일으키믄 먼발치서나마 장군 뫼심서 한양 가겠습니다.
전봉준   거병은 하지 않는다.
이강   !
전봉준   경선이 자넨, 금일 내로 전주에 몰려든 의병 자원자들을 해산시키게.
최경선   (착잡한) 야.
이강   으째 이러십니까? 조선 천지가 왜늠들 시상이 되블 판인디 거병을 안겄다니요?
전봉준   ...
이강   장군!
전봉준   전주화약의 전제조건이 창의군의 해산이었다. 헌데 거병을 하게 되면 일이 어찌 되겠느냐?
이강   !
최경선   화약은 파기되고 폐정개혁안, 집강소 모두 무용지물이 되부는겨.
이강   관찰사 김학진이헌티 밀지를 슬쩍 보여주믄 되잖여라. 임금이 몰래 시켜서 허는 거라 그믄 김학진이가 화약을 파기허겄습니까?
전봉준   폐정개혁에 불만을 품고 있는 사또와 양반들은? 당장이라도 이를 빌미 삼아 자기 고을의 집강소를 무력화하려 들 것이다. 그들에게도 밀지를 보여주어야 하는 것이냐?
이강   ... 혀서 화약을 지킬라고 거병을 않는다고라?

전봉준	오냐.
이강	(부아를 참으며) 시방 나라가 망헐라는 판입니다. 나라허고 집강소 중에 머시 중헙니까?
최경선	화약도 화약이지만 추수철이 코앞이라 대병을 모으기도 힘든 시절이여. 왜놈들 전력 봉게 승산도 거의 없고.
이강	(피식) 어따... 갑재기 핑계가 많아지는 거 봉게 애시당초 싸울 맘이 없었던갑소이.
최경선	(발끈) 머시여!
전봉준	그만!
최경선	(참는)
전봉준	그만 나가보거라.
이강	(실망스러운) 장군, 은제부터... 앞뒤 잼서 꽃길 찾어대니는 분이 되셨다요?
전봉준	(거슬리는 듯 보는)
최경선	(노려보는)
이강	(피식) 참말로 실망이요이. (박차고 나가는)
최경선	(꾹 참는)
전봉준	(침통한)

11.   전주성 성문 안 + 앞 (낮)

의군들, 주눅이 든 표정으로 비켜선다. 화가 잔뜩 난 표정의 이강, 전주성을 떠난다. 먼발치에서 안타깝게 바라보는 버들. 이를 악물고 걸어가는 이강의 모습에서.

12.   대일상회 외경 (낮)

13.   동 마당 안 (낮)

천우협들, 두건으로 얼굴을 가린 사내를 끌고 들어온다. 겁에 질려 신음을 토하는 사내, 조선 관복을 입고 있다.

14.   동 헛간 안 (낮)

두건을 벗기면 겁에 질린 관리의 모습이 드러난다. 천우협들이 살벌한 표정으로 굽어보는.

승지   이게 무슨 짓이냐! 나는 조선의 임금을 뫼시는 승정원의 승지다!
이현   (E) 그래서 뫼셨습니다.

승지, 흠칫 돌아보면 이현이 책상 앞에 다리를 꼬고 앉아 있다.

승지   조, 조선인이시오?
이현   (묵묵히 승지 앞에 다가앉는... 미소) 문명인이라고 해두죠.
승지   (겁에 질려 보는)
이현   벌써 수일째 입궐을 하지 않고 있는... 승지 이건영의 행방에 대해 아십니까?
승지   !
이현   (E) 승정원에도 아는 자가 없습니다.

15.   일본공사관 / 다케다의 집무실 안 (낮)

이현, 다케다 앞에 서 있다.

다케다   (너털웃음) 낭패구만... 그렇다고 국왕을 취조할 수도 없구.
이현   아무래도 어딘가에 밀사로 파견된 것 같습니다.
다케다   어디로?
이현   일본에 대적할 수 있는 곳이겠지요. 조선엔 지금 전라도의 전봉준뿐입니다.
다케다   임금이 그리 배짱이 두둑한 인물이 아닌데...

이현	용감한 사람이 곁에 있으면 덩달아 용감해지는 게 사람입니다.
다케다	... 대원군.
이현	(미소)
다케다	(일어나는) 공사님을 만나 봬야겠어. (나가다가 멈칫 서는) 참, 자네가 기뻐할 소식이 있는데...
이현	(보는)
다케다	조선 개혁을 총괄하기 위해 신설된 군국기무처[2]에서 1차 개혁안을 확정했네. 과거제도를 폐지하고 일본식 관료제를 도입하는 내용이 들어 있더군.
이현	(예상했다는 듯) 좀 더 센 건 없습니까?
다케다	(의미심장한 미소) 신분제가 폐지되었네.
이현	(가슴 한구석이 뭉클해지는) 이건... 세군요.
다케다	명색이 경장[3]이니까... 갑오경장!
이현	...

16. 경복궁 정전 안 (낮)

이하응, 빈 용상 아래 의자에 앉아 있는... 대신들 앞에서 김홍집[4]이 갑오개혁의 조목들을 낭독한다.

김홍집	갑오년을 기하여 청나라의 연호 대신 자주국 조선의 개국기원을 사용한다! 조선 군국기무처에서 팔도의 백성에게 알리노라! 조세는 현물이 아닌 돈으로 납부케 할 것이며! 도량형을 통일하고 은을 기본으로 하는 화폐제도를 시행한다!

17. 팔도도임방 앞 (낮)

---

2 군국기무처: 1894년 일본의 강압으로 만들어진 개혁추진기구.

3 경장: 묵은 제도를 개혁하여 새롭게 함.

4 김홍집: 영의정 겸 군국기무처 총재. (자막 필요)

자인과 덕기, 뛰어나오면 일각에 사람들이 모여 방을 보고 있다. 자인과 덕기, 사람들을 헤집고 나아가 방문을 보는... 그 모습들 위로.

김홍집 (E) 도성에 경무청을, 지방에는 경무관을 두어 행정과 치안을 분리한다! 과부의 재혼을 허락하고 조혼을 금지하며 연좌제를 폐지한다! 중앙의 관제를 의정부와 궁내부로 나누고 이조, 병조 등 육조를 여덟 개의 아문으로 개편하여 의정부[5] 직속 하에 둔다!

백성들, 어안이 벙벙한 표정이다.

덕기 (놀란 듯) 임금님 밑에 있던 육조가 의정부로 갔으께네 인자 의정부가 실세겠네예.
자인 천만에요. 의정부를 좌지우지하는... 그놈이 실세입니다.
덕기 그놈예?
자인 며칠 전 오오토리 공사의 후임으로 부임한 전 내무대신 이노우에 카오루.
덕기 글마 완전 거물이라카던데예. 이등박문도 함부로 못한답니다.
자인 그런 자를 공사로 보낸 걸 보면... 조선을 결딴내기로 작정을 한 것입니다.
덕기 (난감한 한숨)

18.   경복궁 / 건청궁 관문각 안 (낮)

이노우에, 고종이 따라주는 어주를 허리도 숙이지 않고 받는다. 심기가 불편한 고종. 애써 분노를 삭이는 중전. 재미있다는 듯 미소를 머금고 지켜보는 다케다.

이노우에 (마시고 거만하게, 일본어) 군국기무처의 1차 개혁안에 대일본국 천황폐하께

---

5   의정부: 조선 시대 최고 행정기관.

서도 아주 흡족해하고 계십니다.

고종   (씁쓸한 미소) 고맙소. 앞으로도 많은 편달 바란다고 전해주시오.

중전   (수치심을 참으며) 청나라와의 전쟁으로 바쁘실 터인데 어찌 걸음을 하시었소?

이노우에 (다케다를 보면)

다케다   근자에 도성의 민심은 물론 군국기무처 대신들의 노력으로 정국 또한 안정을 되찾고 있사옵니다.

고종   헌데?

다케다   국태공의 거취를 고민하실 때가 된 듯싶사옵니다.

고종·중전 !

19.   동 궐내 일각 (낮)

냉혹한 표정의 이현, 일본군과 천우협들을 대동하고 어디론가 빠르게 걷는다.

20.   동 군국기무처 일실 안 (낮)

이하응, 김홍집과 대좌하고 있다.

이하응   조약이라니?

김홍집   일본이 동맹을 맺자고 청해왔사옵니다.

이하응   충청도에서 연전연승하고 있는 놈들이 뭐가 아쉬워서?

김홍집   본국과 멀리 떨어져 있는 관계로 보급에 애를 먹고 있는 모양이옵니다.

이하응   보급?

김홍집   해서 조선의 물자와 인력을 지원받으려는 속셈인 듯하옵니다.

이하응   (노기를 참으며) 거절하게.

김홍집   하오나 대감, 자칫하다간 범궐보다 더한 사태가 터질 수도 있사옵니다!

이하응   무슨 핑계를 대서라도 그리하란 말일세! 놈들이 보급에 애를 먹는다면 전세가 역전될 수도 있음을 모르시는가!

김홍집　(난감한)

문이 열리고 일동, 보면 이현이 들어온다.

김홍집　웬 놈이냐!

이현　(인사, 미소)

이하응　전에 다케다를 따라왔던 조선인이로구나.

이현　다케다 무관이 공사다망하여 부득이 제가 국태공을 뫼시러 왔습니다.

이하응　뭐라?

이현　(일본어) 들어와.

천우협과 일본군들이 들어와 선다.

김홍집　네 이놈들! 이게 무슨 짓이냐!

이현　조선 국왕께서 이노우에 공사에게 섭정을 폐한다는 뜻을 전하셨사옵니다.

이·김　!!!

이현　원하신다면 절차에 의거하여 교지를 받으실 수도 있사옵니다. 공개적으로 치욕을 당하시겠사옵니까? 아니면 지병을 이유로 조용히 물러나시겠사옵니까?

김홍집　(당혹스러운) 대감!

이하응　(참담한) 이제 정말... 나라가 망할 모양이구만.

이하응, 기가 막힌 나머지 실소를 터뜨린다. 이내 파안대소로 변하는... 통한의 웃음이다. 묵묵히 지켜보는 이현의 모습에서.

21.　　팔도보부상 임방 앞 (낮)

대문 앞에 나온 보부상들의 인사를 받으며 도접장들이 들어간다.

자인   (E) 보부상 전라도접장 대리.

22.   동안 정자 정도 (낮)

자인   송자인이라 합니다.

자인, 팔도도접장을 비롯한 각 도 도접장들 앞에 다소곳이 인사한다. 정자
근처에 덕기 등 도접장 수행원들이 서 있다.

팔도   어서 앉게. (자인, 앉으면) 봉길이가 건강이 많이 안 좋다구?
자인   걱정하실 정도는 아닙니다, 팔도도접장 어른.
도접장1   근데 무슨 일로 각 도 도접장들을 모이란 한 겁니까?
팔도   갑오경장 때문에 골치가 아파 죽겠어. 올해 안에 보부상에 대해서도 무슨 조
    치가 있을 거라는데...
도접장1   설마 전매권을 건드리진 않겠지요?
팔도   무슨 수를 써서라도 막아야지. 전매권은 우리 장돌뱅이들 목숨이니까.
자인   송구하오나 한 말씀 올리겠습니다. 전매권이 당장의 허기진 배를 채워줄진
    몰라도 몸에 든 병까지 고쳐주진 못할 것입니다.
일동   (조금 멍해서 보는)
팔도   병이라니?
자인   서양문물과 외국상인의 기세에 눌려 하루가 다르게 쇠락해가는 것이 오늘
    날 보부상의 현실이 아닙니까? 전매권 같은 특권에 안주하여 경쟁을 도외시
    한 결과, 그리된 것이지요.
팔도   (마뜩찮은) 해서 뭘 어쩌자구?
자인   차제에 보부상도 변화를 꾀하는 것이 어떨런지요? 우선 지금의 임방을 외국
    상인들처럼 이문 추구를 목적으로 하는 회사 조직으로 바꾸는 것이, (하는
    데)
팔도   모르는 소리 그만 하게! 전매권을 우습게 아는 것도 모자라 임방을 바꾸자
    하다니... 지금 이거 징계감일세!
자인   고정하시구 일단 제 말을 더 들어보시지요.

팔도	더 들을 필요도 없네. 회사니 뭐니 두 번 다시 입 밖에 내지 말게!
자인	(답답한)
도접장1	(어딘가 보고) 저놈들 뭡니까?

돌아보던 자인의 얼굴이 굳어진다. 천우협들을 대동한 이현이 걸어온다.

| 팔도 | 저놈들이 어찌 여길... |

이현, 덕기를 지나쳐 온다.

덕기	(깜짝 놀라 중얼대는) 이기 누고?
팔도	(도접장들에게 나직이) 행동거지 조심해. 천우협이라고 공사관의 비호를 받는 낭인 패거리야.
자인	!!!

팔도도접장을 따라 일어나는 도접장들... 이현, 정자를 오른다. 벙한 자인을 보고도 내색조차 하지 않는 이현, 도접장들 앞에 선다.

이현	각 도의 도접장들께서 모이신다 하여 염치불구하고 찾아왔습니다. 천우협의 대표, 오니라고 합니다.
팔도	우선은 좀 앉으시오.
이현	예. (앉는)
도접장들	(앉는)
자인	(정신을 수습하며... 따라 앉는)
이현	거두절미하고 말씀드리겠습니다. 지금 조선과 일본의 맹약이 추진되고 있습니다.
일동	!
이현	혼례 하날 치러도 시간이 필요한 법, 나라 간의 동맹이야 오죽하겠습니까? 헌데 청국과의 전쟁은 이미 진행 중이구... 애로가 많습니다.
자인	(날이 선) 도접장들에게 바라는 게 뭡니까?
이현	보부상들이 군수물자의 운송을 맡아주셨으면 합니다.

일동	!
이현	맹약이 체결되면 달라지겠지만, 그 전까지의 노임은 시세대로 정확히, 일본국의 화폐로 지급될 것입니다.
팔도	노임은 그렇다 쳐도 이게 우리끼리 결정할 일이 아닌 듯싶습니다만...
이현	내키지 않으면 거절하셔도 됩니다. 어디까지나 부탁을 드리는 것이니까요. (의미심장하게) 조선 주재 일본공사 이노우에 카오루를 대신해서 말입니다.

도접장들, '이노우에'라는 말에 당황스러워한다. 미소를 머금던 이현, 자신을 노려보는 자인을 본다. 자인의 표정에 실망과 분노가 어려 있다.

23.   동 안 일각 (낮)

자인과 덕기, 서 있다.

덕기	고부서 집강헌다는 자슥이 우야다 저래 됐노?
자인	대일상회 앞에서 마주쳤을 때 뭔가 문제가 생겼다 싶었는데... 그래도 설마 낭인이 될 줄은...
덕기	지 형은 나라 지킬라꼬 그 고생을 하는데... 돈 들이가 처 배우모 뭐하노? 인간이 글러묵는데...
자인	(옅은 한숨)
이현	(E) 여기 계셨군요, 송객주님.

덕기, 자인, 보면 천우협들을 대동한 이현이 서 있다.

이현	(일본어, 천우협들에게) 나가 있어.
천우협들	(나가는)
이현	(자인에게 다가서는)
덕기	(꼴도 보기 싫다는 듯 자리를 뜨는)
자인	피차 서로에 대해 잊자고 하지 않으셨던가요?
이현	다케다상의 말씀을 전하러 왔습니다. 전라도 임시도접장을 겸하고 계시니

뿔뿔이 흩어진 보부상들을 규합하여 충청도로 보내달라는군요. 송객주의 우정을 기대하겠다고 덧붙이셨습니다.

자인	(화를 꾹 참고) 남의 나라 전쟁에 보부상들을 끌어들이는 게 온당한 처사입니까?
이현	이의가 있으시면 다케다상에게 물으세요.
자인	백도령에게 묻는 것입니다!
이현	기왕에 시작한 전쟁, 빨리 끝나는 게 조선에 이롭지 않겠습니까?
자인	청나라가 사라진 자리에 일본이 들어앉는 것인데 조선에 이로운 것입니까?
이현	야만국보다는 문명국이 나으니까요.
자인	범궐을 직접 목격했습니다. 문명국이라 하여 다를 것은 없더군요.
이현	(보는… 미소) 듣자 하니 일본군에 군량미를 납품키로 하였다던데… 제가 잘못 들은 것입니까?
자인	(애써 태연히) 저는 돈에 환장한 장사치니까요. 허나 백도령의 평소 모습을 아는 사람으로서… 지금 이 모습은 실망을 금할 수가 없군요.
이현	(피식) 그 과거를 준비하던 중인 청년 말이군요. 그 친구… 고부에서 집강을 하다가 사람들을 쏴 죽이고 잠적했다고 합니다.
자인	(헉!)
이현	전주성 전투 때 동비들에게 도채비라 불리는 놈이었거든요.
자인	백도령…
이현	(양복 입은 제 모습 일별하며) 지금 제 모습에 썩 만족하고 있습니다. 허니 이제는… 오니라고 불러주세요. (미소 지어 보이고 가는)
자인	(기가 막히는)

24.   광화문 앞 (낮)

일본군과 조선군의 파수 교대가 이루어진다. 일본군 장교 앞에 다케다가 서 있다. 이규태와 이두황이 경군을 이끌고 다가와 멈춘다.

이두황	장위영 영관, 이두황입니다! (구십도 인사하는)
다케다	(흡족한, 꼿꼿이 선 이규태를 보는)

이규태	영관 이규태요.
다케다	(미소) 대궐의 경비권을 넘겨드리니 전하의 호위에 만전을 기하시오.
이규태	그리하겠소.
다케다	(피식, 가는)
일본군 장교	(일본어, 우렁차게) 철수!!!

일본군들이 물러간다. 조선군들이 근무 위치에 선다.

이두황	왜놈들이 의외로 신사적이지 않아? 이렇게 순순히 물러가다니 말일세.
이규태	이미 속을 먹어버렸는데 껍데기를 지킬 필요가 없지 않은가?

답답한 한숨을 내쉬던 이규태, 일각에서 걸어오는 자인을 발견한다.
자인, 이규태를 보고 미소로 목례한다.

중전	(E) 놈들이 보부상들을 징발하려 한다구?

25. 건청궁 안 관문각 (낮)

중전 앞에 자인, 앉아 있다.

자인	말로는 부탁이라 하나 명백한 강압이옵니다. 군국기무처가 나서서 막아야 하옵니다.
중전	일본의 주구들이 즐비한 군국기무처에 무엇을 기대하겠느냐? 너희가 충심을 보이면 되는 것이다.
자인	!
중전	팔도도접장에게 딱 부러지게 거절을 하라 해라.
자인	(난감한) 그리 전하긴 하겠사오나 보부상의 충심만으로 어찌 일본의 강압을 이겨내겠사옵니까? 부디 사안의 위중함을 전하께 알리시어, (하는데)
중전	듣기 싫다! 선대왕들의 위패 앞에서 통곡으로 밤을 지새우시는 전하시다! 고작 이깟 일로 성심을 어지럽히란 말이냐!

자인	(실망스러운)
중전	가서 전하거라. 내, 나라에 대한 보부상들의 충심을 똑똑히 지켜보겠다구!
자인	(화가 치미는... 조소를 머금는)

26. 팔도도임방 일실 안 (낮)

덕기, 급히 들어온다. 자인, 고심하고 있다.

덕기	도접장들 벌써 다 흩어졌습니더. 괜히 미적대다가 왜놈한테 찍힐까 싶어가꼬 밥도 안 묵고 내려갔다카네예.
자인	(생각하는)
덕기	객주님. 인자 우예 하실 깁니꺼? 백이혀이 말대로 하실 깁니꺼?
자인	전에 이강이가 데리고 내려간 사람... 전하의 밀사가 틀림없습니까?
덕기	(긴장) 예. 근데 밀사는 갑자기 와예?
자인	전하께서 전봉준에게 뭐라 하였을까요?
덕기	뻔하다 아입니꺼? 숨이 꼴딱꼴딱 넘어가이께네 전라도 의병들 델꼬 와가 구해돌라 캤겠지예.
자인	(고심하는)
덕기	?
자인	(결심이 선 듯 마음을 다잡는... 일어나 덕기를 보며) 갑시다.
덕기	오데예?
자인	(결연한) ... 전주.

27. 고부관아 앞 (낮)

기력을 회복한 듯 보이는 석주, 선비들을 대동하고 걸어온다. 각자 두루마리를 쥐고 있다. 석주와 선비들, 관아로 들어간다.

28.   동 수령 집무실 안 (낮)

관속들이 박원명 앞에 두루마리가 수북이 쌓인 쟁반을 놓고 나간다.
석주, 앉아 있다.

박원명   (뜨악한) 이게 뭡니까?
석주   갑오경장을 철회하고 군국기무처를 해체해달라는 고부 유림들의 상소입니
다.
박원명   상소?!
석주   일본을 등에 업은 개화파 매국노들이 나라를 송두리째 무너뜨리려 하고 있
지 않습니까? 최대한 빨리 전라감영을 통해 주상전하께 도달할 수 있게 해
주십시오.
박원명   (난감한)
억쇠   (E) 사또~!

일동, 보면 억쇠, 들어온다.

박원명   그래, 무슨 일인가, 형방.
억쇠   집강소서 먼 일 터질 거 겉은디라?
박원명   아니 왜 또?
억쇠   시방 고리대금업 허는 양반들이 죄다 그리 몰려갔구먼이라.
석주   !

29.   백가네 행랑채 (집강소) 마당 안 (낮)

석주, 들어서고 나졸들 두세 명 대동한 억쇠도 허둥지둥 따라 들어온다. 전
방에 의군들과 양반들이 대치해 있다. 맨 앞에 유월, 양반1·2와 맞서고 있다.
일각에 남서방이 긴장해서 서 있다.

양반1   니가 뭔데 남의 빚을 탕감하라 마라 하는 것이냐?

유월	폐정개혁허는 집강소으 집사라니께요.
양반2	남의 재산이나 털어먹는 날강도가 아니고?
유월	진짜 날강도를 못 보셨는갑네요이. 보릿고개 때 눈꼽만큼 빌려주고 추수 때 눈알을 뽑아가는 고분덜이 날강도 아니겄소?
양반2	나 이런 되바라진 년을 봤나!
석주	언행을 가려 하세요!
일동	(보는)
석주	(나서며) 양반답게 체통을 지키셔야지요!
유월	(긴장해서 인사)
석주	내 천것과는 말을 섞을 수가 없으니 집강을 나오라 해라.
유월	(덤덤히) 주변에서 하도 난리를 쳐대가꼬 시방 집강 허겄다는 사람이 읎네요이. 이가 읎으믄 잇몸이라고 지가 집강 대신이니께 지허고 야그를 허셔야겄는디요.
석주	(기막힌 듯 보는)
유월	(양반들에게) 기왕에 이리들 오셨응게 탕감 각서에 지장이나 찍어 주고 가쇼.
양반1	이년이... 소문대로 아주 요망한 물건이구나.
유월	(참고, 피식) 요망허단 소문만 있소? 승질 개떡 겉은 년이란 야근 없고요?
양반1	말종이라더구나. 모시던 상전의 서방에게 꼬리를 쳐서 팔자를 고치려 든 인간 말종!
유월	!!!
억쇠	(울컥 나서며) 잘 알지도 모덤서 말씀이 너무 심헌 거 아녀라!
석주	아전은 나서지 마라!
억쇠	(움찔)
석주	(유월에게) 내 향청의 좌수로서 경고하는데 더는 양반들을 노하게 만들지 마라.
유월	(분노에 몸이 떨려오는)
석주	이만 가십시다.

석주, 나가면 양반들, 조소를 날리며 나간다. 남서방이 유월에게 다가선다.

남서방 유월아, 괜찮냐?

유월 (마음을 다잡으며) 야...

남서방, 억쇠, 안쓰럽게 보는데... 의군 한 명이 달려 들어온다.

의군1 전주 대도소서 기별을 전허러 왔는디... 유월 집사가 누구다요?

유월 전디요?

30. 동 안채 거실 안 (낮)

피죽 정도 먹던 백가, 채씨, 이화, 당손, 눈이 휘둥그레져서 남서방을 본다.

백가 거시기가 파문을 당혔다고?

남서방 야... 별동대장도 짤려브렀고요.

이화 오매~ 꼬순 거. 깨소금 맛이네이.

당손 죽에 소금 안 넣어도 되겠어.

채씨 근디 전봉준이가 이쁘다꼬 물고 빨고 염병을 헌다드마 으쩌다 그래되붓디야?

남서방 이현 되렌님이 도채비였던 거슬 숨겨줬다가 그래되브렀답니다요.

고소해하던 채씨, 당손, 이화, 조금 머쓱해지는...

채씨 (수저 내려놓으며) 죽이 식어서 긍가... 으째 입이 깔깔허네.

백가 ... 남서방. 유월이 좀 불러와라이.

일동 ?

31. 동 백가의 방 안 (낮)

백가 앞에 유월, 불편한 기색으로 서 있다.

백가	이강이 야그 들었어.
유월	...
백가	잘된 거여. 경장이다 뭐다 해서 시상이 개벽을 허고 있는디 집강소 소꿉놀이 가 을매나 가겄어? 인자 이강이 늠 살 길이 열린 것이구면.
유월	부른 용건이나 말씀허쇼.
백가	행랑채를 비워줘야 쓰겄구면.
유월	(보는)
백가	나가 집강소만 보믄 이현이 생각이 나서 허파가 디비질라 그려.
유월	그리는 모더것는디요.
백가	(참고, 부드럽게) 내 말대로 혀. 이강이 장래를 위해서도 그리혀야 되야.
유월	이강이가 목심 걸고 싸워가꼬 따낸 집강소구면이라. 이현 되렌님이 손수 맨 든 집강소고요. 목에 칼이 들어와도 고건 안 되라.
백가	(피식) 오매~ 우리 유월이 많이 커브렀네이.
유월	노비 대허듯 허지 마쇼. 그딴 거 없애븐 지 오래니께.
백가	(노기 어리는) 종살이허다 감투 쓰니께 눈에 뵈는 게 읎냐?
유월	집강소 집사헌티 말씀도 가려서 허시고요.
백가	(어이없는 듯 헛웃음 지으며) 으쩌다 애가 이래되브렀냐? 유월이 느 미쳤냐?
유월	(홱 노려보는)
백가	!
유월	(독하게) 나가 정신 멀쩡헌 거슬 다행으로 아셔야 헐 거시요이. 나 돌아블믄 고날부로 배때지에 죽창이 백혀가꼬 향냄새 맡게 될팅게요. (나가는)
백가	(병한)

32.   동 행랑채 이강의 방 안 (낮)

유월, 지친 기색으로 들어와 앉는다. 꺼질 듯 한숨을 내쉬는...

플래시백〉8회 68씬의,

유월	**느... 동비였냐?**

이강	(피식) 섭허구먼... 으병이여. 창으군! (척척 걸어가 확 안아버리는)
유월	(울컥) 이강아!!!
이강	울지 말어... 인자 좋은 시상 올팅게.

현재〉

유월	이 멍청헌 늠... (눈물 흐르는) 감당도 모덜 것을 으쩔라고 그랬다냐... 어이구 ~ 이 맹추 겉은 늠아...

33. 남원관아 앞 (낮)

이강, 저벅저벅 걸어온다.

34. 동 동헌 안 (낮)

병사들을 대동한 김가, 끌려온 양반들을 구타하고 있다. 고통과 두려움에 비명을 질러대는 양반들.

김가	(멈추고) 잘 들어. 앞으로 한 번만 더 양반이랍시고 거들먹대면 그땐 주둥이에 폭탄 물게 될 줄 알어.
양반들	(벌벌 떠는)

숨을 훅! 내쉬던 김가, 어딘가 보고 흠칫한다. 이강이 걸어온다.

김가	백대장...
이강	(걸어오며 씩씩하게) 오랜만이구먼!

본능적으로 맞짱 뜰 자세를 취하는 김가. 다가서는 이강. 틈을 주지 않는 김가의 선공! 이강의 방어에 이은 반격! 이강의 발차기에 얼굴을 가격당한 김가가 쓰러진다.

이강	억울허믄 덤벼... 나넌 이걸로 수금 끝낼라니께.
김가	(씨벌... 참는)
이강	김개남 접주 기쇼?
김개남	(E) 소식은 대충 들었으.

35. 관아 대청 안 (낮)

김개남과 이강, 마주 앉아 있다.

김개남	(냉랭한) 여근 으쩐 일이여?
이강	김접주님 의중을 쪼까 여쭤볼라고요.
김개남	먼 으중?
이강	지 소식도 아시는 분잉게 시방 조선서 벌어지는 일쯤은 꿰고 기시겄지라?
김개남	근디?
이강	왜놈허고 싸울 생각 읎소?
김개남	(보는)
이강	(진솔한) 싸우시것다면 지도 미력이나마 돕겄습니다. 몸은 비록 파문당했지만 맴은 창으군 별동대장 그대로니께요.
김개남	나럴 찾어온 거 봉게 녹두는 싸울 생각이 없는 모양이구먼.
이강	자나 깨나 집강소 생각밖에 없는 분이잖여라. 김접주님이 결단허믄 장군도 결심허실 겁니다.
김개남	나가 왜놈들허고 싸운다개도... 자네는 안 되야.
이강	... 야?
김개남	도채비헌티 죽은 내 부하만 다섯이여... (일어나는) 옛정을 생각혀서 곱게 보내주는 거니께 다신 낯짝 내밀지 말어. (가는)
이강	(씁쓸한... 한숨을 토하는)

36. 전라감영 / 대도소 안 (낮)

최경선, 병서 정도 읽고 있는 전봉준 앞에 앉는다.

최경선   백대장이 고부에 비덜 않는다는디요?
전봉준   유람을 좀 하는 모양이지. 그간 앞만 보고 달렸으니 돌아볼 것도 많을테구.
최경선   그 성질에 욱혀가꼬 또 먼 사고나 안 칠랑가 모르겠네요.
전봉준   예전에 이강이가 아니야. 많이 컸어.
최경선   아무리 그래도... 백대장헌티는 언질을 했어야 허는 거 아닙니까?
전봉준   언질이라니?
최경선   거병 말입니다.
전봉준   ...

37.   회상 – 대도소 안 (밤)

이건영과 독대 중인 전봉준.

전봉준   곳곳에 왜놈들의 간자가 횡행하고 있소. 최대한 빨리 거병을 할 것이나 그전
         에 철저히 기만책을 쓸 것이니 전하께도 그리 고해주시오.
이건영   예. 장군.

38.   현재 – 다시 대도소 안 (밤)

전봉준   (쩝) 똑똑한 놈이니 대번에 눈치챌 줄 알았지. 누가 그리 곧이곧대로 믿을 줄
         알았나?
최경선   (핏 웃으며) 백대장, 장군 말씀이라믄... 팥으로 메주를 쑨다개도 믿는 거 모
         르십니까?
전봉준   (미소)

39.   한양 / 저자 안 (낮)

이건영, 걸어온다. 천우협이 미행한다. 눈치를 챈 이건영, 좌판 앞에 서서 물건을 고르는 척하는... 미행하던 천우협, 멈추어 딴청을 피우다 돌아보면 이건영이 사라지고 없다. 천우협, 당황하여 급히 뛰어가 두리번대는...

40.   일본공사관 외경 (낮)

이현   (E) 승지 이건영이 나타났습니다.

41.   동 다케다의 집무실 안 (낮)

책상 앞에 앉아 있던 다케다, 무언가를 쥐고 걸어 나와 소파에 앉는다. 이현이 서 있다.

이현   미행을 하다 놓쳤는데 먼 길을 다녀온 듯한 행색이었다고 합니다.
다케다   전봉준을 만나고 왔겠군.
이현   최대한 빨리 찾아내겠습니다.
다케다   그럴 필요 없어. (손에 쥔 종이를 건네는)

이현, 받아 보면 일본어로 된 짤막한 전보다.

다케다   전봉준이 의병을 하겠다고 모여든 사람들을 설득하여 고향으로 돌려보냈다는군. 임금이 뭐라건 일본에 맞설 생각이 없는 모양이야.
이현   이거 조금... 뜻밖이군요.
다케다   제정신이라면 대일본국의 군대에 맞서려 하진 않겠지. 등 뒤에 비수가 도사리고 있는 것 같아 찜찜했었는데 한시름 놨어.
이현   (미심쩍은데)

노크 소리. 일동, 보면 평복을 입은 이두황이 상자를 싼 보자기를 들고 슬그
머니 들어온다. 이현, 알아보는...

이두황   실례하겠사옵니다.

다케다   누구요?

이두황   (넙죽 인사하고) 다케다상! 소관 장위영 영관 이두황이라 하옵니다! (보자기
         를 내밀며) 평소 존경해 마지않던 다케다상께 소관이 작은 정성을 바치옵고
         자, (하다가 이현과 눈이 마주치는... 헉!)

이현   (덤덤한)

이두황   너, 너는?

다케다   내 후배를 아십니까?

이두황   (소스라치게 놀라는) 후배?

이현   (관심 없다는 듯 나가버리는)

이두황   (허...)

42.   동 앞 (낮)

이두황, 보따리를 그대로 들고 나온다.

이두황   빌어먹을... 세상에 돈 싫다는 놈은 또 처음 봤네.

이두황, 전방을 보고 멈춘다. 이현이 서 있다.

이두황   (쩜쩜한) 내게 무슨 할 말이라도 있는 것이냐?

이현   (다가서는) 그렇게... 진급이 하고 싶습니까?

이두황   (화가 치미는) 이놈이! 감히 어느 안전이라구, (하는데)

이현   (권총을 꺼내 총구를 이두황의 이마에 갖다 대는)

이두황   !

이현   대답이나 해. 하고 싶냐구... 진급.

이두황   그... 그렇소.

이현	참, 그 전에 전주성 전투에서 진 빚부터 갚구.

이현, 이두황의 이마를 권총으로 가격한다. 이두황, 윽! 하며 쓰러진다. 이마에서 피가 흘러내린다. 이현, 그 앞에 쪼그려 앉는다.

이현	진급은커녕 외교관 매수 혐의로 신세 망치기 싫으면 시키는 대로 해.
이두황	마, 말하시오.
이현	승지 이건영의 행방을 알아내.
이두황	그리하겠소!

일어서는 이현, 손수건을 던져주고 사라진다. 이두황, 얼떨떨한.

43. 고부 – 민가 마당 안 (밤)

유월, 농부 가족의 배웅을 받으며 나온다. 남서방, 싱글벙글 서 있다.

유월	곧 탕감이 될 테니께 너무 염려 마셔라.
농부	고맙소, 집사어른.
유월	아유, 어른은 무신... 계셔요. (인사하고 나가는)

44. 백가네 앞 거리 (밤)

그늘진 표정의 유월, 남서방과 걸어온다.

유월	글씨 나 혼자 다녀도 된다니께요.
남서방	요샌 짚신 꼬는 거 말군 헐 일도 없는디 뭘... (들뜬) 우리 집사님 뫼셔야제.
유월	근디 으째 나보다 아재가 더 신난 거 겉소이?
남서방	그려? 그라믄 뭐 신이 났는갑제. 다음 집은 으디여?
유월	(웃으며) 절로 조금만 더 가믄 돼요.

걸음을 재촉하던 두 사람, 흠칫 멈춘다. 앞에 복면을 한 괴한들이 몽둥이를 들고 나타난다.

남서방 누, 누구여!

괴한들, 다짜고짜 유월을 짓밟는다. 말리던 남서방도 몽둥이에 강타당해 쓰러진다. 정신이 혼미해지는 유월... 환각처럼 괴한들 너머로 달려오는 이강의 모습이 보인다.

유월 (토하듯) 이강아...
이강 개새끼들!

달려온 이강, 눈이 뒤집혀 괴한들을 공격한다. 괴한 한 명이 단죽창에 다리를 찔린다. 이강의 기세에 당황한 괴한들, 일제히 도망친다.

이강 (유월을 부둥켜안는) 엄니! 괜찮애?
유월 (처연한 미소) 써글 늠... 머 허다 인자 온겨...
이강 (안타까운)

45. **백가네 행랑채 / 이강의 방 안 (밤)**

이강, 유월을 이부자리 위에 눕힌다. 따라 들어온 남서방이 안도의 한숨을 내쉰다.

이강 (노기 어린) 언 늠인지 짚이는 디 읎소?
남서방 글씨... 집강소를 벼르는 늠덜이 하도 많어가꼬.
유월 씰데없는 짓 헐 생각 말어...
이강 머시여?
유월 파문당헌 늠이 사고꺼지 치믄 엄니, 장군님 얼굴 못 봐야. 엄니가 조심허믄 되니께 참어...

이강   ...

46.   동 안채 거실 안 (밤)

볏짚 앞에 둘러앉아 저마다 손에 짚신을 쥔 채씨, 이화, 당손, 문가의 이강을
뜨악하게 바라본다. 남서방이 곁에 서 있다. 이강, 의외라는 듯 보다가 이내
실소를 머금는.

이강   어따 화목허니 겁나게 보기 좋소이.
이화   (짚신 내던지는)
이강   약재 좀 얻으러 왔구먼이라.
당손   약재는 왜?
이강   (말하고 싶지 않은)
남서방   유월이가 많이 다쳤구먼이라.
채씨   (저도 모르게) 유월이가 으짜다가?
남서방   복면헌 늠덜이 떼로 나타나서요. 이강이 아녔음 초상 치를 뻔했당게요.
채씨   (내심 안도하는) 이화야, 이현이 방 반닫이 좀 가보드라고.
이화   (어이없는) 시방 먼 소릴 허는겨?
채씨   디질 뻔했다잖애.
이강   (의외라는 듯 보는)
이화   아, 몰러! 나 짚신 짜야 되야!
채씨   염병! 모가지 확 짜블기 전에 싸게 안 가야!
이화   (삐져서 일어나 나가는)
채씨   (짚신 꼬는)
이강   (어색하게) 고맙구먼이라.
채씨   (들은 체 만 체 짚신만 꼬는)

바라보던 이강, 볏짚을 한아름 안아 든다. 돌아서다가 멈칫하는 이강. 백가가
놀란 표정으로 들어선다.

백가	… 왔냐?
이강	(서먹하게 목례) 그간 별고 없으셨능게라.
백가	이현이 땀시 동학서 쫓겨났담서?
이강	인사혔응게 나가 볼랍니다.
백가	이현이 소식은 좀 아는 거 읎냐?
이강	(노기 어리는) 인자 나헌티… 그늠 야그 허지 마쇼.
백가	!

이강, 나간다. 일동, 당황스러운.

47.   전주여각 마당 안 (밤)

자인과 덕기, 들어온다. 차인들이 인사하며 맞는다.

자인	다들 무탈하셨습니까?
차인들	야!
덕기	(둘러보며) 아따 영감재이 참말로… 천리 길을 갔다 왔는데 마당꺼정 몇 발짝 된다꼬 나와보도 안 하노?
차인들	(표정이 어두워지는)
자인	왜들… 이러십니까?
덕기	(불안한)
봉길	(E) 왔냐?

48.   동 자인의 침소 안 (밤)

병색이 완연한 봉길, 미소 지으며 앉아 있다. 덕기와 막 들어온 자인, 봉길 앞
에 다가앉는다.

자인	(손잡으며) 아부지! 안색이 으째 이려?
봉길	(잔기침하며) 호들갑 떨지 말어. 아부지 나이엔 다 이리 되는겨.
덕기	으원은 머라캅니꺼?
봉길	머라겄냐? 밥 잘 묵고 잘 자라 글제.
자인	(안타까운) 아부지...
봉길	(애틋하게 보는) 고 난리통에서 임시 임방 맨들었담서?
자인	이. 아부지 허라는 디로 다 혔구먼.
봉길	(미소) 그려... 고상혔다.
자인	(짠한)

49. 고부관아 외경 (밤)

억쇠	(E) 대장!!!

50. 동 작청 안 (밤)

억쇠, 눈물을 글썽이며 이강을 바라본다.

이강	(피식) 형방 되드먼 신수가 훤허구먼! 축하혀!
억쇠	대장~ (안기려는데)
이강	(막고, 긴하게) 통인들 풀어가꼬 사람을 좀 찾어줘야 쓰겄다.
억쇠	사람?
이강	다리에 자상을 입은 늠인디... 고부 의원들, 약방 싹 좀 디져 봐.
억쇠	그, 그려... 근디 먼 일인디?

51. 동 작청 일실 안 (밤)

이강과 억쇠, 술을 마시고 있다.

억쇠	(조금 취한) 나가 유월 아짐, 은제 이런 일 한 번 당헐 줄 알았다니께.
이강	집강도 아니고 집사밖에 안 되는디, 울 엄니가 으째?
억쇠	노비 출신이잖여. 양반들이 눈엣가시 보듯 헌다니께.
이강	고부선 아직 노비문서 못 태웠능가?
억쇠	이현 되렌이 집강헐 띠 진즉에 태워부렀제. 되렌이 유월 아짐 손에 문서 꼭 쥐어줌서 직접 태우라 그랬구먼.
이강	(조금 찡해지는)
억쇠	양반들이 몰려와서 안 된다고 난리를 치는데 노비는 재산이 아니라 사람이람서 아주 독을 품고 밀어붙였제. 이현 되렌 아녔음 문서 태우도 못했구먼.
이강	(쓸쓸해지는... 술 따르는데)
억쇠	(문득 떠오른) 대장, 혹시 그늠들 아니끄나?
이강	그늠들? 누구?
억쇠	고리대금 허는 늠들인디 을매 전에 유월 아짐헌티 말종이람서 염병을 해댔당게.
이강	(부아가 뻗치는) 말종?
억쇠	(분한) 써글, 누가 누구더러 말종이랴? 아, 유월 아짐보고 팔자 고칠라고 상전 서방 꼬신 년이라고 지껴대랑게! (하다가 보면)

술잔을 쥔 이강의 손이 부들부들 떨린다. 눈빛에 살기마저 감도는...

억쇠	대장, 참어라, 이? 아, 나가 괜헌 말을 해가꼬...
이강	(간신히 참고) 다친 늠이나 잘 찾어 줘. (술 마시는)
억쇠	이. 그려.
이강	(빈 사발 놓고 일어나는)

52.   **백가네 행랑채 / 이강의 방 안 (밤)**

잠에서 깬 유월, 몸을 일으킨다. 이강이 볏짚으로 새끼를 꼬고 있다.

이강	... 더 자.
유월	많이 잤어... (하다가) 이강아. 느 그 손!
이강	(미소) 놀라덜 말어. 저굼질은 못혀도 요 정돈 인자 아무것도 아녀.
유월	(기쁨에 겨워 저도 모르게 동학 주문을 웅얼대는)
이강	근디 엄니.
유월	이?
이강	집강소 집사 말여... 그만허믄 안 되겠능가? 딱 봉게 집강소 그거 돼도 않겄드먼.
유월	먼 소리여? 집강소가 머시 으때서?
이강	(애써 미소 지으며) 사서 고상허덜 말고 나허고 그냥... 으디 깊은 산골 가서 농사나 짓고 살게요... 나 인자 호미질도 헐 수 있당게.
유월	(핏 웃고) 속이 상해 이러는 건 알겄는디 개두 넌 그런 말 허믄 안 되야.
이강	... 으째 나넌 그런 말 허믄 안 되는디?
유월	몰라서 묻냐?
이강	이... 몰러.
유월	니 사람 되고, 느그 엄니 사람대접 받게 된 거이 누구 덕이여? 다 장군님허고 으병덜 은덕 아녀? 그런 소리 허믄 못써.
이강	엄니 근디... (힘든) 나도 말이여... 헐 만큼 했잖애.
유월	(보는)
이강	(탄식... 고개 떨구는)
유월	(놀라... 다가앉으며 이강의 손을 잡는)
이강	(눈물 그렁한) 인자 왜늠덜 시상 되는 거 시간문젠디... 믿었던 늠덜 죄다 구경만 허고 자빠졌는디... 나도 인자 엄니허고 나만 생각험서... 그리 살고 잡다 이 말이여... 근디 으째 나넌 그럼 안 된다는겨? 이?

마침내 이강의 눈에서 참고 참았던 눈물이 떨어진다. 이를 악물고 흐느끼는 이강... 유월, 안타까운 한숨을 내쉬며 이강을 감싸 안는다.

| 유월 | 이눔아, 너는... 그러라고 등 떠밀어도 모덜 늠이여... 엄니가 알어. |

이강, 더 서럽게 우는... 그렇게 슬픔을 공유하는 두 사람의 모습에서.

53.　황진사댁 앞 (낮)

향청 현판이 붙어 있고, 나졸 두 명이 지키고 있다. 명심, 평상 정도에 앉아 쓸쓸하게 산수를 굽어보고 있다. 인기척에 돌아보면 이강이 걸어온다.

이강　(걸어오며... 개운한 미소로) 어따, 오랜만에 뵙소이.
명심　(긴장) 여긴 어쩐 일이신가?
이강　황진사 쪼까 만나러 왔는디... 기쇼?
명심　...

54.　동 석주의 방 안 (낮)

석주, 마주 앉은 이강을 바라본다. 이강, 태연한...

석주　전봉준이가 보냈더냐? 고부로 내려가 양반들을 강박하라구.
이강　인자 동학허곤 아무 관계없는 사람이요. 쫓겨나브렀응게.
석주　(피식) 결국 토사구팽을 당한 모양이구나.
이강　동학허는 사람덜이 양반덜매이로 그리 비겁허진 않소. 쫓겨날 만헌 짓을 혔응게 그런 거이제.
석주　찾아온 용건이나 말하거라.
이강　양반들헌티 집강소허고 사이좋게 지내라고 야그 좀 해주쇼. 협조헐 거슨 협조도 좀 허시고.
석주　이젠 동학과는 아무런 상관이 없다면서?
이강　인자는 울 엄니가 발을 담가브러가꼬요. (싱긋) 늦게 배운 도둑질이 무섭잖여라.
석주　(조소가 섞인) 내게 이러지 말고 니 어미를 설득하는 것이 어떠냐? 부질없는 짓 그만하고 살 길을 찾아보라고 말이다.
이강　(피식) 집강소가 부질없는 짓이다요?

석주	그렇다.
이강	폐정개혁혀서 인내천 시상 맨드는 데니께 그리 함부로 말허덜 마쇼.
석주	(조소를 터뜨리는)
이강	(불쾌함을 참고) 암튼 나넌 분명히 경고혔소이. (일어나 나가려는데)
석주	동비를 해봤으니 알 터... 정말로 사람이 하늘이더냐?
이강	...
석주	그건 허상이다. 하늘이 있으면 땅이 있듯이 사람도 위가 있으면 아래가 있고, 귀함이 있으면 천함이 있구, 우월함이 있으면 열등함이 있는 것이다.
이강	땅 없이 하늘만 가꼬 세상이 맨들어지는 거다요?
석주	(미소) 그럴 리가 있겠느냐?
이강	그믄 하늘만큼 땅도 겁나게 귀헌 것이잖애. 긍게 사람도 윗늠만큼 아랫늠도 귀헌 거 아녀? 귀헌 늠만큼 천헌 늠도 귀허고, 잘난 늠만큼 못난 늠도 귀허고... 고로코롬 사람은 다 귀헌겨... 귀혀서 하늘인겨.
석주	(피식)
이삭	(나가는)

55. 동 마당 안 (낮)

마당으로 내려선 이강, 걸어가다 멈칫한다. 명심이 서 있다.

명심	물어볼 것이 있네.
이강	...
명심	이현 도련님 손에 죽은 사람들의 천도재를 지내주려고 하는데... (15회의 사주단자 내미는) 혹시 이 사람도 그런 것인가?
이강	(얼결에 받아보면 번개의 이름이 적힌... 의아한 듯 명심을 보면)
명심	내게 늑혼을 자행했던 자가 남기고 간 사주일세.
이강	(건네주며, 착잡한) 맞소.
명심	여기 적힌 이 나이가... 정말 맞는 것인가?
이강	맞소. 으병 중에 질로 어린 늠이었웅게.
명심	(힘든)

이강	(미소) 고맙소이.
명심	(눈물을 보일까 싶어 황급히 가는)
이강	(옅은 한숨)

56. 전라감영 / 객사 일각 (낮)

잔뜩 풀이 죽은 버들, 팔목의 구슬팔찌를 만지작거리고 있다. 동록개와 해승, 심드렁하게 앉아 있는.

동록개	써글... 재미도 없고 맴만 심란허니 고향 도로 내려가야겠구먼.
해승	동록개 접장은 갈 데가 있어서 좋겠시다.
동록개	(버들 보고) 근디 쟈는 벌써 며칠째 청승이여?
해승	버들 접장, 또 님 생각하나?
버들	(화낼 생각도 않고 일어나 사라지는)
해승	(옅은 한숨)
동록개	쟈가 백대장을 보통 좋아헌 게 아닌게벼. 도대체 백대장 으디가 그리 좋아가꼬 저러는거?
해승	저 사람한테 물어보슈.

동록개, 보면 자인이 걸어온다. 해승, 불편한 기색으로 자리를 뜬다.

자인	오랜만에 뵙습니다.
동록개	아, 예... 근데 여근 으쩐 일루?
자인	장군을 뵈러 왔습니다. 계십니까?
동록개	?

57. 동 대도소 안 (낮)

전봉준, 손화중, 송희옥, 최경선, 앉아 있다.

전봉준	추수가 끝나면 그 즉시... 거병토록 하세!
손화중	허나, 일본군과 싸워 이길 수 있겠습니까?
전봉준	이길 수 있는 길은 단 하나뿐일세.
송희옥	뭡니까?
전봉준	연합.
일동	(보는)
전봉준	일본에 반대하는 조선의 가능한 모든 세력들의 연합!
일동	...

58. 동 동헌 안 (낮)

자인, 병사의 안내를 받아 들어온다. 대도소를 나온 손화중, 송희옥, 최경선
이 긴장한 표정으로 어디론가 사라진다. 의아하게 바라보는 자인.

최경선	(E) 다들 모여보드라고!

59. 동 객사 일각 (낮)

최경선 주변으로 모여드는 별동대, 시무룩한...

최경선	분위기가 으째 이려? 이래가꼬 임무 허겠어?
버들	임무 내려왔소?
동록개	(기대감 어린) 이번에도 한양 가는겨?
최경선	충청도... 북접[6].
일동	!

---

6   북접: 충청도의 동학 조직을 일컫는 말.

60. 동 앞 (낮)

말을 탄 호위병들 두어 명... 손화중이 급히 말에 오른다.

전봉준 (E) 남원으로 가 개남이를 설득하게.
손화중 가세!

말을 달려가는 손화중과 호위병들.

61. 동 일실 안 (낮)

송희옥, 김학진에게 밀서를 내민다.

김학진 이게 뭔가? (받아서 펼쳐보는... 안색이 변하는)
송희옥 거병을 촉구허는 주상전하의 밀집니다. (의미심장한 표정 위로)
전봉준 (E) 전라도의 모든 무기와 군량미를 확보하게.
김학진 (심각한)

62. 다시 대도소 안 (낮)

자인, 전봉준 앞에 앉는다.

전봉준 한동안 아니 보이시던데 어찌 지내셨소?
자인   부친을 대리하여 한양으로 올라가 전라보부상 임시 도임방을 개설하고 왔습니다.
전봉준 (미소) 집념이 참 대단하시오.
자인   중전마마의 별입시에겐 그다지 어려운 일도 아니었습니다.

전봉준	(보는)
자인	그 덕분에 일본공사관이 관리하는 위장회사에 군량미를 조달해야 하는 신세가 되었지만요. (씁쓸한 미소)
전봉준	... 계속해보시오.
자인	또한 일본은 팔도의 보부상들을 군속으로 징발하려 하고 있습니다. 저 또한 전라도의 보부상들을 모아 충청도로 보내라는 지시를 받았지요.
전봉준	하고 싶은 말이 뭐요?
자인	전하의 밀서를 받은 것을 압니다.
전봉준	... 해서?
자인	장군께서 거병을 하신다면... 앞으로 제가 모으게 될 군량미와 전라도의 보부상들을... (결연히) 장군께 드리겠습니다.
전봉준	!

자인과 전봉준의 표정에서 엔딩!

18회

1.　　　(17회 엔딩에서 이어지는) 감영 / 대도소 안 (낮)

자인　　　장군께서 거병을 하신다면… 앞으로 제가 모으게 될 군량미와 전라도의 보
　　　　　부상들을… (결연히) 장군께 드리겠습니다.

전봉준　　!

자인　　　(보는)

전봉준　　(지그시 보다가… 팔짱을 끼고 생각에 잠기는)

자인　　　저를 믿지 못하시는군요.

전봉준　　믿어야 할 이유를 찾는 중이오.

자인　　　백대장과 별동대가 한양에서 저희의 도움을 받은 사실… 보고 받지 못하셨
　　　　　습니까?

전봉준　　보고 받았소. 정확히는… 최행수가 돕고 송객주는 묵인을 해주었다구.

자인　　　묵인 역시 위험을 감수한 행동입니다.

전봉준　　맞소. 동의하오.

자인　　　그럼에도 저를 믿지 못하시겠다구요?

전봉준　　송객주가 할 수 있는 최선은 딱 거기까지니까… 묵인.

자인　　　!

전봉준　　(지그시 보며) 그게 여태까지 내가 보아온 송객주요.

자인　　　(내심 당황스러운)

전봉준　(일어나는) 거병은 하지 않소. 돌아가시오.

자인　(앉은 채로) 백이현을 보았습니다.

전봉준　(보는)

자인　천우협이라는 낭인패의 대표가 되어 있었는데... 일본 이름이 오니¹라고 하더이다.

전봉준　미친놈...

자인　왜놈들이 대궐을 유린하는 것을 보았구... 끔찍한 주검들을 보았구... 그보다 더 끔찍한 왕실과 조정의 무능함도 보았지만... 백이현의 변해버린 모습보다 끔찍하진 않았습니다... (일어나며) 장군.

전봉준　(보는)

자인　(눈물 맺히는) 저는... 저를 비롯한 조선의 장사치들이 백이현처럼 도채비로 변하는 것을 원치 않습니다. 왜놈에게 영혼을 저당 잡힌 배부른 노예는 더더욱 원치 않습니다. (결연히) 저를 믿어주세요.

응시하는 전봉준과 자인의 모습에서.

2.　　전주여각 외경 (낮)

3.　　동 자인의 침소 안 (낮)

봉길, 탕약이 든 사발을 마신다. 자인, 착잡하게 바라보는...

봉길　덕기는 으디 출행 나간겨?

자인　다케다헌티 갖다 바칠 쌀 말이여. 입도선매²허러 다니는 중이잖여.

봉길　안 들키게 조심혀야 되는디...

1　오니: 도깨비의 일본어.

2　입도선매: 벼를 논에서 거두지 않은 채로 팔아버리는 일.

자인	걱정 말어. 조선인 명의로 된 싸전들허고 거래허는 걸로 꾸며놨응게.
봉길	(잔기침하고) 맴은 좀 으뗘?
자인	맴이 머?
봉길	요즘 겉은 시국에 왜늠헌티 쌀 팔어묵는 거 매국노나 허는 짓이잖여.
자인	(짐짓 태연하게) 안 헌다고 누가 알어주는 것도 아니고 언 늠이 혀도 헐 거신디 안 허는 게 맹추제.
봉길	(흐뭇한) 맞어... 니가 인자 시상을 쪼까 아는구먼.
자인	(미소... 착잡한)
덕기	(E 시무룩한 어투로) 다녀왔십니다.
봉길	싸게 나가봐.
자인	(뭔가 결심한 표정으로 일어나는)

4. 동 자인의 집무실 안 (낮)

덕기, 지친 기색으로 앉는다. 자인, 차를 따라준다.

자인	쌀은 넉넉히 구해놨습니까?
덕기	(퉁명스레 고개만 끄덕이는)
자인	(찻잔 건네며) 기분이 별로 좋지 않아 보이시네요.
덕기	(뚱한... 차 마시는)
자인	제가 긴히 드릴 말씀이 있는데...
덕기	내가 먼저 하꾸마. 내... 막살할란다.
자인	(보는)
덕기	내가 이라모 안 되는 거 아는데... 왜놈들 군량미 대는 일은 도저히 몬하긋다. 행수 딴 놈 세아라.
자인	(재밌다는 듯, 미소) 행수 안 하면 뭐하고 사시게요?
덕기	사지 멀쩡한 놈이 오데 할 일 없었나?
자인	바깥에 할 일 없어 빌어먹는 사람들... 대부분 사지 멀쩡한 사람들입니다.
덕기	안 되모 뭐, 빌어무야제. (일어나는) 가끔 행님 문병하러 오꾸마.
자인	어허!

덕기	(보는)
자인	가드래도 행수는 뽑아주고 가야제?
덕기	배깥에 할 놈 천지 삐까리다.
자인	목심 걸고 헐 늠은 많지 않을 것인디.
덕기	오데 전쟁하러 가나? 쌀 파는데 목숨 걸 일이 뭐 있노?
자인	전쟁허러 간다믄?
덕기	먼 소리고?
자인	그 쌀 말이여... 의병들 입에 넣어줄 거여.
덕기	!
자인	(결연한) 묵고 기운내서 왜늠들 싹 때레잡으라고.
덕기	... 자인아!
자인	그래도... 관둘겨?
덕기	(뭉클한)

5. 일본공사관 앞 (낮)

이현, 걸어온다. 일본군의 경례를 받으며 들어간다.

다케다	(E, 들뜬) 대승이야!

6. 동 다케다의 집무실 안 (낮)

이현, 다케다를 본다.

다케다	평양에서 적의 육군을 대파하고 황해바다에선 우리 함대가 청국의 북양함대를 대파하였네!
이현	이기리란 예상은 했지만 너무 싱겁군요.
다케다	(격앙된) 됐어! 이제 조금만 더 밀어붙이면 대륙으로 진출할 수 있어!
이현	조선 국경을 넘으려는 것입니까?

다케다   그래야지! 조선반도뿐 아니라 만주와 요동 나아가 대륙 깊은 곳까지 문명의 빛을 전파해야지! 그것이 아시아 최고의 문명국, 일본의 사명이니까!

흥분이 가시지 않는 다케다의 모습을 조금 찜찜하게 바라보는 이현.

7.   건청궁 관문각 안 (낮)

고종과 중전, 침통한 기색으로 앉아 있다.

중전   너무 심려치 마시옵소서. 연전연패하고 있사오나 청나라는 대국이옵니다. 결코 저 작은 섬나라에 질 나라가 아니옵니다.
고종   사태가 이리도 급박하거늘... 전봉준에게선 어찌 아무런 소식이 없는 것인가?
중전   (의아한) 전봉준이라니요?
고종   (긴히) 밀사를 보내 거병하라 명을 내렸었소.
중전   !
고종   (초조한)

8.   대일상회 앞 (밤)

평복을 입은 이두황이 급히 걸어와 들어간다.

9.   동 안 (밤)

이현, 신문을 읽고 있다. 이두황이 들어온다.

이두황   오니상!
이현   (신문 보며) 이건영은 찾았습니까?
이두황   그렇소! 입궐을 하려고 얼쩡대는 것을 왈짜들을 시켜 잡아놨소!

이현	(신문 내려놓고) 다케다상에게... 영감의 진급을 상신하겠습니다.
이두황	고맙소! (구십도 인사하는)
이현	(일어나는)

10.   동 헛간 안 (밤)

낭인1, 포박당해 앉아 있는 사내의 두건을 벗긴다. 이건영이다. 겁에 질린 이건영, 앞에 앉은 이현을 보고 바짝 긴장한다.

이현	그간 어딜 다녀오신 것입니까?
이건영	너는 누구냐?
이현	(미소) 모르시는 게 좋습니다. 오늘 승지 영감은 저를 만난 적이 없는 것이니까요.
이건영	무, 무슨 헛소리를 지껄이는 것이냐?
이현	자백만 하면 영감께 아무 일도 일어나지 않는다는 것입니다.
이건영	이놈... 조선인이구나!
이현	전봉준을 만나고 온 거 알고 있습니다.
이건영	!
이현	아마도 군사를 일으키라는 임금의 명을 전하였겠지요.
이건영	이제 보니 꼬투리를 잡아 주상전하께 위해를 가할 생각인가 본데 천만에... 전봉준은 역적이다! 임금이 어찌 역적에게 그런 명을 내리겠느냐!
이현	(피식) 본론으로 들어가죠. 전봉준의 대답이 뭐였습니까?
이건영	!
이현	의병을 하겠다고 모여든 사람들을 해산시켰다 하던데 왠지... 일본을 방심시키려는 기만책이란 느낌이 들어서요. 제가 전봉준을 좀 알거든요.
이건영	네 이놈, 매국노로 사는 것이 부끄럽지도 않느냐!
이현	그 매국노가 아니었다면... 지금쯤 허공에 매달려 매타작을 당하고 계셨을 것입니다.
이건영	!!!
이현	양반 체면에 볼썽사나운 꼴 자초하지 마시고 순순히 털어놓으세요. 조선 양

반들 죽고 못 사는 게 체면인데... 지키셔야지요.

이건영　(당혹스러운)

이현　(조여가듯) 말씀하세요... 전봉준의 대답.

이건영, 체념의 빛이 어리는... 탄식 같은 한숨을 내쉬더니 갑자기 벽을 향해 돌진하여 머리를 있는 힘껏 처박는다.

이현　(일본어) 잡아!!

낭인1이 손쓸 틈도 없이 피를 쏟으며 쓰러지는 이건영. 급히 다가가 살펴보는 이현. 이미 두 눈을 부릅뜨고 죽어버린 이건영. 어이없는 이현.

11.　전라감영 외경 (밤)

12.　동 대도소 안 (밤)

전봉준, 김학진을 응시한다. 송희옥, 배석해 있다.

전봉준　전하의 밀지를 보신 소감이 어떠시오?

김학진　주상전하께서 은밀히 봉기를 명하셨다고는 하나... 일전에 외무대신 김윤식이 일본과 동맹의 맹약을 체결한 것도 엄연한 현실이오.

전봉준　동맹의 허울을 쓴 속국이오.

김학진　허나 본관은 관찰사로서 국법과 나라 간의 조약을 준수할 의무가 있소.

전봉준　감영군까지는 바라지도 않소. 무기만 지원해주시오.

김학진　(고심하는)

전봉준　(보는)

김학진　위봉산성에 비축해둔 무기와 화약을 전부 드리겠소.

전봉준　(미소) 추후 문제가 생기더라도 우리가 탈취한 것으로 하겠소이다.

김학진　(일어나는)

전봉준	대감.
김학진	(보는)
전봉준	(일어나는) 고맙소.
김학진	부디 이 나라 조선에서... 왜놈들을 몰아내 주시오.
전봉준	그리될 것이오.
김학진	(나가는)
송희옥	보부상의 군량미에 관군의 무기까지 확보가 되었으니... 북접과 김개남 접주만 연합허믄 거병에는 문제가 없겠습니다.
전봉준	거병은 할 수 있겠으나 이대로는 뒤통수가 간지러워서 곤란하네.
송희옥	뒤통수라시면?
전봉준	집강소 설치를 거부하며 저항을 하고 있는 나주목사, 민종렬.
송희옥	(옅은 한숨) 협조허라는 관찰사의 명령도 우습게 아는 늠입니다.
전봉준	그나저나... 백대장의 행방은 알아냈는가?
송희옥	아, 예. 엊그지 고부 집강소에 나타났다고 헙니다.
전봉준	...
송희옥	불러올려서 뭐든 일을 맡기겠습니다.
전봉준	놔두게. 거기도 할 일은 얼마든지 있어.
송희옥	(옅은 한숨)
전봉준	...
이강	(E) 시방 나라가 망헐라는 판입니다.

	플래시백〉17회 10씬의,
이강	**나라허고 집강소 중에 머시 중헙니까?**

	현재〉
전봉준	(미소) 녀석...

13. 백가네 행랑채 / 이강의 방 안 (낮)

유월, 잠들어 있다. 간간히 끙끙 앓는 소리를 내는... 이강, 짠하게 바라보는...

남서방이 들어온다.

남서방 유월이 좀 으떠냐?

이강 골병이 들라능가 밤새 끙끙 잃어대네요이.

남서방 (옅은 한숨 내쉬고) 어르신헌티 좀 가 봐.

이강 ...

14. **동 안채 / 백가의 방 안 (낮)**

이강, 백가 앞에 선다.

이강 (퉁명스레) 먼 일입니까?

백가 니 인자 앞으로 으쩔라고?

이강 ...

백가 쫓겨났응게 말 갈어타야제?

이강 갈어탈 말이 으딨다요?

백가 왜 읎어? 왜늠도 있고, 나주목사 민종렬이도 있고, 올라탈 말은 숱허게 널렸당게.

이강 전봉준이란 말을 타봉게 다른 말은 눈에 차도 않어가꼬요. 그냥 찬찬히 생각헐랍니다. 급헐 것도 없잖여라.

백가 말 갈어탈 생각 없으믄 유월이 델꼬 멀리 가.

이강 (보는)

백가 유월이허고 오순도순 농새지믄서 그리 살어.

이강 (피식) 그런 야근 돈도 좀 주심서 허는 거이 더 감동적이지 않겠소?

백가 집강소에 기부 받은 재물 있잖여. 금고가 미어터진다두면.

이강 ... 으째 우덜을 쫓아낼라 근다요?

백가 유월이 설쳐대는 바람에 나중에 백가네꺼정 결딴날 판이여.

이강 이현이 사라지믄서 백가네 이미 끝장난 거 아녀라?

백가 시상 바뀌믄 이현이 다시 돌아와. 백가네 아직... 끝난 거 아녀.

이강 궁금혀서라도 여그서 개겨야 쓰겄는디요.

백가	(일어나 다가서는... 노기 어린) 나가 조분조분 타이르고 그렇게 인자 숫제... 맹탕 되븐 거 겉냐?
이강	(보는)
백가	개는 말이여... 물기 전에는 입을 다무는 법이여. 델고 안 나가믄... 유월이 먼 일 난다이.
이강	(부아를 꾹 참고) 복면 쓰고 울 엄니 공격했던 늠들... 혹시 아부지가 시킨 짓이다요?
백가	(피식) 글씨?
이강	아니길 빌겄습니다. 내 손으로 백가네 불태워블고 싶진 않응게요.
백가	이런 호로, (뺨을 때리려 하면)
이강	(홱 낚아 잡고, 죽일 듯이) 엄니가 또 먼 일을 당해야 허는디요?
백가	!
이강	나가 으째 태어났는지... 나 낳을 띠 엄니가 몇 살짜리였는지... 고 생각만 허믄 나가... 자다가도 식칼 쥐고 여그 문지방 넘고 잡은 놈이요.
백가	(섬뜩한) 머, 머시여?
이강	(잡은 팔 홱 뿌리치는)
백가	(비틀, 침대를 짚고 간신히 서는)
이강	개두 아부지라 참었소... 나 계속 참게 헐라믄... 엄니 물어뜯을 생각 말고... 다문 입 계속 다물고 사쇼. (나가는)
백가	(병한)

15.   동 대문 앞 (낮)

이강, 잔뜩 찌푸린 인상으로 걸어 나오면 일각에 의군들이 벽을 바라보고 있다.

| 이강 | (다가가며) 머시여? |

이강, 보면 언문 괘서가 붙어 있다.

| 사내 | (E) 집강소에 협력하는 자는 이유여하를 불문하고 참수할 것이다. 나주목사 민종렬. |
| 이강 | (대뜸 괘서를 떼어내고) 신경 쓰덜 말고 다들 드가 일 보쇼. |

의군들, 들어간다. 이강, 찢어발기는데... 억쇠가 헐레벌떡 나타난다.

억쇠	대장!
이강	왔어?
억쇠	대장! 그늠 찾었구먼!
이강	... 다리 찔린 늠?
억쇠	이!
이강	(찢은 종이 내던지고 가는)

16. 민가 거리 (낮)

이강과 억쇠, 속보로 걸어오는...

| 억쇠 | 간밤에 삼돌아재가 불려가서 대침을 놔줬다는디 다친 부위허고 상처가 대장 말헌 거허고 똑같구먼! |
| 이강 | 고부에 고로코롬 간뎅이 큰 늠이 있었는지 몰랐구먼. 감히 울 엄니 쥐패고 으원을 불러 대침을 맞어야? |

17. 초가집 마당 안 (낮)

이강과 억쇠, 들이닥친다. 텅 빈 마당에 투전을 하다 만 흔적이 남아 있다.

| 억쇠 | 발써 튀어브렀나? |
| 이강 | (안으로 내쳐 들어가는) |

18.   동 일실 안 (낮)

이강이 들이닥친다. 부상을 당해 누워 있던 무사1, 급히 몸을 일으키지만 이강의 발길질에 쓰러진다. 억쇠, 뒤따라 들어온다.

이강   역시 고부 사람 아니구먼. (무사1의 멱살을 잡고) 나가 가급적이믄 착허게 살라 그니께 말로 헐 때 순순히 불어. 느덜 사주헌 늠이 누구여?
무사1   (피식)
억쇠   말로 혀서는 안 되겠구먼. 관아로 끌고 가 물고를 내야제.
무사1   바라던 바다. 관아로 가자.
이강·억쇠   ?

19.   고부관아 앞 (낮)

통인들이 무사1을 끌고 들어간다. 일각에 억쇠와 이강이 지켜보는...

억쇠   머더는 늠이끄나? 말뽄새는 똑 양반 겉은디...
이강   저녁에 올팅게 토설 받어 봐. (가려다가) 참, 억쇠 너 돈 좀 있냐?
억쇠   돈? 먼 일 있는겨?
이강   아니, 누가 동지들 천도재를 지내준다는디... 모른 척헐라니께 뒤통수가 근지러서 말이여. 성의표시나 헐라고.
억쇠   ?

20.   황진사댁 마당 안 (낮)

외출 채비를 한 명심, 별채 쪽에서 들어선다. 석주, 대청에 앉아 먼 산을 바라보고 있다. 헛헛한... 명심, 다가가 인사한다. 석주, 잠시 보고는 시선을 거둔다.

명심	미륵사에 좀 다녀오겠습니다.
석주	(시선을 주지 않은 채) 요즘 절에 걸음이 잦구나.
명심	송구합니다. 마음이 잡히지 아니 하여...
석주	... 다녀오거라.
명심	헌데 오라버니... 벌써 여러 날째 소녀에게 눈길을 주지 않은 것을 아십니까?
석주	(옅은 한숨)
명심	혹여 소녀가 늑혼을 당한 것 때문에 이러시는 것입니까?
석주	그만하거라.
명심	향청의 양반들이 손가락질 하는 것 알고 있습니다. 문중에선 아예 정조를 잃은 여인 취급을 한다지요. 오라버니도 그리 생각하시는 것입니까?
석주	(참다못해 홱 노려보는)
명심	(눈물 그렁해서 보는)
석주	(이를 악무는데)
무사2	(E) 황진사 되십니까?

석주, 보면 무사2가 무리를 이끌고 들어선다. 명심, 눈물을 삼키며 자리를 뜬다.

석주	... 뉘시오?
무사2	민종렬 영감의 명으로 왔소. 향청 회의를 소집해 주시오.
석주	!

21.   동 석주의 방 안 (낮)

석주, 양반들, 무사2를 비롯한 무사들, 둘러앉아 있다. 석주, 고심하는...

양반1	민목사 말대로 하십시다!
양반2	헌데 민보군을 만든다고 놈들을 이길 수 있겠습니까?
양반1	어차피 이대로 가다간 양반들은 다 고사당할 것일세! 일단 싸워보고 여차하면 민종렬 목사와 합류하면 될 것 아닌가?

석주	...
무사2	좌수께선 어찌 아무 말씀도 없으십니까?
석주	민보군은 아니 됩니다.
일동	!
석주	전라도 말고 조선 전체를 보시오. 지금 발등에 떨어진 불은 집강소가 아니라 왜놈들이오. 집안싸움을 거듭하는 것은 왜놈들만 이롭게 할 뿐... 일단 사태의 추이를 지켜본 연후에, (하는데)
무사2	역시 소문대로 대가 약하시군요.
석주	(잘못 들었나 싶은) 지금... 뭐라 하셨소?
무사2	진사나리의 소문은 나주까지 파다합니다. 고신이 두려워 여동생을 아전 집안에 시집보내려 하였다지요?
석주	(얼굴 벌게지는) 뭐요?
무사2	더욱이 그 여동생은 동비에게 늑혼을 당한 몸임에도 불구하고 지금도 버젓이 대로를 활보하고 있다면서요?
석주	말 그대로 늑혼이었소이다! 실제 혼례를 치른 것도 아니지 않소이까!
무사2	(피식) 향청의 좌수라는 분이 법도를 이리 우습게 여겨서야...
석주	말을 삼가시오! 내가 무슨 법도를 업수이 여겼단 말이오!
무사2	사주단자가 들어가고 수건 한 장이라도 혼수가 전해지면 혼례의 여섯 가지 절차 중 납폐가 이루어진 것이니... 초야만 치르지 않았을 뿐 혼인은 성립한 것입니다.
석주	(말문 막히는)
양반1	(은근히 거드는 말투로) 법도 상 그게 맞지. 아, 남원에선 늑혼을 당한 규수가 자결을 했다던데... 거긴 뭐 괜히 그랬겠소?
석주	(기막히는) 제발 그 입 좀... 닫지 못하겠소?
양반1	(험!)
양반2	기왕에 말이 나왔으니 말입니다만, 이 집 규수 때문에 내가 얼굴을 들고 다닐 수가 없소.
석주	(어이없는 듯 피식 웃으며) 왜요? 명심이가 자결을 하지 않아서요?
양반2	안사람이 미륵사에 갔다가 봤다는데... 요새 동비들 천도재를 지내주고 있답디다.
석주	!

무사2	(거슬리는)
양반1	허, 거참 말세로고!... 말세야!
석주	(노기를 참으며) 나주목사에게 민보군은 결성치 않을 거라 전하시오.
무사2	진심이십니까?
석주	그렇소. 물러가시오.

무사2, 박차고 나간다. 무사들, 따라 나간다. 양반들, 못마땅한 표정으로 석주를 바라보는... 석주, 당혹스러운...

22.   황진사댁 앞 (낮)

엽전 꾸러미를 던졌다 받으면서 걸어오던 이강, 멈춘다. 굳은 표정의 무사2를 비롯한 무사들, 몰려나와 어디론가 걸어간다. 이강, 의아한...

23.   절 명부전³ 안 (낮)

염불을 외는 스님... 명심, 백팔배를 올리고 있다. 땀방울이 맺힌 명심의 모습 위로...

이현	(E) 두 번 다시 악귀의 노예가 되어 헤매고 싶지 않습니다...

플래시백〉13회 43씬의,
저는... 백이현으로 돌아가고 싶습니다.

현재〉
명심, 더욱더 간절히 절을 올리는...

---

3   명부전: 저승의 유명계를 상징하는 사찰 전각.

이현   (E) 정말이지 이런 모습은 보여드리고 싶지 않았는데...

플래시백〉15회 20씬의,
이현   **(피식) 미안해요.**

현재〉
명심, 흐트러지는 마음을 다잡으며 지성으로 절을 올리는...

24.   동 앞 (낮)

앞 씬의 스님이 망자들의 옷가지 따위를 태우고 있다. 곁에서 지켜보던 명심, 쥐고 있던 무언가를 펼쳐본다. 번개의 사주서다. 장작불에 던져지는 사주서. 서서히 타들어가더니 재가 되어 허공으로 날아오른다.

명심   다음 생에선 부디 천수를 누리시길... 편히 가시게.

명심, 하늘로 흩어져가는 재를 먹먹하게 바라본다. 일각에서 명심을 지켜보는 사내들... 무사2의 무리들이다.

25.   절 앞 (낮)

배웅 나온 스님에게 인사하는 명심. 쓰개치마를 덮어쓰고 걸음을 재촉해간다. 모퉁이를 돌 즈음 무사2의 무리가 막아선다.

명심   (흠칫) 누구냐!

피식 웃으며 다가서는 무사2... 두려움이 떠오르는 명심의 표정에서.

26. 산길 (낮)

무사2 일행, 커다란 보에 싸인 무언가를 짊어지고 걸어간다. 기절한 명심이
들어 있는 보다. 무사2 일행, 사라지면 이강이 나타난다. 이강, 뒤를 밟는다.

27. 저수지 일각 (낮)

무사2 일행, 저수지 앞에 다다라 멈춘다. 뒤를 밟던 이강도 멈춘다. 무사2 일
행, 대뜸 명심이 든 보를 저수지에 던진다. 이강, 헉! 해서 보면 서서히 물속으
로 가라앉는 보. 낄낄대며 지켜보는 무사들... 이강, 무사들이 떠날 때를 기다
린다.

무사3	가시죠.
무사2	경치도 존데 담배나 한 대 피고 가세. (바위 정도에 걸터앉는)
이강	!

무사들, 모여 앉아 부싯돌과 곰방대를 꺼낸다. 이강, 속이 타들어가는... 부싯
돌을 부딪쳐 불을 붙이는 무사들... 잠시 망설이던 이강, 튀어나간다. 무사2의
목을 베는 이강! 조바심이 나는 이강, 몸을 사리지 않고 살초를 펼쳐간다! 난
전!!!

28. 물속 (낮)

바닥에 가라앉는 보... 미동조차 없는... 간간이 올라오던 공기방울이 멈추는...
그때 보를 잡아당기는 왼손... 이강이다. 이강, 보를 잡아당기며 헤엄쳐 올라
간다.

29.　다시 저수지 일각 (낮)

부상당해 도망치는 무사 두 명... 무사2 등의 시체가 쓰러져 있는... 기진맥진한 이강, 보를 잡아당기며 저수지를 빠져나온다. 정신없이 보의 매듭을 풀어 벗기면 죽은 듯 웅크려 있던 명심이 허어~!!! 숨을 들이키며 눈을 뜬다. 숨이 넘어갈 듯 가슴을 쥐어뜯으며 괴로워하는 명심... 안도와 함께 탈진한 이강, 털썩 주저앉는다. 벌벌 떨며 오열하는 명심... 숨을 몰아쉬며 짠하게 바라보는 이강...

이강　　염병... 시상 변헐라믄... 아직 멀었구먼.

명심의 서러운 울음과 이강의 씁쓸한 표정에서.

30.　황진사댁 별당 마당 안 (낮)

황망한 표정의 석주가 다급히 뛰어든다. 하인들이 움츠리며 물러서면 무사2의 시체가 놓여 있다.

석주　　이럴 수가! (별당 쪽을 보는)

31.　동 명심의 방 안 (낮)

석주, 들이닥친다. 파리한 안색의 명심이 이부자리에 드러누워 있다. 문가에 이강이 앉아 있다.

석주　　(다가앉으며) 명심아!! 나를 알아보겠느냐? 명심아!
명심　　(대꾸 대신 가늘게 울음이 새어나오는)
석주　　(탄식하는)
이강　　그늠들... 머더는 늠들입니까?

석주	...
이강	말해주쇼. 울 엄니도 공격혔던 늠덜이요.
석주	... 나주목사 민종렬이 보낸 자들이다.
이강	머땜시요?
석주	집강소가 설치된 고을에 민보군을 결성하려는 것이다.
이강	(중얼대듯) 염병...
석주	가거라.
이강	(일어나는)
석주	(고개 떨구고 괴로워하는)
이강	슬퍼허시는 거 봉게 진사나리도 사람이었는갑소이.
석주	(노려보는... 핏발이 선) 뭐라?
이강	(일어나는) 기왕이믄 반성도 좀 허쇼. 우리 동상은 시방 디졌는지 살았는지도 모르니께. (나가는)
석주	(허탈한)

32. 광화문 앞 (낮)

경군들이 무언가를 에워싼 채 서 있다. 백성들, 불안한 표정으로 모여 있다. 이두황, 달려와 병사들 틈으로 파고든다. 이규태가 거적때기에 덮인 무언가 앞에 침통하게 앉아 있다.

이두황	(놀라) 이보게, 규태. 병사들 말이 사실인가?
이규태	(일어나 나가며) 직접 보시게.

이두황, 허겁지겁 다가가 거적을 끌어 내리면 이건영의 시신이다.

| 이두황 | (가슴이 철렁하는... 이현을 떠올리며) 이, 이럴 수가! |

한편, 일각으로 빠져나온 이규태, 침통한 한숨을 내쉰다. 문득 어딘가를 본 이규태의 표정이 굳어진다. 그의 시선 끝에 낭인1을 대동한 이현이 시신 주

변을 바라보고 있다.

이규태	아니, 자네!
이현	(돌아보는)
이규태	(믿기지 않는) 백이방?
이현	(미소로 가벼운 목례, 다시 무리 쪽을 보는)
이규태	(다가가는) 자네가 어찌 여기 있는 것인가?
이현	경복궁 앞에 주검이 버려지는 변고가 있었다 하여 나와 본 것입니다.
이규태	누가 그걸 묻는 것인가? 자네가 어찌 한양에 이런 모습을 하고 있느냔 말일세.
이현	(태연한 미소) 일본공사관을 돕고 있습니다.
이규태	(실망스러운) 일본이라구?
이현	조선엔... 제가 설 자리가 없어서요.

이현, 자리를 뜬다. 이규태, 어이없는 듯 바라보는...

33.   대일상회 외경 (밤)

34.   동 안 (밤)

이현, 홀로 쓸쓸히 술을 마시고 있다. 술잔을 비우는 이현, 마음이 편치 않다.
문소리에 돌아보면 다케다가 작은 상자를 하나 들고 들어온다.

이현	(일어나는) 선배.
다케다	(노기 어린) 시체를 군이 광화문 앞에 버릴 필요가 있었나?
이현	대문 앞에 놔두어야 집주인이 겁을 먹지 않겠습니까?
다케다	(차갑게 보다가 탁자 위 술병으로 시선을 옮기는)
이현	치우겠습니다.
다케다	놔 둬. (상자를 들어 보이며 미소)

이현	?
다케다	위스키.
이현	(미소)

35. 건청궁 관문각 안 (밤)

고종, 어주상을 뒤집어버린다. 나인들, 경악하는... 중전이 말린다.

중전	전하! 고정하시옵소서!
고종	(바깥에 대고) 여봐라! 게 아무도 없느냐! 누구든 가서 공사관 왜놈들의 수급을 가져오너라!
중전	어찌 이러시옵니까! 참으시옵소서! 하늘이 무너져도 솟아날 구멍이 있다 하였사옵니다!
고종	왜 아무도 대답을 않는 것이야!! 국태공~!!! 병판~!!! 과인이 부르고 있지 않소이까~!!!
중전	(울며) 전하~!!!

36. 다시 대일상회 안 (밤)

다케다와 이현, 제법 취기가 오른...

다케다	너무 신경 쓰지 말게. 자네가 죽인 것도 아니잖아.
이현	그 사람... 왜 자결을 했을까요?
다케다	전봉준에게 밀사를 보냈다는 사실이 드러나면 임금이 위해를 당할까 봐 그랬겠지.
이현	미련하군요. 목숨을 바칠 만한 군주가 아닌데 말입니다.
다케다	그런 미련한 자들이 제법 많더군.
이현	(보는)
다케다	충청도와 경상도, 황해도 등지에서 일본군에 저항하는 무리들이 나타나고

있다는 보고야. 유생, 동학당, 포수... 출신도 다양하더군.

이현   의병이군요.

다케다   의병?

이현   나라를 구한다는 명목으로 자발적으로 결성된 민병댑니다. 일본 역사에선 찾아보기 힘든 군대이지요.

다케다   (피식) 군인도 아닌 자들이 전쟁이라니... 무모하기 짝이 없구만.

이현   우습게 보실 일은 아닙니다. 그 옛날 임진년의 난리 때 내륙에서 일본군의 발목을 잡은 게 누군지 모르십니까?

다케다   (생각하다가) ... 그렇구만.

이현   조선의 권부는 나약하기 짝이 없으나 백성들은 좀 다릅니다.

다케다   (피식, 술 따르며) 뭐, 자네가 그렇다면 그런 것이겠지.

이현   해서... 전봉준이 계속 걸립니다.

다케다   (보는)

이현   참으로 거병의 의지가 없는 것인지... 직접 확인하고 싶습니다.

다케다   전라도로 가려구?

이현   예.

다케다   제법 위험할 텐데...

이현   따분한 것보단 그 편이 낫습니다.

다케다   (지그시 보다가 잔을 들며, 일본어) 건배.

이현   (미소, 일본어) 건배.

잔을 비우는 두 사람.

37.   일본공사관 앞 (밤)

얼큰히 취한 다케다, 이현의 어깨에 팔을 두르고 비틀비틀 걸어온다. 다케다, '사쿠라' 정도 일본 민요를 흥얼거린다. 공사관 앞에 다다르면,

이현   (멈추며) 다 왔습니다. 혼자 들어가실 수 있겠습니까?

다케다   (주억대며) 그럼, 그럼... 이 다케다 이 정도론 끄떡없어.

이현	그럼 저는 이만 물러가겠습니다.
다케다	(이현의 어깨에 손을 올리며) 잠깐만.
이현	(보면)
다케다	전라도에 가겠다니 물어보는 건데... 자네 백이강이라고 아나?
이현	(의외라는 듯 보다가) 선배가 그 사람을 어떻게...
다케다	전봉준의 심복 중에 백가 성을 쓰는 아전 집안 자식이 있다길래... 역시 그랬군.
이현	한때는 형이었으나 굳이 따지자면 이젠... 적입니다.
다케다	꼭 그렇지만도 않겠던데?
이현	예?
다케다	동학에서 파문을 당했다는군. 도채비의 정체를 은폐했던 죄로.
이현	(보는)
다케다	(미소) 그럼 조심해서 다녀오게. (들어가는)
이현	...

38.   거리 (밤)

이강, 터벅터벅 걸어온다.

석주	(E) 나주목사 민종렬이 보낸 자들이다.

플래시백〉 31씬의,

이강	**머땀시요?**
석주	**집강소가 설치된 고을에 민보군을 결성하려는 것이다.**

현재〉

이강, 심각한... 짚신 좌판 앞에 쪼그려 앉은 사람들을 무심히 지나쳐간다. 뭔가 이상한 이강, 멈추더니 되돌아온다. 좌판 앞의 사람들이 고개를 푹 숙인다. 이화, 당손이다. 미소 지으며 쪼그려 앉는 이강.

이강	짚신 팔고 기시는갑소?
이화	그냥 가던 길 가라이.
이강	(피식) 매부, 으째 좀 팔었소?
당손	그럼. 많이 팔았지.
이강	에이, 딱 봉게 몇 개 팔도 못했는디 뭘...
이화	그려! 몇 개는커녕 마수도 못했다! 긍게 염장 지르덜 말고 싸게 가라고!
이강	(핏 웃는) 에이, 손님헌티 그라믄 쓰간디?
이화	머시여?
이강	(엽전 몇 닢 내고 짚신 하나 집어드는)
이화·당손	?
이강	마수 혔응게 인자 불티나게 팔릴 것이여. (가는)
당손	(주섬주섬 엽전 집어넣는)
이화	(흥!)

39. 백가네 대문 앞 (밤)

짚신을 들고 털레털레 걸어오는 이강. 열린 대문으로 들어가려다 보면 '집강소' 종이의 한쪽 모서리가 떨어져 너덜거리는... 착잡한 듯 보다가 들어서는...

40. 동 행랑채 (집강소) 마당 안 (밤)

이강, 들어오다 보면 대청 앞에 누군가 서성대고 있다. 무언가 망설이고 있는 채씨다.

이강	마님?
채씨	(화들짝 놀라는) 아이고매!
이강	(다가서는) 행랑채는 으쩐 일이시다요?
채씨	(큼, 짐짓 냉한 어투로) 행랑채도 내 집인디 용건 있어야 오는거?
이강	근디 손에 고건 머다요?

채씨	오매! (흠칫 숨기는)
이강	약첩 겉은디?
채씨	써글... (한숨 푹, 불쑥 내미는) 느그 엄니 갖다 줘.
이강	(보는)
채씨	아, 언능!
이강	(미소) 오래 기셨던 거 겉은디... 드가 보시지라.
채씨	염병허덜 말어.

41.   동 이강의 방 안 (밤)

이부자리 위에 앉은 유월에게 약첩을 내미는 채씨.

유월	(깜짝 놀라) 마님...
채씨	영감탱이 방 소제허다 뵈길래 버리기 뭐혀서 주는겨. (꿍얼대는) 으째 된 집 구석이 서랍만 열었다 허믄 장독⁴ 푸는 약재들이 기어 나온대?
유월	(벙한)
채씨	(큼) 몸은 좀 으뗘?
유월	(먹먹한) 견딜 만허네요... (미소)
채씨	(힘들게 보다가) 역시 안 되겄네. 그만 가볼라네. (일어나는데)
유월	(손잡는) 마님.
채씨	!
유월	고맙구먼이라.
채씨	(눈가가 촉촉해져오는)
유월	(따뜻하게 보는)
채씨	(허심탄회한 어조로) 니 잘못 아닌 거 아는디... 아는디도 나가 니만 보믄 억 장이 무너져가꼬... 그래서 그랬구먼...
유월	마님 힘드셨던 거슬 지가 으째 모르겄어라?

---

4   장독: 매를 맞아 생긴 상처의 독.

채씨	(눈물 글썽이며) 나가 이현이 낳을 띠 안 있냐이... 베개 밑이다가 식칼을 넣
	어놨당게? 만약에 아들 아니믄... 안방에 있는 저 화상 모가지 따불고 나도
	칵 디져블라고 말이여.
유월	(먹먹한)
채씨	유월아...
유월	야?
채씨	(눈물 흐르는) 미안허다.
유월	(눈물 흐르는) 마님...

채씨와 유월, 손을 마주 잡고 흐느낀다.

42. 동 행랑채 마당 + 대청 안 (밤)

안에서 여인들의 울음소리가 새어나오는... 대청에 걸터앉은 이강, 먹먹한 표정이다. 어느 순간, 벌떡 일어나 어디론가 걸어가는...

43. 동 대문 앞 (밤)

풀통을 든 이강, 정성스레 집강소 종이를 붙인다. 풀을 바르고... 꼼꼼히 눌러 붙이는... 작업을 마친 이강, 손을 탁탁 털고 바라본다. '집강소' 세 글자가 선명하게 눈에 들어온다. 흡족한 미소를 지으며 돌아서다가 멈칫하는 이강. 눈물이 채 가시지 않은 유월이 미소 지으며 서 있다.

이강	(큼) 누워 있제 머더러 나왔대?
유월	집강소 돼도 않겄담서 딱지는 머더러 붙이고 앉었냐?
이강	(머쓱... 긁적이며) 개두 엄니 허는 거인디 쪼글시러뵈믄 안 되잖애.
유월	이강아.
이강	(보는)
유월	인자 장군헌티 가... 엄니 끄덕없응게.

이강	… 엄니.
유월	장군 분명히 느 기둘리고 기실 것이구먼. 가… 가서 장군 뫼셔.
이강	(먹먹하게 바라보는)
유월	(미소)
이강	(미소)

44. 전라감영 외경 (낮)

전봉준	(E) 반갑소.

45. 동 대도소 안 (낮)

전봉준 앞에 서 있는 덕기. 자인과 송희옥, 배석해 있다.

덕기	(뻘쭘하게) 반갑십니다. 최덕기라캅니다.
전봉준	(미소) 알고 있소.
덕기	(놀라) 지 이름을 아신다꼬예?
전봉준	설마하니 나를 두 번이나 죽이려 했던 분의 함자를 모르겠소?
덕기	(뜨끔)
자인	(미소)
덕기	(머쓱하게) 지가 사감이 있어가 그란 건 아이고예. 맡은 바 직분에 충실하다 보이 마 그리된 거 아이겠십니꺼?
전봉준	지당하신 말씀이오. 앉으시오.
덕기	(앉으며) 근데 와, 이강이가 안 보입니꺼?
자인	…
덕기	장군캉 늘 찰떡겉이 붙어 있드마는… 글마한테도 비밀인갑지예?
송희옥	백대장은 파문을 당해서 인자 대도소 사람 아닙니다.
자인	!
덕기	파문예?

전봉준 (화제를 바꾸듯, 송희옥에게) 임무를 설명 드리게.

송희옥 (자인과 덕기 보며) 아주 간단헙니다. 최대헌 많은 군량미와 군수물자를 확
        보허십쇼. 그런 다음에 우덜이 지정하는 시간과 장소에서 전격적으로 결합
        허믄 됩니다.

자인·덕기 (긴장하는)

전봉준 자기들 것인 줄 알았던 군수물자가 우리에게 온다는 사실만으로도 일본군
        은 큰 충격을 받게 될 것이오. 해서 그때까지는 두 분의 임무를 철저히 비밀
        에 부칠 것이오.

덕기   알겠십니더.

자인   병력은 어느 정도를 생각하고 계시는지요?

전봉준 ... 십만.

덕기   (허~ 놀라는)

자인   십만이라면 전주성 전투 때의 몇 배인데... 가능하겠습니까?

전봉준 그렇소.

덕기   오데 다른 데캉 연합을 하시는 깁니꺼?

전봉준 더 이상은 말씀드릴 수 없으니 이해해 주시오.

덕기   아, 예.

자인   ...

46.   남원관아 동헌 안 (낮)

       손화중, 기다리고 있다. 김가가 나와 꾸벅 인사한다.

손화중 접주께 아뢰었는가?

김가   (난처한 기색으로) 예. 근데 만나지 않겠다십니다.

손화중 (난감해하다가 간절히) 다시 아뢰시게. 만나기 전에는 여기서 한 발짝도 떼
        지 않을 것이라구.

김가   (우쭐해지는... 거드름 섞인) 정 그러시면 무슨 일이신지 일단 제게 말씀을,
        (하는데)

손화중 어허! 다시 가서 아뢰라니까!

김가	(머쓱) 예... (가는)
손화중	...

47. 동 일실 안 (낮)

김가, 들어온다. 김개남, 칼을 닦고 있다.

김가	좀 나가보시죠. 뵙기 전엔 절대 가지 않겠답니다요.
김개남	(핏 웃는) 심심허던 차에 잘됐구먼. 도로 가서 누구 고집이 센지 한번 겨뤄보자고 전혀.
김가	예, 근데 손접주가 왜 왔을까요?
김개남	(쓰읍) 도로 가서 전하라니께!
김가	(머쓱) 예.

48. 동 동헌 안 (낮)

김가, 뚱한 얼굴로 나오는... 손화중, 마당에 거적을 깔고 가부좌를 틀고 명상에 잠긴.

김가	(생각해보니 열 받는) 거, 왜 다들 나만 갖구! 에이씨!

49. 숲 + 길 (낮)

최경선과 별동대, 숲속에 몸을 숨기고 전방의 길을 주시한다. 길 위에선 전신선 공사가 한창이다. 경계병 몇 명에 채찍을 든 일본인 감독관, 인부들은 남루한 행색의 조선인들이다. 유난히 비실대던 한 조선인이 짐을 나르다 풀썩 주저앉는다. 감독관, 째려보면 얼른 일어나 짐을 나르는 조선인... 홍가다.

동록개	길바닥서 시방 먼 지랄들이여?
해승	전신선을 깔고 있는 거유.
동록개	전신선?
해승	저거면 아무리 멀리 떨어진 부대와도 눈 깜짝할 사이에 연락을 주고받을 수 있수.
최경선	왜늠들이 시방 경상도, 충청도 헐 것 읎이 사방팔방으로 저늠을 깔어댄디야.
버들	그믄 작살을 내붑시다, 몇 늠 되지도 않는디.
최경선	참어. 북접 지도부를 만나는 거이 먼저여. (일어나는)

최경선을 따라 이동하는 별동대.

50.   숲길 (낮)

최경선과 별동대, 숲길을 걸어온다.

최경선	(인기척을 느끼고) 잠깐.
일동	(멈칫해서 보면)
최경선	숨어.

최경선을 따라 숲속으로 숨는 별동대... 잠시 후 화승총과 칼로 무장한 손병희와 북접 의병들이 나타나 속보로 지나쳐 간다.

동록개	쟈들 머여?
버들	충청도 으병들 겉은디요?
해승	(최경선에게) 아무래도 거기 같수.
최경선	...

51.   (49씬의) 길 (낮)

구덩이에 전봇대를 세우는 인부들. 엄청난 무게에 다들 젖 먹던 힘을 쥐어짜는... 홍가, 안간힘을 다한다.

감독관　(채찍을 땅바닥에 치며 위협하는, 일본어) 빨리! 빨리 해!

서서히 올라가는 전봇대... 독촉하는 감독관... 그때 총성이 울리며 경계병이 쓰러진다. 일동, 헉! 해서 보면 북접 의병들이 손병희를 필두로 숲에서 총을 쏘며 달려 나온다. 기습에 당황한 일본군들이 도주한다. 감독관, 홍가 등 인부들, 사방으로 흩어진다. 싱겁게 끝나버린 싸움.

손병희　(안도하는) 모두 불태우시오!

물자에 불을 놓고 전신선을 자르는 의병들... 와! 하는 함성소리에 돌아보면 일본군 일개 분대 정도가 공격해 온다. 일본군과 의병들, 공사물자에 몸을 숨긴 채 근대적인 형태의 사격전을 벌인다. 화력에서 앞선 일본군들에게 의병 몇 명이 사살당한다.

손병희　빌어먹을!

기선을 잡은 일본군이 엄폐물을 이용해 전진해오는데 총성과 함께 장교가 쓰러진다. 손병희, 보면 일본군의 뒤에서 버들이 연발 사격을 가한다. 최경선과 해승, 동록개가 돌진하여 일본군들을 베어버린다. 순식간에 일본군을 전멸시키는 별동대! 북접 의병들, 멍해서 보는... 손병희, 일어난다. 별동대, 사주 경계를 하고 최경선이 손병희에게 다가선다.

최경선　북접 동지들이다요?
손병희　그렇소! 남접 분들이시오?
최경선　녹두장군으 명으로 주인⁵을 뵈러 왔소. 호남창으군 영솔장 최경선이요.

5　주인: 동학 제2대 교주 최시형.

손병희	(미소) 손병희요.
별동대	!
최경선	(얼른 깍듯이 인사하고) 결례가 많았습니다... 두령어른!
손병희	(최경선의 손을 힘껏 잡는)
일동	(흐뭇한)

〈시간경과〉

일본군들이 현장을 수습한다. 끌려가는 일본군 시체를 일별하며 나타나는 사내... 장교를 대동한 이현이다.

장교	(일본어, 전전긍긍) 오니상... 제발 다케다상에게 말씀 좀 잘 해주십시오.

피식 웃던 이현, 끙끙 앓는 소리에 돌아보면 감독관 앞에서 얼차려를 받고 있는 조선인들... (☞원산폭격 가능할까요?)

이현	(일본어) 뭐 하는 겁니까?
장교	(일본어) 일본인이 얼차려도 모르십니까? 미개한 조선놈들 훈육하는 중입니다.

못마땅한 시선으로 바라보던 이현, 홍가를 발견한다. 얼차려를 견디다 못해 쓰러진 홍가에게 감독관의 채찍이 사정없이 날아든다. 이현, 다가가 감독관의 손을 잡는다.

이현	(일본어) 그만!
감독관	(이현을 확인하고 얼른 물러서는)
홍가	(끙끙대며) 살려주셔라... 지발 살려주셔요...
이현	(싱긋, 친근하게) 홍가 아저씨?
홍가	!!!... (서서히 고개 들어 이현을 보는... 눈이 휘둥그레지는)
이현	(킥킥대며) 아니 대체 여기서 뭐 하고 계시는 거예요?
홍가	(믿기지 않는 듯한 표정으로 부들부들 떨기 시작하는)

이현	제발 잘 좀 사셔야죠... 이렇게 사시면... 제가 아저씨를 죽일 수가 없잖아요...
홍가	(이현을 부여잡는) 나 좀 죽여줘.
이현	!
홍가	나가 차마 내 손으로 으째 못혀가꼬 이러니께 죽여돌라고! 원망 안 허마! 긍게 나 좀 죽여줘어, 이? 나가 이러케 사정허마~!
이현	(보는)
홍가	(울부짖는) 이현아~!!!
이현	...

52. 근처 외진 공터 (밤)

이현, 바위 정도에 걸터앉아 먼 산을 바라본다. 어디선가 퍽퍽 매질하는 소리가 들린다. 이현, 아랑곳하지 않는... 카메라 팬하면 감독관이 엎드려뻗쳐 있고 홍가가 소위 '빠따'를 치고 있다. 이를 악물고 죽일 듯이 패는 홍가. 감독관, 견디지 못하고 쓰러진다. 쓰러진 감독관을 몇 차례 더 갈긴 홍가, 기운이 다해 식식거린다. 그제야 일어나 홍가에게 다가서는 이현.

이현	기분이 좀 풀렸습니까?
홍가	(흥분한 상태로... 끄덕이는) 디질 때 디져도 속은 시원허구먼.
이현	아저씬 멀쩡하실 겁니다. 나를 따라다니게 될 거니까요.
홍가	(보는)
이현	(미소)
홍가	왜 하필 나여?
이현	아저씨 같은 사람을 원했거든요. 예전의 나를 기억하는 사람... 그리고 다시는... 예전으로 돌아갈 수 없는 사람.
홍가	...
이현	갑시다.

이현, 가는... 홍가, 따른다. 어둠 속으로 사라져가는 두 사람의 모습에서.

53.　전주여각 앞 (밤)

송희옥, 걸어온다. 주변을 살피고는 들어가는...

54.　동 자인의 집무실 안 (밤)

덕기, '들어오이소' 하며 송희옥과 들어온다. 놀란 표정의 자인이 맞는다.

자인　간자들 눈에 띄면 어찌하려구 여길 오신 겝니까?

송희옥　미안허게 됐소. 급히 부탁헐 거시 있어가꼬.

자인　(놀란 가슴을 진정하며) 뭡니까?

송희옥　관찰사 대감이 회선포를 몇 정 주기로 혔는디... 정작 총알이 없소. 개항장이나 으디서 구헐 방도가 읎겠소?

덕기　개항장에 있다캐봤자 몇 발이나 되겠십니꺼?

자인　운이 좋으면 구할 것도 같습니다.

송희옥·덕기　(보는)

자인　다케다에게 기별하여 개항장에 하적되는 총알의 운송을 맡겠다고 해 보겠습니다.

송희옥　!

덕기　(감탄) 직이네!

봉길이 헛기침을 하면서 들어온다. 소스라치게 놀라는 일동.

봉길　손님 왔냐? (하다가 송희옥을 보고 표정이 굳어지는)

덕기　행님...

송희옥　(내심 당황)

자인　(얼른) 글쎄 왜놈에게 팔려고 모으는 쌀이 아니라지 않습니까! 거래하는 싸전의 목록을 보여드려야 직성이 풀리겠습니까!

송희옥·덕기　(보는)

자인	썩 물러가세요!
송희옥	(짐짓 노기 어린 표정으로) 만약에 왜늠헌티 한 톨이라도 팔았다가 들키믄 그땐 각오허쇼!
자인	예에!!! 각오가 아니라 목을 내어드리지요!!!

송희옥, 격노한 표정으로 나간다.

봉길	(심각한) 잡것들... 대도소에다가 불을 확 싸질러부야 되는디...
덕기	(속았다 싶은... 내심 안도하는)
자인	(안도의 한숨)

55. 동 마당 안 (밤)

자인, 봉길을 부축해 산책을 하고 있다. 봉길, 힘겨운 듯 가늘게 숨을 몰아쉬는...

봉길	비밀이란 거이 말처럼 쉬운 거시 아녀... 차인들 입단속 확실히 시켜야 되야.
자인	걱정 말어... 차인들헌티 대바늘 노나줌서 주뎅이 싹 꿰매브라겄응게.
봉길	(피식 웃는) 농담허는 거 봉게 쫄지는 않았나 비네. (숨 몰아쉬는)
자인	그만 걸으끄나?
봉길	괜찮여. 인자 좀 걷는 거 겉은디 뭘...
자인	숨이 꼴딱꼴딱 넘어가는디 머시 괜찮애. 오늘은 이만허고 들어가게.
봉길	인정머리 읎는 늠...
자인	오매, 환장허네. 아부지 몸 생각허는 늠이 인정머리가 읎다고?
봉길	그럼 있어? 아부지허고 몇 년 만에 산책허는 거인지 알기나 혀?
자인	(보는... 먹먹해지는)
봉길	(짐짓 삐진 척하는)
자인	(미소) 울 아부지 갓난아그 되야부렀구먼.
봉길	머시여?
자인	(대청으로 데려가며) 산책 맨날 해드릴랑게 저그 쪼까 앉어보쇼.

봉길	(얼결에 앉으며) 으째 이려?

봉길   (얼결에 앉으며) 으째 이려?

자인   (싱긋) 오랜만에 다리 주물러 드릴라고. (씩씩하게 주무르는)

봉길   (흐뭇하게 보는)

자인   (먹먹해지는)

봉길   자인아.

자인   이?

봉길   기회 왔을 띠 잘혀... 허서... 꼭 거상이 돼야 헌다.

자인   이... 그려... (쓸쓸해지는)

플래시백〉1씬의,

자인   **(눈물 맺히는) 저는... 저를 비롯한 조선의 장사치들이 백이현처럼 도채비로 변하는 것을 원치 않습니다. 왜놈에게 영혼을 저당 잡힌 배부른 노예는 더더욱 원치 않습니다.**

현재〉

자인   (눈물 그렁해지는)

봉길   (보는) 으째 그려?

자인   (한숨 푹 내쉬고) 으째 이러겄능가? 아부지 다리가 너무 말라브러가꼬 맴이 아퍼 이라제...

봉길   (피식 웃으며) 그믄 뭐 아부진 평상 청춘이간디?

자인   (울컥, 참았던 울음이 터지는)

봉길   (미소) 알었어... 인자 그런 말 안 헐겨... 아부지, 평상 청춘이여, 이팔청춘...

자인, 봉길을 끌어안고 서럽게 운다. 영문도 모르는 봉길, 흐뭇한 미소로 안아주는... 그 모습에서...

56.   전라감영 외경 (낮)

57.   동 대도소 안 (낮)

전봉준, 송희옥, 앉아 있다.

송희옥   송객주가 개항장으로 가 다케다의 수하인 나카무라를 만날 거라고 헙니다.
전봉준   ... 하마터면 송봉길에게 들킬 뻔하였다구?
송희옥   예. 보는 눈이 많아서 연락을 주고 받기가 쉽지 않습니다.
전봉준   (답답한)
이강   (E, 버럭) 아 쫌, 비켜 봐!
전·송   !

58.   동 동헌 안 (낮)

이강, 막아서는 의군들과 실랑이를 벌이고 있다.

이강   글씨 잠깐만 뵈믄 된다니께!
의군1   파문당헌 사람이 장군은 봬서 머덜라고!
의군2   가서 도채비허고나 놀드라고!
이강   (빈정 상하는) 어따 안면 바꾸는 거 겁나게 신속해브요이!

욱! 해서 달려드는 이강. 의군들과 옥신각신하는데...

송희옥   (E) 뭣들 허는겨!

일동, 보면 전봉준과 송희옥이 나타난다. 의군들, 비켜서고 이강이 다가선다.

이강   (울컥) 장군!
전봉준   (짐짓 차가운 어조로) 니가 여긴 어쩐 일이냐?
이강   긴히 고헐 것이 있어서 왔습니다. 잠깐이믄 됩니다.
전봉준   파문을 당한 자를 대도소에 들일 수는 없다.
이강   (서운한)

의군들	(끄덕이는)
전봉준	따라와라. (가는)
이강	(따르는)

59.   동 객사 일각 (낮)

전봉준과 이강, 마주 서 있다.

이강	나주목사 민종렬이가 고을마다 수하들을 보내 민보군을 맨들라고 허고 있습니다.
전봉준	… 알았다.
이강	(간절히) 장군.
이강	다시 일을 허게 해주십쇼.
전봉준	무슨 일을 하려구.
이강	집강소를 지키는 일이믄 뭐든지 허겠습니다.
전봉준	언제부터 집강소에 그리 애정이 많았던 것이냐?
이강	(말문 막히는)
전봉준	(준엄하게 보는)
이강	(무릎을 꿇는)
전봉준	!
이강	지 생각이 짧았습니다… 칼 들고 앞장서 싸우는 거이 시상을 바꾸는 거라 생각혔는디… 진짜 시상을 바꾸는 전장터는… 집강소였습니다.
전봉준	… 무슨 일이든 하겠느냐?
이강	(결연하게) 야!
전봉준	그럼 거병을 도와라.
이강	(뜨악하게 보는) 머슬… 도우라고요?
전봉준	거병.
이강	(빈정 확 상하는)
전봉준	(미소)
이강	(일어나 부라리며) 거병 안 헌담서요?

전봉준	너 인간 만들려고 거짓말 좀 했다.
이강	오매... (쓰, 하다가) 욕 나올라그네이...
전봉준	멍청헌 늠. (킥킥대는)
이강	(어이없는 듯 보다가 너털웃음 터뜨리는)

그렇게 킬킬대는 두 사람... 전봉준이 악수를 청한다. 이강, 보면...

전봉준	실컷 부려먹겠다.
이강	(악수하고) ... 뭐부터 허믄 되겠습니까?
전봉준	객주... 송자인을 도와라.
이강	!

60.   전주여각 / 자인의 집무실 안 (낮)

자인, 채비를 갖추고 나온다. 덕기, 상기된 표정으로 들어온다.

자인	나카무라를 만나고 올 것이니 최행수는 그전에 고부 쪽을 마무리 지으세요.
덕기	객주님!
자인	?
덕기	대도소에서 기별이 왔는데예. 객주님한테 사람을 붙여주겠다캅니더.
자인	필요 없다고 하세요. 동학쟁이와 같이 다니면 괜한 의심만 삽니다.
덕기	인자는 동학쟁이가 아이지예.
자인	(의아한) 이제... 라니요?
덕기	거시기예... 백이가이.
자인	!

61.   거리 (낮)

이강, 묵묵히 걸어온다. 만감이 교차하는 표정 위로...

전봉준　(E) 송객주를 보호하고 대도소와의 연락을 책임지거라.

62.　다시 자인의 집무실 안 (낮)

자인　(멍한)
덕기　(미소) 보이소. 사람 인연이라카는기 이래 질긴 깁니더.
하인　(E) 객주님! 손님 왔는디요!
자인　(돌아보는)
덕기　왔나 봅니더. 객주님이 맞이하이소.
자인　(망설이는)
덕기　(떠밀며) 뭐하노, 퍼뜩 나가라, 퍼뜩!

덕기, 자인을 떠민다.

63.　동 마당 안 (낮)

대청으로 나온 자인, 들뜨는 마음을 억누르며 차분히 마당을 굽어본다. 이내 표정이 굳어진다. 양복을 입은 이현이 미소 지으며 서 있다. 홍가와 하인, 곁에 서 있다. 뒤따라 나온 덕기, 깜짝 놀라는...

자인　(차갑게) 여긴 어쩐 일입니까?
이현　뭘 좀 알아보러 왔는데... 여각에서 며칠 묵어가려구요.
자인　!

64.　거리 + 마당 안 교차 (낮)

이강, 걸음을 재촉한다.

노려보는 자인과 미소 짓는 이현.
어느새 옅은 미소를 머금는 이강의 얼굴에서 엔딩!

19회

1.   (18회 60씬의) 전주여각 / 자인의 집무실 안 (낮)

덕기   대도소에서 기별이 왔는데예. 객주님한테 사람을 붙여주겠다캅니더.
자인   필요 없다고 하세요. 동학쟁이와 같이 다니면 괜한 의심만 삽니다.
덕기   인자는 동학쟁이가 아이지예.
자인   (의아한)

2.   (18회 61씬의) 거리 (낮)

이강, 묵묵히 걸어온다. 만감이 교차하는 표정 위로...

전봉준   (E) 송객주를 보호하고 대도소와의 연락을 책임지거라.

3.   (18회 62씬의) 다시 자인의 집무실 안 (낮)

자인   (멍한)
하인   (E) 객주님! 손님 왔는디요!

자인　　(돌아보는)

4.　　(18회 63씬의) 동 마당 안 (낮)

대청으로 나온 자인, 들뜨는 마음을 억누르며 차분히 마당을 굽어본다. 이내 표정이 굳어진다. 양복을 입은 이현이 미소 지으며 서 있다. 홍가와 하인, 곁에 서 있다. 뒤따라 나온 덕기, 깜짝 놀라는...

자인　　(차갑게) 여긴 어쩐 일입니까?
이현　　뭘 좀 알아보러 왔는데... 여각에서 며칠 묵어가려구요.
자인　　!

5.　　(18회 엔딩씬의) 거리 (낮)

이강, 걸음을 재촉한다.
어느새 옅은 미소를 머금는 이강의 모습에서.

6.　　(18회 엔딩에서 이어지는) 다시 마당 안 (낮)

노려보는 자인. 미소 짓는 이현.

자인　　미안하지만 다른 여각을 알아보셔야겠습니다.
이현　　(미소) 왜죠?
자인　　몰라서 물으십니까? 오니상을 숨겨주었다가 동학쟁이들에게 발각이라도 되어보세요.
이현　　걱정은 이해합니다. 측근이던 형님까지 파문을 당할 정도이니...
덕기　　!
자인　　(보는)

이현	허나 숨겨주길 원했다면 이런 백주대낮에 변복도 않고 오진 않았습니다. 다 생각이 있으니... 방을 내어주세요.

자인, 난감한... 덕기, 초조한...

7.   전주여각 앞 + 모퉁이 (낮)

이강, 대문으로 다가간다. 덕기가 부리나케 나온다.

이강	(반색) 덕기성!
덕기	(흠칫 돌아보는)
이강	어따 겁나게 반갑소이~ (하는데)

덕기, 이강의 입을 틀어막고 모퉁이로 끌고 간다.

이강	(덕기 손 떼어내며) 아 으째 이래쌌소? 나 온다고 연락 못 받았소?
덕기	패서문 가가 기다리고 있그라. 송객주, 손님 만나고 그리 바로 갈끼다.
이강	손님들 있을 띠 만나야 의심도 덜 받고 소문도 빨리 퍼진당게요. 별동대장, 보부상 되붓다고.
덕기	천우협이라꼬 낭인 패거리가 와가 있다.
이강	그늠들이 으째?
덕기	와 왔겠노? 군량미 독촉하러 왔겠제.
이강	(미심쩍은) 들키믄 디질지도 모르는디 독촉을 허러 여꺼정 왔다고?
덕기	!
이강	나가 직접 봐야겄소. (가는데)
덕기	(잡는)
이강	(정색) 이거 놓으쇼.
덕기	(한숨) 안에... 니 동생 와 있다.
이강	(굳는) 먼 소리여? 낭인이람서요?
덕기	니 동생이 천우협 왕초다.

이강	(멍해지는)
덕기	피차 대면해가 좋을 거 뭐 있노? 글마 눈치가 보통 눈치도 아이고... 니 파문 당헌 거꺼지 알고 있드라카이.
이강	...

8.   동 자인의 집무실 안 (낮)

자인, 이현에게 찻잔을 내민다. 곁에 앉은 홍가에게도 찻잔을 내민다.

홍가	(어색한 미소) 고맙소이.
자인	우리 행수 말이 인연이 참 질긴 거라던데... 두 분을 뵈니 실감이 나는군요.
이현	다케다 선배와 하시는 일은 잘 되어갑니까?
자인	선금을 두둑이 챙겨주신 덕분에 아주 순조롭습니다. 헌데... 대체 무슨 생각으로 내려오신 겝니까?
이현	...

문이 벌컥 열리고 이강이 들어선다. 일동, !
이강, 다가와 이현을 노려본다.

이현	(피식) 인연이란 게... 역시 질기군요.
이강	(홍가를 일별하는)
홍가	(움츠러드는)
이현	오랜만입니다.
이강	꼬락서니가 이게 뭐여? 최행수 말이 참말이여?
이현	제 꼴이 어때서요?
이강	(보다가 대뜸 따귀를 갈기는)
자인·홍가	!!!
이현	(뺨이 얼얼한 듯 만지는... 쓴웃음 지으며 노려보면)
이강	(한숨 푹 내쉬고) 기왕에 이래된 거 니 잇속이나 잘 챙겨. 나처럼 이용만 당허다가 쫓겨나딜 말고.

이현	... 여각은 어쩐 일이십니까?
이강	송객주.
자인	어?
이강	참말로 사람 이리 섭허게 대헐 것이여? 옛정을 생각혀서 자리 한나만 맨들어 돌랑게.
이현	(자인을 보면)
자인	(짐짓 귀찮은 투로) 잊을 만하면 나타나서 저를 이리 들들 볶습니다.
이강	(건들대며) 아, 글씨 덕기성은 인자 나이 들어가꼬 힘도 못 쓴당게... 전직 별동대장 정도는 돼야 비적떼들이 덤빌 생각을 못허는 것이여.
이현	정 할 일이 없으시면 저를 돕는 건 어떻겠습니까?
이강	(티꺼운) 머시여? 나더러 낭인을 허라는겨?
이현	그럴 리가요. 전주에 머무는 동안 호위를 맡아달란 얘깁니다.
이강	나 겁나게 비싼디?
이현	전직 별동대장에 걸맞은 대우를 해 드리죠.
이강	(피식) 그려... 그믄.
이현	(미소)
자인	(불안한)

9. 전라감영 / 대도소 안 (낮)

전봉준, 김학진과 앉아 있다.

전봉준	나주목사 민종렬의 행태가 도를 넘었소. 고을마다 사람을 보내 민보군의 결성을 도모하고 있다 하오.
김학진	(한숨) 이자가 끝내...
전봉준	이대로는 후방이 불안하여 거병을 할 수 없소. 관찰사 대감께서 도와주셔야 겠소.
김학진	본관이 어떻게 도우면 되겠소이까?
전봉준	전하께 민종렬의 파직을 주청하고, 나주 군사들에 대하여 해산령을 내려주시오.

김학진	(깜짝 놀라) 장군...
전봉준	민종렬의 준동을 막을 방도는 그것뿐이오.
김학진	그리하겠소이다!
전봉준	고맙소.

송희옥, '장군!' 하며 들어온다. 일동, 보면.

송희옥	백이현이가 왔습니다.
전봉준	(잘못 들었나 싶은) 누가 왔다구?
송희옥	도채비 말입니다.
전봉준	!
송희옥	장군을 뵙자고 허는디... 백대장을 호위무사로 데려왔습니다.
전봉준	(의아한)

10. 동 객사 일각 (낮)

송희옥과 의군들, 이현과 이강을 이끌고 온다. 이강, '밀지 말어!' 정도 뱉으며 으름장을 놓는다. 주변의 의군들, 적개심 어린 표정으로 이강을 노려본다.

이강	근디 너 먼 생각으로 이러는겨?
이현	잠자코 따라오세요.
이강	...

11. 동 객사 일실 안 (낮)

전봉준, 앉아 있다. 송희옥에게 떠밀리듯 들어온 이현, 자세를 바로잡은 뒤 깍듯이 인사한다. 전봉준과 이강, 이심전심의 눈빛을 교환한다.

이현	천우협의 대표, 오니라고 합니다.

이강	(착잡한)
전봉준	부끄러운 줄 알거라.
이현	장군을 위해 충성을 다한 형님을 쫓아내셨더군요. 장군께서도 부끄러운 줄 아셔야 합니다.
이강	(능청스레) 어따 십 년 묵은 체증이 확 내려가부는구마이.
전봉준	(웃음을 참고) 나를 보자 한 용건이 뭐냐?
이현	이노우에 카오루... 조선 주재 일본공사의 뜻을 전하러 왔습니다.
일동	!
전봉준	전하거라.
이현	그 전에... 저의 안전을 보장해주십시오.
송희옥	(안 된다는 듯) 장군...
전봉준	그리하지.
이현	(미소)

12.   동 객사 앞 (낮)

송희옥과 이강, 시선을 외면한 채 긴한 대화를 나누고 있다.

송희옥	송객주허고 회선포 총알 구하러 가는 거슨 으째 됐어?
이강	저늠이 나타나는 바람에 일이 꼬여브렀지라이. 송객주 혼자 갔을 거입니다.
송희옥	골치 쪼까 아프겠는디... 쩌늠 분명히 거병을 허나 안 허나 그거슬 알아보러 온 거시여.
이강	눈치채믄 으쩔 수 없었지라... 죽여야제.
송희옥	(보는)
이강	(마음을 다잡는)

13.   다시 일실 안 (낮)

전봉준, 이노우에의 밀서를 읽고 있다.

이노우에 (일본어, E) 우리에게 협력한다면 전라도 대도소와 집강소의 통치를 실질적
　　　　　으로 보장해 드리겠소.

전봉준, 밀서를 내려놓고 이현을 주시한다.

전봉준 일본은 이미 대세를 장악하지 않았더냐? 뭐가 아쉬워서 이런 밀서를 보낸
　　　　것이냐?

이현 아무리 강한 자도 등 뒤는 항상 불안한 법이지요. 장군께 나주목사 민종렬
　　　　이 그러하듯 말입니다.

전봉준 협력이란 게 구체적으로 무엇이냐?

이현 간단합니다. 전라도의 경계만 넘지 말아달라는 것입니다.

전봉준 (피식) 경계를 넘지 말라... 우리가 거병이라도 할 것 같은가?

이현 솔직히 그랬었는데... 막상 전라도에 내려와 보니 너무나 평온해서 조금 놀랐
　　　　습니다.

전봉준 마음으로야 이미 수십 번도 더 거병을 하였다. 허나 승산이 없는 싸움을 벌
　　　　일 만큼 무모하지는 않아.

이현 승산이 있으면 거병을 할 수도 있다는 말씀이십니까?

전봉준 자네가 보기에 우리가 일본군을 이길 가능성은?

이현 ... 없습니다.

전봉준 허면 답은 나왔구만. 객쩍은 소리 말고 이제 그만 한양으로 올라가게.

이현 여독을 좀 푼 연후에요. 오래 머물진 않을 겁니다. (일어나는데)

전봉준 매국노가 된 소감이 어떤가?

이현 (덤덤한) 한껏 들떠 있습니다. 조선을 문명국으로 만들 거란 기대감에 말입
　　　　니다.

전봉준 일본의 새로운 영토겠지. 한때 조선이라 불렸던...

이현 일본도 외세에 굴복했던 시절이 있습니다. 그들은 문명을 받아들였구 그 결
　　　　과 강해졌습니다. 조선도 그리할 수 있습니다.

전봉준 어리석은 사람 같으니... 문명 이전에 사람이라고 내 그리 일렀거늘.

이현 (보는)

전봉준 농부의 낫은 벼를 베지만, 강도의 낫은 사람을 베지. 일본은 농부이겠느냐,

강도이겠느냐?

이현   일본의 정체가 뭐건 어차피 제 능력 밖의 일입니다. 제 관심은 오직 조선도 그 낫을 쥘 수 있게 만드는 것입니다.

전봉준   어디... 내 한번 지켜봄세.

이현   허면... (인사하고 나가는)

전봉준   ...

14.   전라감영 앞 (낮)

이현, 걸어 나온다.

이강   (E) 다음 행선진 으디여?

이현, 보면 일각에 이강이 껄렁하게 걸터앉아 있다.

이강   전봉준이 다음이니께 염라대왕쯤 되겠구면.

이현, 다가가 나란히 앉는다.

이현   수뇌부를 만났으니 다음은 바닥을 훑어야죠.

이강   머슬 알어볼라고?

이현   ... 거병.

이강   (굳는... 시치미 떼며) 이래서 머리 좋은 늠덜은 피곤허당게. 아 거병을 헐 거 겉으믄 시방 전라도가 요로코롬 조용허겠냐? 사람 모으고 무기 맨들고 난리 가 났제.

이현   (그런가 싶은)

이강   (넌지시 보는)

이현   (일어나는) 돌아보면 알게 되겠죠. 조용한 것인지, 조용한 척하는 것인지. (가 는)

이강   (따라가는)

15. 몽타주 - 시장통 (낮)

1) 거리 - 가게와 사람들을 살피며 걸어오는 이현... 이현의 시선을 살피며 따라오는 이강.
2) 대장간 앞 - 가게 앞에서 꾸벅꾸벅 조는 대장장이... 이현, 거리에서 대장간 안을 주시한다. 식어버린 아궁이... 이강, 이현을 지켜보는...
3) 거리 일각 - 의군들 몇 명, 죽창을 내려놓고 투전판을 벌이는... 지켜보는 이현, 도무지 거병의 조짐을 찾을 수 없는... 이강, 긴장을 늦추지 않고 보는...

16. 거리 (낮)

이현과 이강, 백성들과 방을 보고 있다. 민종렬에 대한 파직을 주청하였다는 관찰사 명의의 방문이다.

이현 파직이라... 관찰사가 이리하는 것은 흔한 일이 아닌데...
이강 관찰사 명령을 꼬박꼬박 거역허는 것도 흔헌 일은 아니니께...
이현 어찌됐건 전봉준만 좋아졌군요. 앓던 이가 빠지게 되었으니 말입니다. (가는)
이강 (방문 보며) 엄니... 집강소도 한시름 놨구먼. (미소)

17. 백가네 행랑채 (집강소) 마당 안 (낮)

유월, 의군들과 청소 정도 하는데 대문이 열리고 피멍이 든 당손이 산발을 한 이화의 부축을 받으며 들어온다.

유월 오매!

이화, 울먹이는 당손을 데리고 안채로 들어간다.

남서방이 짚신이 든 지게를 메고 시무룩하게 들어온다.

유월   (다가서는) 먼 일이대요?
남서방   (한숨)

18.   동 안채 거실 안 (낮)

이화와 당손이 훌쩍이고 있다. 채씨와 백가가 침통하게 앉아 있는...

백가   장터 사람들이 이랬다고?
이화   야~ 백가네가 먼 낯짝으로 장사를 허러 나왔냐믄서요~
당손   제가 분하고 원통해서 살 수가 없습니다. 악착같이 살아보겠다는 사람을 이 렇게 괴롭힐 수가 있는 겁니까?
채씨   자네 장인이 평상 허든 짓이 그 짓이여. 업보여.
백가   (발끈해서 보는)
채씨   대신 빚 갚은 셈 치드라고.
백가   (짜증 팍) 거, 짚신이고 머시고 당장 때려쳐!

유월, 남서방과 들어온다.

유월   그라믄 인자 뭐 혀서 묵고 사실라고라?
백가   머시여?
유월   매 한 번 맞었다고 접어블믄 시상에 장사헐 사람 한나도 읎소. 묵고 사는 거 그리 호락호락허니 보덜 마쇼.
백가   이런 죽일 년이... 감히 누구헌티 훈계질이여! (일어나는데)
채씨   맞는 말 했는디 뭘!!! 유월이헌티 욕허덜 마쇼!!!
일동   (벙해서 보는)
이화   엄니...
유월   ... 마님.
채씨   이?

유월	저허고 장터 같이 가시지라이.
채씨	(머뭇) 장터?
유월	(미소) 야... (이화에게) 느도 따라나서.
이화	(헉!) 머, 머시여? 느?
유월	(쓰읍)
이화	(흠칫)
백가	(기가 차는)

19. 말목장터 (낮)

사람들, 불만스러운 표정으로 모여 있다. 남서방이 짚신 좌판을 깐다. 채씨와 이화, 조마조마한 심정으로 지켜보는... 유월이 앞으로 나선다.

유월	자~ 짚신 사쇼이! 겁나게 질기고 값싼 짚신이요! 일단 한번 보시고 맘에 드른 신어도 보시고! 마음껏 골라보드라고!
사람들	(뚱해서 보는)
유월	(그중 주동이다 싶은 사내1에게) 오매, 아재 짚신 다 헤졌는디? 이리 오쇼! 나가 싸게 하나 디릴라네!
사내1	(큼) 멀쩡헌디 뭘... (가버리는)
유월	아따, 머슬 그래 멀뚱허니 보고들 기쇼이! 사라고 안 헐팅게 가차이 좀 와서 보쇼!
남서방	(신나서, 계란장수 곡조로) 짚신이 왔어요~ 짚신... 질기고 값싼 짚신이 왔어요~
아낙1	두 개 사믄 깎어도 주남?
유월	야? (채씨 보면)
채씨	(나서며) 말이라고! 말만 잘허믄 거저도 주제!
일동	(채씨를 보는)
채씨	(큼) 요 짚신으로 말씀디릴 것 겉으믄 발바닥에만 좋은 짚신이 아녀! 요놈을 일단 한번 신어봐! 그 담에 어금니 꽉 물고 땅바닥을 팍 밟어블잖애? 그믄 발바닥이 찌르르험서 혈맥이 정수리꺼정 한방에 뚫려브러가꼬 걷는 건지 나

는 건지 분간도 못 혀!

아낙1   에이~ 허풍치덜 말어! 시상에 고런 짚신이 으딨어!

채씨   음마? 백가네 짚신은 다르다니께! 요늠을 백가네다 생각허고 오지게 밟어보라 이 말이여! 십 년 묵은 체증, 홧병, 울화통이 씻은디끼 가심서 백세 장수는 따 놓은 당상 아니겄어!!

일동   (웃음을 터뜨리는... '말 되네' 정도 들리는)

흐뭇하게 바라보는 유월과 남서방... 얼떨떨한 이화... 채씨, 신이 나서 짚신을 사라고 소리친다.

채씨   짚신 사쇼~!! 질기고 몸에 좋은 백가네 짚신이여~!!!

〈시간경과〉

채씨와 남서방, 쪼그려 앉아 엽전을 센다. 이화, 한 사내에게 엽전을 받고 짚신을 건넨다.

이화   (가는 사내의 뒤에 반절을 하는) 고맙소이. 살펴 가쇼이.

남서방   아씨, 인자 겁나게 잘허시네요이.

이화   (쓰읍) 약 올리덜 말어. 넘사시러 죽겄당게.

채씨   (흡족한 듯 이화 옆에 다가서며) 이화야, 간만에 쌀밥 묵게 생겼구먼! (킥! 웃는)

이화   (한숨 푹) 좋기도 허시겄소이... (하다가 흠칫)

지게를 진 건장한 사내 두 명이 다가선다. 이화, 채씨, 불안한 듯 보는.

남서방   당신들 머시여?

사내2   짚신 이거... 우덜헌티 다 파쇼.

이화   다요?

채씨   (의아한)

20.   전라감영 외경 (밤)

21.   동 대도소 안 (밤)

        송희옥, 전봉준에게 고한다.

송희옥   위봉산성의 무기들은 정비를 모두 마쳤다고 헙니다. 나르기만 허믄 됩니다.
전봉준   한양까지 진격하려면 짚신이 넉넉히 있어야 하네.
송희옥   시방 장터를 돌면서 사들이고 있습니다.
전봉준   회선포의 총알은?
송희옥   송객주가 개항장으로 갔습니다.
전봉준   …

22.   개항장 / 나카무라의 싸전 앞 (밤)

        일장기와 '昇朝商會(승조상회)' 정도 간판 붙어 있는…

자인   (E, 일본어) 탄약도 운반하고 싶습니다.

23.   동 일실 안 (밤)

        나카무라, 앞에 앉은 자인을 본다.

나카무라 (일본어) 군량미 운송만으로도 버겁지 않습니까?
자인   (일본어) 한동안 일을 못했던 전라도 보부상들이 물을 만난 고기처럼 생기
        가 넘치고 있습니다. (뇌물상자 열어 바치며) 일손은 충분합니다.
나카무라 (구미가 동하는, 일본어) 병참감[1]에게 얘기 해보겠습니다.

자인   (뇌물상자 하나 더 내미는)

나카무라   (보면)

자인   (일본어) 나카무라상 체면에 빈손으로 가시게 할 순 없지요.

나카무라   (미소)

자인   (미소)

24.   전주여각 앞 (밤)

이강과 이현, 걸어와 선다.

이현   (품에서 금괴 하나 꺼내 건네며) 수고했습니다.

이강   후불로 허세. 내일 새벽겉이 오믄 되제?

이현   아뇨. 이제 오실 필요 없습니다.

이강   으째?

이현   내일 한양으로 갈 것입니다.

이강   아, 그려? (내심 안도하는)

이현   받으세요. 그리고 오늘... 고마웠습니다.

이강   (보는... 만감이 교차하는)

이현   혹시라도 제 도움이 필요하다면... 일본공사관으로 오세요.

이강   (피식) 말 겉잖은 소리 허덜 말고... (다가서는) 하나만 묻자고.

이현   (보는)

이강   명심이겉이 아무 상관없는 사람도 니가 죽인 으병덜 천도재를 지내주는 판이여. 근디 니 맴 속에는 죄책감 겉은 게 있기는 허냐?

이현   글쎄요. 기억에서 지워버린 지 오래라서요.

이강   나가 전에 도채비로 다시 만나믄 죽인다 근거 기억나제?

이현   헌데요?

이강   이번은 올 엄니 노비문서 태운 거에 대한 보답으로 살려보내는거... 다시 만

---

1   병참감: 현재의 보급부대장.

나믄 년... 반드시 내 손에 죽어.

이현   (미소) 이 말씀은 꼭... 기억하겠습니다.

이강, 자리를 뜬다. 바라보는 이현, 왠지 쓸쓸함이 느껴지는...

25.   다른 거리 (밤)

이강, 묵묵히 걸어온다. 어느 순간, 멈추더니 뒤를 돌아보는...
분노와 슬픔이 밀려오는... 길고 긴 한숨을 토하는...

26.   전주여각 마당 안 (밤)

이현, 들어온다. 착잡한... 인기척에 돌아보면 대청에 봉길과 덕기가 나란히
앉아 있다.

덕기   일 잘 보고 왔능교?

이현, 묵묵히 행랑채로 걸어간다. 덕기, 피식 조소를 머금는...

봉길   저늠 뭐여?
덕기   다케다 졸갭니더.
봉길   왜늠이 조선말도 알어듣는겨?
덕기   조선 사람입니더. 거시기 글마 동생이라예.
봉길   백이강이?
덕기   전봉주이 동태를 살피러 온 거 겉은데... 행님은 고마 모른 척하이소.
봉길   ...

27.   동 행랑채 일실 안 (밤)

홍가, 찢어진 신발을 꿰매고 있다. 이현이 들어온다.

홍가 (한편으로 치우며) 무사혔구나? 으째 일은 잘 됐냐?

이현 뭐 좀 알아낸 게 있습니까?

홍가 밸거 읎어. 으병허겄다고 몰려들었던 늠덜이 전봉준이 욕만 실컷 허다가 고향 내려가브렀디야.

이현 (역시나 싶은... 한편에 놓인 신발 보고) 뭡니까?

홍가 하도 뽈뽈거리고 돌아대니다 봉게 신발이 찢어져브러가꼬...

이현 꿰맨다고 되겠습니까? 급한 대로 짚신이나 사서 신으세요.

홍가 짚신이 읎어.

이현 예?

홍가 시장통에 짚신이 씨가 말랐더랑게.

이현 (너털웃음) 그럴 리가 있습니까? 시장에 짚신이 없다니요?

홍가 지게 멘 늠들이 와서 뭉탱이로 다 사갔디야.

이현 (피식 웃는) 이제는 짚신까지 매점매석을 하는 모양이군요.

홍가 누군지 몰러도 정신 나간 늠이제. 쌀 매이로 값이 널뛰기를 허는 물건도 아닌디 사모아 봤자 을매나 남는다고.

이현 (뭔가 이상한) 하긴... 그렇네요.

봉길 (E) 기쇼~

이현 ?

28. 동 앞 마당 (밤)

이현, 나오면 봉길이 서 있다.

이현 무슨 일입니까?

봉길 나 좀 쪼까 보시지라이. (가는)

이현 ?

29.   동 자인의 집무실 안 (밤)

봉길과 이현, 앉아 있다.

봉길   다케다상 수하라니께 아시겄지만 시방 우리 딸이 일본군 군량미를 모으는
          거슬 동학쟁이덜이 알믄 으째 되겄소?

이현   (태연히) 목숨이 위태롭겠지요.

봉길   그걸 아시는 분이 우리 여각에 묵으믄 으쩝니까?

이현   (탐탁찮은 듯 쏘아보는)

봉길   (불쾌한)

이현   (이내 부드러운 어조로) 내일 떠날 것이니 걱정 마세요. 그리고 한 가지 궁금
          한 게 있는데 여쭤 봐도 되겠습니까?

봉길   물어보쇼.

이현   제가 나중에 장사나 좀 해볼까 하는데 그중에도 군상[2]에 관심이 가더군요.

봉길   괜찮은 생각이요... 걸핏허믄 터지는 게 전쟁이니께.

이현   군상을 하면 제일 많이 준비해가는 물목이 뭡니까?

봉길   뻔허지 뭘... 칼허고 밥이제.

이현   그렇군요. 저는 혹시나 짚신이 많이 팔리나 싶어...

봉길   (킬킬 웃는)

이현   (보는)

봉길   장사허믄 거상 되겄구먼... 나가 깜빡혔소. 이문은 칼이 제일이고, 많이 팔리
          기로는 밥 다음으로 짚신이요.

이현   !... (불길한 예감이 스치는)

30.   남원관아 / 동헌 안 (밤)

---

2   군상: 종군상인.

말라붙은 입술에 햇쑥한 안색의 손화중, 힘겹게 가부좌를 틀고 앉아 있다.
일각에서 기웃거리던 김가, 안으로 들어간다.

31. 동 일실 안 (밤)

병서 정도 읽고 있는 김개남 앞에 김가, 부복해 있다.

김가 벌써 곡기를 끊은 지 여러 날 됐습니다. 불상사가 생기기 전에 왜 왔는지 얘
        기나 좀 들어주시지요.
김개남 무슨 야근지 꼭 들어봐야 아는겨?
김가 들어야 알지 안 듣고 어떻게 압니까?
김개남 저 샌님 겉은 사람이 몇 날 며칠을 저리 버티는 이유가 뭐겠어?
김가 뭔데요?
김개남 … 거병.
김가 !
김개남 (책장을 넘기는)

32. 동 동헌 안 (밤)

가부좌를 튼 손화중 앞에 누군가 다가선다. 손화중, 눈을 뜨면 김개남이 미
음 그릇을 들고 있다.

손화중 김접주님.
김개남 참말로 굶어 죽을라고?
손화중 (옅은 미소) 만나주질 않으시니 도리가 있습니까?
김개남 (쪼그려 앉아 미음 그릇을 앞에 놓는)
손화중 가져가십시오. 제가 원하는 건 접주님과의 허심탄회한 대홥니다.
김개남 야그도 기운이 있어야 헐 거 아녀.
손화중 (보는)

김개남	한 술 뜨고 들어와. (가는)
손화중	(미소)

33.   전주성 성곽 위 (낮)

경계를 서는 의군들... 송희옥, 순시 중이다.

의군1	도집강어른. 쩌그 누가 오는디요?
송희옥	으디?

저만치 최경선과 별동대가 나타난다.
지치고 초췌한 모습이지만 패기 넘치는 그들의 모습에서.

34.   전주여각 마당 안 (낮)

자인이 차인들과 들어온다. 덕기가 맞이한다.

덕기	고생했심더. 나카무라가 뭐라캅디꺼?
자인	(주변 살피고) 백이현은요?
덕기	걱정 마이소. 방 빼고 나갔심더.

자인, 내심 안도하다가 일각을 보면 이강이 다가선다.

이강	잘 다녀왔능가?
자인	(조금 짠한 느낌으로 보는)
이강	(머쓱) 으째 그리 봐싸?
자인	동생이 그 꼴로 나타났었는데 의외로 괜찮은 거 같아서.
이강	(대수롭지 않은 투로) 괜찮지 그믄, 뭐 대단헌 일이라고... 참 송객주.
자인	어?

이강	그간 나가 이녁을 오해혔던 거 말이여... 미안허네.
자인	(조금은 서운하고 조금은 분한 느낌으로 묵묵히 바라보는)
덕기	(흥미롭다는 듯 바라보는)
이강	속 많이 상혔을 턴디 한 대 패브러. (가슴이나 팔뚝 정도에 힘을 바짝 주면서) 자, 쳐봐. 씨게. 그래야 나도 속이 편헐 거 겉구먼. (하는데)

자인, 상체 대신 이강의 정강이를 냅다 걷어찬다! 이강, 고통에 비명도 제대로 지르지 못하고 비틀거리는...

자인	잡것이 사람을 뭘루 보구 왜늠 앞잡이 취급을 혀? 디질라고... 앞으로 조심혀라이!
덕기	(감탄의 미소)
이강	(우썪~ 오만상을 찌푸리며) 그, 근디 송객주.
자인	또, 뭐?
이강	나카무라허곤 으째 됐능가?
자인	으째 됐겄냐? 이 송자인이 몰러?
이강	(반색) 성공이여?
자인	그라제!

35. 저자 일각 (낮)

홍가가 주위를 살피며 걸어온다. 모퉁이에 이현이 서 있다.

홍가	느 말대로구먼. 갖바치 동네허고 푸줏간들 싹 디졌는디 쇠가죽이 한나도 읎어.
이현	...
홍가	근디 쇠가죽은 으째 찾어보라 근겨?
이현	쇠가죽은 전장에서 가마솥 대신 쓰이는 것입니다. 짚신처럼 전쟁에 없어서는 아니 되는 물건이지요.
홍가	전쟁?

이현	전봉준이... 거병을 준비하면서 겉으로는 기만책을 쓴 것입니다.
홍가	(헉! 해서) 동비덜이 또 들고 일어난다고?
이현	민종렬이 파직당한 걸 보면 관찰사도 한패임에 분명합니다. 어쩌면 또 다른 세력이 연합했을 수도 있습니다.
홍가	그믄 빨리 한양에다 알려야 허는 거 아녀?
이현	그래야죠. (하다가 어딘가 보면)

저만치 백정 한 명이 의군들과 서 있다. 백정이 손가락으로 홍가를 가리키는 모습이 보인다.

이현	미행을 당한 겁니까?
홍가	(헉!) 글씨!

의군들이 이현 일행을 향해 다가온다. 홍가, 흘끔대면.

이현	태연하게 행동해요. (골목으로 들어가며) 따라와요.

이현, 들어간다. 홍가, 따른다. 의군들, 다가온다.

36. 다른 골목 + 입구 (낮)

이현과 홍가, 모퉁이를 돌아 나온다. 이현, 벽에 몸을 붙이고 입구 쪽을 바라본다. 지나쳐가던 의군들, 이현을 발견한다.

의군2	저기여!
이현	(홍가에게) 뛰어요!

이현, 홍가, 도주한다. 의군들, 골목으로 쏟아져 들어온다.

37. 전주여각 마당 안 (낮)

일각에 덕기, 출행 준비를 마친 차인들 앞에 서 있다.

덕기 출행 준비 다 됐나?

차인들 야!

덕기 객주님한테 보고하고 오꾸마.

덕기, 안채로 향하는데... 그때, 대문으로 이현과 홍가가 뛰어든다.

덕기 뭐꼬? 한양 안 갔능교?

이현 (급히 다가서는, 나직이) 의군에게 쫓기고 있습니다.

덕기 의군?

이현 전봉준이 거병을 획책하고 있습니다.

덕기 !

이현 자세한 얘긴 추적을 따돌린 뒤에 하겠습니다.

덕기 (보는... 싸늘해지는)

38. 동 헛간 안 (낮)

이현과 홍가, 들어온다. 문가에 덕기, 서 있다.

덕기 일단 여 숨어 기시소. (문을 닫는)

이현, 권총을 뽑아드는... 홍가, 두려움에 질려 숨을 몰아쉬는...

39. 동 헛간 앞 (낮)

덕기, 빗장을 건다. 차인들 두 명 정도 서 있다. 덕기의 표정이 예사롭지 않다.

덕기   (나직이) 절대 열어주지 마라.
차인들   예!

40.   **동 자인의 집무실 안 (낮)**

이강과 자인, 놀란 표정으로 덕기를 바라본다.

자인   백이현이 거병을 눈치챘다구요?
덕기   예. 의군한테 쫓기다가 기들어 온 거를 헛간에 가다놨십니더.
이강   (심각한)

41.   **다시 헛간 안 (낮)**

이현, 권총을 쥐고 문 쪽을 주시한다. 홍가, 불안한 듯 서성거린다.

이현   (짜증스러운) 가만히 좀 계세요.
홍가   이. 그래야 되는디 나가 불안혀가꼬...

본능적으로 안쪽으로 숨어들던 홍가, 무언가를 보고 경악한다.

홍가   이, 이현아.
이현   제발 좀 가만히 있자니까요.
홍가   이리 와서 이것 좀 봐야겠는디?

이현, 선반 사이로 들어가 홍가 곁에 선다. 이현의 표정이 굳어진다. 이현의
눈앞에 짚신 뭉치들이 가득히 쌓여 있다.

홍가   송객주도 한패였구먼!

당혹스러운 이현... 그의 시야에 구석에 세워진 도끼가 눈에 들어온다.

42.   다시 자인의 집무실 안 (낮)

자인   의군을 불러 끌고 가라고 하면 되잖아. 장군이 처리하겠지.
이강   놈은 이노우에의 서찰을 갖고 온 늠이여. 죽이기도 쉽지 않고 죽여도 문제가 커질 것이여.
덕기   맞다. 조용히 처리해야 된다.
이강   ...

43.   동 헛간 앞 + 안 교차 (낮)

안에서 문짝을 찍는 소리가 들린다. 쾅! 흠칫 놀라는 차인들.
필사적으로 도끼질을 하는 이현. 사력을 다해 문을 미는 홍가.

44.   다시 자인의 집무실 안 (낮)

이강   (단죽창 들고 일어나는) 나가 처리허겠소.
자인   백이강, 안 돼.
이강   아녀, 진즉에 이랬어야 혔구먼.

이강, 나간다. 덕기, 따르는데... 탕! 하는 총성이 들린다. 일동, !
또 다시 탕!

45.   동 헛간 앞 (낮)

우왕좌왕하는 차인들 사이로 이강과 덕기, 달려온다. 총을 맞고 쓰러진 차인 두 명이 고통스러워하고 있다. 인기척에 보면 저만치 이현과 홍가가 담을 넘어 도망친다.

덕기 저기다!
이강 가게요!
자인 (E) 백이강!
이강 (보면)

버선발로 뛰어나온 자인이 육혈포를 던져준다. 이강, 왼손에 쥐고 달려가는...

46. 골목 곳곳 (낮)

이현과 홍가, 도주한다. 이강과 덕기가 쫓는다. 이현, 간헐적으로 사격을 가한다. 이강도 응사한다. 이강과 덕기, 흩어져서 뒤를 쫓는다. 쫓고 쫓기면서 어지럽게 엇갈리는 사람들... 모퉁이를 돌아 나오던 이현과 이강이 정면으로 맞닥뜨린다. 이현이 총구를 겨누는 순간, 이강이 쳐낸다. 허공으로 발사되며 나동그라지는 이현의 권총. 이강, 이현의 머리에 총구를 갖다 댄다.

이현 그 손으로 방아쇠나 당길 수 있겠습니까?
이강 예전에 니가 헌 말 기억 안 나야? 저굼질도 못허는 왼손... 그거이 백이강으
손이람서?
이현 (피식) ... 죽여.
이강 (눈망울이 떨리는... 눈물이 맺히는가 싶더니) 미안허다.

이강, 노리쇠를 당긴다. 이를 악무는 이현의 시야에 홍가의 모습이 보인다. 이강의 등 뒤로 작대기를 들고 달려오는 홍가. 작대기가 이강의 뒤통수를 강타한다. 이강, 털썩 무릎을 꿇는... 덕기가 저만치서 모습을 드러낸다.

덕기　이강아!

홍가와 이현, 도주한다. 덕기, 달려와 이강을 부여안는다.

덕기　정신 쫌 차리 봐라! 이강아!
이강　(멍한)

47.　**전주여각 / 자인의 집무실 안 (낮)**

자인, 초조하게 서성댄다. 문이 벌컥 열린다.

자인　백이강? (하다가 흠칫)

노기 어린 표정의 봉길이 들어온다.

봉길　말혀... 니덜이 으째 다케다 수하를 죽일라는겨?
자인　아부지...
봉길　(버럭) 말허라고!!!
자인　(당혹스러운... 그러나 이내 마음을 다잡고) 전봉준이 곧 거병을 헐 것이여. 거그 물자를 담당허는 사람이... 바로 나여.
봉길　(일그러지는) 머시여?
자인　미리 말 못혀서 미안혀.
봉길　(안타까운) 자인아, 이늠아!
자인　으째 고런 표정을 지어쌋소? 나 잘모던 거 없고 후회헐 일도 읎당게? 시방 나넌 겁나게 나가 자랑시러우니께... 아부지도 딱 한 마디만 혀.
봉길　(눈물 맺히는)
자인　아부지 딸내미... 징허게 자랑시럽다고.
봉길　(탄식하는)
자인　(처연한 미소)

48.　전라감영 / 대도소 안 (낮)

전봉준, 최경선을 반갑게 맞이한다.

전봉준　고생이 많았네.
최경선　장군 고상에 비허겄습니까?
전봉준　그래, 북접의 답은 받아왔는가?
최경선　야. (하는데)

송희옥이 다급히 뛰어든다.

송희옥　장군! 도채비가 거병을 눈치채고 여각에서 도주했습니다!
전봉준　!
최경선　도채비믄 백이현이 말이여?
송희옥　야. (전봉준에게) 송객주가 우리를 돕는 것꺼정 알아브렀는디… 추격허던 백대장에게 부상을 입히고 일당과 함께 잠적을 혔습니다!
최경선　!
전봉준　모든 성문과 성곽에 병사를 배치하고 놈을 찾아! 놈이 전주를 빠져나가면 안 돼!
송희옥　야!

49.　몽타주 (밤)

1) 전주성 성문 안 - 파수병들, 성문을 닫아걸고 의군들이 달려와 사주경계를 한다.
2) 시장통 - 횃불을 든 의군들이 이리저리 몰려간다.
3) 민가 - 화승총과 칼로 무장한 의군들이 수색작업을 벌인다.

50. 전주여각 행랑채 일실 안 (밤)

이강, 눈을 뜬다. 시야가 밝아지면 덕기가 앉아 있다.

덕기	정신이 드나?
이강	도채비... 잡았소?
덕기	수색 중이다.
이강	염병...
최경선	(E) 인자 정신이 드는겨?

이강, 보면 덕기 뒤로 최경선과 별동대가 둘러앉아 있다.

버들	(반색) 대장!
이강	(얼떨떨하게 일어나는) 아니, 접장들이 으쩐 일루 여글...
버들	으쩐 일이겄냐? 별동대장 다쳤응게 문병허러 왔제.
이강	별동대장은 무신... 짤린 지가 은젠디...
해승	별동대장은 동학도인만 하란 법 있어?
이강	... 야?
최경선	장군이 명령서에 도장 찍었어. 복직이여.
이강	(믿기지 않는)
해승	미안해... 내가 옹졸했었어.
이강	(몸 둘 바를 모르는) 아우 먼 말이래요... 대원들 속여먹은 나가 죽일 늠이제.
동록개	나도 미안혀... 충청도 있는 내내 반성 많이 혔구먼.
이강	참, 북접 사람들 만나러 간 일은 으쩨 됐소?
최경선	(미소) 북접도 거병에 동참하기로 혔으.
이강	!... 그게 참말이다요?
동록개	이. 손병희 어른이 통령을 맡어가꼬 충청도 창의군들 싹 몰고 올 거라.
버들	긍게 대장도 언능 기운 차리고 일어나드라고. 우덜 별동대가 남북접 연합군 맨 앞에 서야제.
이강	(감격스러운) 고맙소... 다들 참말로... 고맙소이.
일동	(흐뭇한)

51.　전라감영 / 대도소 안 (밤)

손화중, 들어와 전봉준 앞에 앉는다. 송희옥, 배석해 있다.

손화중　김개남 접주의 답을 가져왔습니다.
전봉준　말해보게.
손화중　연합은 할 수 없으나 같은 시기에 거병하여 한양으로 진격하겠다고 합니다.
송희옥　어차피 부대를 나누어 진격해야 되니께 연합을 헌 것이나 마찬가집니다.
전봉준　... 포고문을 발표하게.
송희옥　(보는)
전봉준　일본에 맞서 나라를 지킬 각오가 된 자들은 전라도와 충청도의 경계, 삼례
　　　　　로 모이라구.
손·송　!

52.　백가네 외경 (낮)

당손　(E) 장인어른!

53.　동 안채 / 백가의 방 안 (낮)

당손, 들이닥친다. 백가, 짜증스러운...

당손　장인어른!
백가　으째 호들갑이여?
당손　일본하고 전쟁이 터질 것 같습니다!
백가　일본하고 전쟁헐 늠이 으됐다고 이려?
당손　전봉준이가 삼례에서 거병을 한답니다요!

백가	!

54. 동 행랑채 (집강소) 마당 안 (낮)

채씨, 이화, 안채에서 나온다. 마당에 사람들이 가득 들어차 있다.
유월, 간부, 의군들, 남서방, 백성들, 하나같이 비장한 표정이다.

유월	모두 잘 들으시요이! 금일버텀 집강소는 거병을 지원허는 일을 담당허게 됐구먼이라. 가가호호 돌아댕김서 으병 허실 분을 모집허고, 곡식과 물자를 모아가꼬 삼례로 보내야 허는구먼이라. 다덜 아시겠지라이!
일동	야!
이화	엄니, 쟈 참말로 유월이 맞어?
채씨	인물 났제?
이화	(놀라운) 오매...
유월	으군덜은 나럴 따러오쇼.

유월, 의군을 대동하고 나간다.

55. 고부관아 동헌 안 (낮)

의군들이 무기를 꺼내 쌓는다. 유월과 억쇠가 지켜본다.

유월	억쇠 느, 사또헌티 혼 안 나겠냐?
억쇠	사또가 집강소 허는 일에는 다 협조허라 그랬구먼이라.
유월	으디 기시냐? 고맙다는 인사라도 혀야제.
억쇠	향청에 가셨는디라?

56. 황진사댁 / 석주의 방 안 (낮)

생기가 느껴지지 않는 표정의 석주, 박원명, 마주 앉아 있다.

박원명 전봉준이 양호창의영수라는 직책으로 전라도와 충청도의 의병들을 지휘한다고 합니다.

석주 북접이 거병에 동참할 줄은 몰랐군요. 과격파들이 득실대는 남접과는 달리 교주 최시형을 비롯하여 대부분의 지도부가 온건파라 들었는데...

박원명 관찰사 김학진 대감도 뒤에서 팍팍 밀어주는 눈칩니다. 들리는 소문에... (목소리 낮춰) 전하께옵서 전봉준에게 밀지를 보내셨다는 얘기가 있어요.

석주 (놀라) 전하의 밀지라구요?

박원명 뭐, 어디까지나 소문이긴 하지만...

석주 (고심하는)

박원명 아무튼 황진사... 무지한 농부들까지 싸우겠다고 나서는 판국인데... 고을의 양반들이 수수방관해서야 되겠습니까?

석주 (뭔가 결심이 선) 그래선 아니 되겠지요.

박원명 무슨 좋은 방도가 있으시오?

석주 방도랄 것도 없습니다. 양반도 군사를 일으켜 싸우면 되는 것입니다.

박원명 (반색) 황진사!

석주 ... 향청 회의를 소집하겠습니다.

57. 동 별채 / 명심의 방 안 (낮)

석주와 명심, 앉아 있다. 명심, 석주의 시선을 외면하고 앉은...

석주 아마도 이 오래비는 전장에 나가게 될 것 같구나.

명심 이번에도 녹두 오라버니와 싸우는 것입니까?

석주 아니다. 이번 상대는 녹두가 아니라... 일본이다.

명심 (놀라) 일본이라면 청나라도 꼼짝 못할 만큼 강한 나라인데... 아니 가실 순 없는 것입니까?

석주 나라의 존망이 걸린 일이다. 양반이라면 가야 하는 것이다.

명심	(불안한)
석주	내 한 가지 마음에 걸리는 것은 너를 홀로 두고 가는 것이다. 내가 없는 동안 신변에 위협이 느껴지면... 집강소를 찾아가 도움을 요청하거라.
명심	... 오라버니.
석주	(자조 섞인) 내가 아무리 생각해봐도... 너를 지켜줄 곳이라곤 거기밖에 없는 것 같구나... (킥킥대는) 내가 이처럼 한심하고 참담한 인간이니라.
명심	(안쓰러운)

58. 경복궁 외경 (낮)

고종	(E) 지금... 거병이라 하시었소?

59. 동 관문각 안 (낮)

고종과 중전 앞에 김홍집, 앉아 있다.

김홍집	(긴장) 그렇사옵니다! 수괴 전봉준이 전라도와 충청도의 동비들을 끌어모아 삼례에서 봉기한 연후에 한양으로 진격할 것이라 하옵니다!
중전	동비들의 요구가 무엇입니까? 또 그놈의 폐정개혁입니까?
김홍집	아니옵니다. 이번 봉기의 구호는 단 하나... 척왜[3]이옵니다.
중전	척왜? (의외라는 듯 고종을 보는)
고종	(미소를 머금는) 알았으니 이만 물러가시오.
김홍집	예. 전하. (나가는)
고종	전봉준이 과인의 명을 거역하지 않았구려... 이제 희망이 생겼소이다.
중전	(왠지 불안한)

---

3   척왜: 일본을 배척함.

60. 광화문 앞 (낮)

저만치 일본군들이 급히 이동해간다. 광화문 앞의 이규태와 이두황, 그 모습을 지켜본다.

이두황　(고소한) 자식들이 똥줄이 타들어가는구만!
이규태　(불안한) 일본이 어찌 나오겠는가?
이두황　어찌긴... 군사를 내려 보내 쓸어버리려 하겠지.
이규태　놈들이... 자기들의 피를 흘리려 할까?
이두황　(보는)
이규태　제발... 내 생각이 틀려야 할 터인데...

61. 일본공사관 앞 (낮)

다케다, 다급히 뛰어 들어간다.

이노우에　(E, 일본어) 무슨 일을 이따위로 하는 거야!

62. 동 다케다의 집무실 안 (낮)

다케다, 이노우에의 구둣발에 정강이를 걷어차인다. 다케다, 이를 악물고 통증을 견디는...

이노우에　(일본어) 삼례에 모인 동비의 수가 벌써 오만이야! 오랫동안 치밀하게 준비해온 것인데 그동안 도대체 뭘 하고 있었단 말인가!
다케다　(일본어) 죄송합니다!
이노우에　(일본어) 전봉준을 만나러 간 자는 지금 어딨어?
다케다　(일본어) 며칠째 연락 두절입니다.

| 이노우에 | (일본어) 이런 멍청한... 당장 대책을 마련해서 보고해! 당장! |
| 다케다 | (일본어) 예! |

이노우에, 식식대며 나간다. 다케다, 책상 앞에 앉아 넥타이를 느슨히 푼다.

| 이현 | (E) 전봉준이 계속 걸립니다. |

플래시백〉18회 36씬의,
| 다케다 | **(보는)** |
| 이현 | **참으로 거병의 의지가 없는 것인지... 직접 확인하고 싶습니다.** |

현재〉
| 다케다 | (중얼대는) 오니... 너 지금 어디 있는 거야? |

63.   전주 – 폐가 앞 + 안 (낮)

이강과 별동대가 조심스레 접근해 들어간다. 마당으로 진입하는 별동대. 동록개와 버들이 뒤란으로 빠져 들어간다. 이강과 해승이 돌격조가 되어 방문 양 옆에 붙는다. 이강이 문을 걷어차고 들어가는... 그러나 텅 비어 있는 방 안... 이강과 해승, 마당에 내려선다. 동록개와 버들도 마당으로 나온다.

동록개	뒤란엔 없는디?
이강	여그도 읎소.
버들	전주 배깥으로 빠져나간 거이 분명허구먼.
해승	병력을 늘려달라고 요청하는 게 어때?
동록개	거 좋은 생각이구먼. 요새 길거리에 으병들 천진디.
이강	으병은 많은디 시간이 읎당게요. 내일 우덜도 삼례로 이동이여.
해승	하긴... 큰 전투 앞두고 잔챙이 잡느라 힘 뺄 필요는 없지.
이강	몇 군데만 더 딜다 보고 가게요.

이강과 별동대, 폐가를 빠져나간다.

64. 전주여각 / 자인의 침소 안 (낮)

화가 잔뜩 난 봉길 앞에 덕기, 앉아 있다.

덕기　(지친 듯) 행님예. 싹 다 지 잘못입니다. 지가 죽일 놈입니다. 직이주이소.

봉길　디지든지 말든지 니 알어서 허고, 자인이 살릴 방도나 맨들어 와.

덕기　아, 행님!

봉길　행님 소리 허지도 말어! 넌 인자 의절이여!

덕기　!

65. 동 자인의 집무실 안 (낮)

자인, 깜짝 놀라 덕기를 바라본다.

자인　의절?

덕기　오이야. 영감재이 한번 뱉은 말은 주워 담는 성미가 아인데 우야모 좋노?

자인　지금 아버지 심기가 문제가 아닙니다... 백이현은 아직 추포하지 못한 것입니까?

덕기　(끄덕이는)

자인　일단 지금까지 모아논 물자들을 삼례로 옮겨야겠습니다.

이강, 문가에 슬며시 들어온다.

덕기　백이혀이 찾았나?

이강　아직요... 쩌그... 송객주.

자인　(보는)

이강　헐 말이 있는디... 시간 쪼까 내줄랑가?

자인	?

66. 산비탈 일각 (낮)

자인과 이강, 나란히 앉아 있다.

이강	아부진 좀 으며?
자인	여전히 펄펄 뛰고 계셔. 최행수는 의절의 위기에 직면해 있구.
이강	(피식 웃는) 오매, 덕기성 일 나브렀네.
자인	할 말이란 게 뭔데?
이강	어, 내일 장군 되시고 삼례로 가는구먼. 간다고 인사나 헐라고.
자인	(핏 웃으며) 며칠 뒤면 삼례에서 볼 텐데 새삼스럽게 인사는 무슨... 탄약이랑 군량미를 가득 싣고 갈 거니까 지게 들고 마중이나 나와.
이강	그리고 보믄 참 신기헌 일이여이.
자인	뭐가?
이강	이녁허고 나 말이여... 분명히 서로 다른 시상 찾겠다고 떠난 사람인디... 한 양서도 보고... 전주서도 보고... 이제 삼례서도 보잖애.
자인	정말 그러네... 세상엔 뭐... 신기한 일이 얼마든지 많이 있으니까.
이강	송객주...
자인	(보는)
이강	우덜이... 이길 수 있었능가?
자인	글쎄... 이기길 바래야지...
이강	이녁은 죽는 거이 무섭지 않어?
자인	무서워. 무서워 죽을 지경이야.
이강	삼례에서 만나믄 말이여... 그때부턴 쭉... 나랑 함께 가게.
자인	(보는)
이강	딴 길로 새지 말고 나랑 같은 길로만 가게.
자인	무슨 뜻이야?
이강	이녁 혼자 무서워허지 말라 이 말이여... 혼자 죽지도 말고.
자인	(찡한)

이강	가네. (일어나는)
자인	잠깐만.
이강	(보면)
자인	(일어나) 손 좀 줘 봐.

자인, 머뭇대는 이강의 오른손을 당겨 헝겊을 푼다. 품에서 반장갑을 꺼내
정성껏 끼워주며 이야기하는...

자인	거병에 동참하고 나서 기분이 참 묘했었어. 절대 함께할 수 없는 사람들이라 믿었는데... 어느새 그들에게 내 운명을 맡기고 있더라구... (다 끼우고 흡족한 미소 지으며) 너와 내가 서로 다르다고 믿었던 그 세상도... 어쩌면 하나인 건 지도 모르겠다.
이강	(먹먹한)
자인	삼례에서 봐.

자인, 걸어간다. 이강, 뭉클한 심정으로 바라본다. 자인, 멀어진다.

이강	송자인!!!

자인, 돌아본다. 이강, 거침없이 나아가 자인을 끌어안는다.
두 사람의 뜨거운 포옹과 키스! 그 모습에서...

67. 전주여각 외경 (밤)

68. 동 자인의 침소 앞 + 안 (밤)

자인과 덕기, 방 앞에 서 있다. 봉길, 굳은 표정으로 방 안에 앉아 있는...

덕기	행님, 지들 출행 쫌 갔다 오겠십니더.

봉길	...
자인	금방 다녀올 테니께 탕약 거르지 말고 꼭 챙겨드쇼이.
봉길	...
덕기	(나직이) 가입시더.
자인	(옅은 한숨) 예.

자인과 덕기, 사라진다. 봉길, 고심하는...

69. **동 마당 안 (밤)**

자인과 덕기, 대문을 나간다.

70. **다시 자인의 침소 안 (밤)**

연신 기침을 해대는 봉길... 인기척에 보면 문 앞에 두 명의 그림자가 드리운다.

봉길	출행 나간담서, 으째 다시 왔어?

바깥에선 아무런 대답이 없다. 봉길, 불길해지는...

봉길	누구여?

문이 열리고 권총을 든 이현과 홍가가 들어온다. 봉길, !

봉길	당신?
홍가	(쉿!)
이현	제게 짚신에 대해 알려주신 걸 보면 어르신은 따님의 배신을 모르고 계셨던 게 분명합니다.

봉길	배신이라니? 대체 그게 무슨 소리요?
홍가	우덜이 헛간서 다 봤응게 발뺌혀봤자 입만 아프당게요.
이현	본론만 말씀드리지요. 따님과 의동생을 살릴 방법이 아직 남아 있습니다.
봉길	!
이현	살려보시겠습니까?
봉길	방법이 뭐요?
이현	... 배신.
봉길	(보는)
이현	이번엔 일본이 아니라 전봉준입니다.

봉길의 표정이 굳어진다. 이현의 결기 어린 표정에서 엔딩.

20회

1. (19회 엔딩씬의) 전주여각 / 자인의 침소 안 (밤)

봉길 배신이라니? 대체 그게 무슨 소리요?

홍가 우덜이 헛간서 다 봤응게 발뺌혀봤자 입만 아프당게요.

이현 본론만 말씀드리지요. 따님과 의동생을 살릴 방법이 아직 남아 있습니다.

봉길 !

이현 살려보시겠습니까?

봉길 방법이 뭐요?

이현 ... 배신.

봉길 (보는)

이현 이번엔 일본이 아니라 전봉준입니다.

봉길 !

이현 보부상들이 송객주보다는 어르신의 명을 따를 터... 전봉준에게 빼돌리려 했
     던 군수물자들을 원주인에게 가게 만드세요. 허면 송객주의 일은 덮어드리
     겠습니다.

봉길 나중에 까발리지 않는다고 으째 보장을 허시겠소?

이현 (싸하게) 송객주는 거상이 될 자질이 충분한 사람입니다. 까발려서 죽이는
     것과 약점을 잡아 수족으로 부리는 것... 어느 것이 제게 이득이겠습니까?

봉길 (고심하는)

이현	... 결정하세요.

그때, 누군가 집무실에 들어오는 소리가 들린다.

이강	(E) 송객주!
일동	!

2. 동 마당 안 (밤)

단죽창을 든 이강과 별동대, 들어온다.

이강	송객주, 안에 있능가?

3. 다시 침소 안 (밤)

홍가	(헉!) 거시기여!
이현	(권총을 바투 쥐는)
봉길	(긴장)

4. 다시 마당 안 (밤)

버들	자는갑는디?
이강	여그 쪼까 기쇼. (들어가는)
동록개	지 집 매이로 드가는 거 봉게 송객주허고 사이가 좋아진 모양인디?
해승	장갑 도로 낀 거 보면 모르우?
버들	...

5.	동 침소 앞 복도 (밤)

이강, 들어온다. 인기척이 느껴지지 않자 조금 신중해지는...

6.	다시 침소 안 (밤)

홍가	(울상) 이리 오는디?
이현	(문가에 달라붙어 권총의 노리쇠를 당기는)
봉길	...

7.	침소 앞 복도 + 침소 안 (밤)

침소로 다가가는 이강. 문이 벌컥 열린다. 이강, 멈칫하는...
봉길이 노기 어린 표정으로 나선다.

이강	어르신...
봉길	(마뜩찮은) 오밤중에 과년한 처자는 으째 찾어쌌는겨!
이강	죄송헙니다. 긴히 전헐 말이 있어가꼬라.
봉길	덕기랑 출행 갔응게 나헌티 야그혀.
이강	으디로 갔는디라?
봉길	뒷방 늙은이가 걸 으떻게 알어? 전헐 말이란 게 머여?
이강	(망설이다) 내일 대도소 전체가 삼례로 이동을 허는디... 개항장으 물건을 최대한 신속허니 보내달라고 전해주십쇼.
봉길	개항장으 물건이 먼디?
이강	고건 말씀드리기 곤란헙니다.
봉길	... 알었어. 그리 전허지.
이강	야... 글고 어르신.
봉길	(보는)
이강	(멋쩍어하다가 진지하게) 너무 염려 마셔라... 따님... 지가 지 목숨처럼 중히 지키겠습니다.

봉길, 잠시 갈등한다. 이강, 조금 의아해지는... 이현, 긴장하는...

이강	뭔 일 있으십니까?
봉길	아녀. 어여 가.
이강	(밝게) 야! (인사 꾸벅하고 가는)
봉길	(보는)

이현과 홍가, 안도하는...

8. 동 마당 안 (밤)

이강, 나온다.

이강	말은 대충 전혔응게 그만 가게요. (나가는)
동록개	(따라 나가려는 해승 잡고) 백대장이 말만 전혔을까?
해승	그럼 또 뭐가 있수?
동록개	왜 그거 있잖여. 입술 거시기... (킬킬대는) 손도 막 쪼물딱댐시로... (하다가 버들과 시선 마주치는)
버들	나가 별동대럴 때래치든가 해야지. (획 나가버리는)
동록개	(쩝) 나가 쪼까 심했나?
해승	개접장한테 평소 궁금한 게 하나 있는데...
동록개	먼디, 말혀.
해승	나이는 대체 어디로 자시는 거유.
동록개	!
해승	(혀 끌끌 차며 가는)
동록개	... 똥구녕. (킥! 웃고 따라가는)

9. 다시 침소 안 (밤)

이현과 봉길, 앉아 있다. 홍가, 들어온다.

홍가 (나직이) 갔어.

이현 개항장에서 가져올 물건이라면 일본에서 보낸 군수물자겠군요. 그것까지 빼돌릴 생각을 하다니 송객주 정말... 엄청난 사람이군요.

봉길 (결심이 선) 나가... 그 물건들 원주인헌티 돌려놓겠소.

이현 (미소를 머금는)

10. 개항장 / 나카무라의 싸전 앞 (낮)

자인, 덕기, 차인들을 대동하고 서 있다. 맞은편에 나카무라와 장교1, 서 있다. 일각에 일본군 분대 정도 도열해 있다.

나카무라 (일본어) 탄약은 다 실었습니까?

자인 (일본어) 이제 나르기만 하면 됩니다. 도와주셔서 감사합니다.

나카무라 (미소, 일본어로 장교에게) 상단을 잘 호위하게.

장교1 (일본어) 예!

장교1, 분대 앞으로 이동하고 나카무라, 들어간다.

덕기 (일본군 보며) 절마들은 지가 난주 아아들 델꼬 처치하겠심더.

자인 예. 제가 탄약을 운반할 터이니 최행수는 여각으로 가서 군량미 상단을 출발시키세요.

덕기 (이제 시작이라는 생각에 왠지 가슴이 뭉클해지는) ... 자인아.

자인 (보는)

덕기 조심해레이.

자인 (뭉클한) 이. 아재도 몸조심허고... (미소) 삼례서 보드라고.

덕기 (미소)

11.   전라감영 앞 (낮)

'대장소' 깃발 아래 말을 탄 전봉준을 필두로 손화중, 최경선, 송희옥, 이강, 별동대, 그리고 무장한 의병들이 행진해 나온다. 길가에서 백성들이 몰려나와 함성을 지르며 격려한다.

12.   성문 앞 + 성곽 위 (낮)

전봉준의 행렬이 성문을 빠져나온다.

김학진   (E) 장군~!!!

일동, 전진을 멈추고 돌아본다. 성곽 위에 나졸들과 함께 서 있는 김학진... 전봉준, 물끄러미 바라보는... 김학진이 두 팔을 하늘 높이 뻗는가 싶더니 전봉준을 향해 경건하게 큰절을 올린다. 일동, 가슴이 뭉클해지는... 절을 마치고 일어선 김학진의 눈에 눈물이 가득하다. 전봉준, 힘주어 고개를 끄덕이고는 말을 나아간다. 그 모습에서.

13.   고부 / 거리 (낮)

죽창과 농기구, 또는 먹거리와 면포 따위를 든 백성들이 곳곳에서 튀어나와 어딘가로 향한다. 어수선한 거리를 쓰개치마를 쓰지 않은 명심, 홀로 걸어온다. 집강소 간부들이 의군들과 함께 소리치며 지나간다.

간부들(일동)   왜늠과 싸웁시다~! (집강소로 모이시오~!) 삼례로 갑시다~! (집강소로 모이시오~!) 나라를 지킵시다~! (집강소로 모이시오~!)
명심   (묵묵히 바라보는)

14.   백가네 앞 (낮)

수레가 놓여진... 열린 대문으로 의군들이 부지런히 쌀과 옷감 따위 물자를
나르는... 명심, 걸어와 '집강소'라 적힌 종이를 바라본다. 물건을 나르던 남서
방이 명심을 본다.

남서방   아씨?
명심   (보는) 아, 남서방.
남서방   아씨께서 여근 으쩐 일이신게라?
명심   (머뭇대다가 마당으로 들어가는)
남서방   ?

15.   동 행랑채 (집강소) 마당 안 (낮)

명심, 들어오면 사람들로 북적대는 마당. 대청 앞의 유월 곁으로 의병 자원자
와 기부자들이 모여 있다. 대청에는 세필붓을 든 간부가 사람들이 불러대는
이름을 장부에 적고 있다.

유월   접장 성함이 머대요?
의병1   이. 무도리 사는 김복남!
유월   (과부 보고) 아짐은 머더러 왔소?
과부   화병[1]으로 따라갈라고! 난 이름도 읊고, 서방이 황토현서 죽어브러가꼬 디져
         도 슬퍼헐 늠도 읊당게!
일동   (와자한 웃음을 터뜨리는)
사내1   (끼어들며) 겁이 많어가꼬 으병은 모더고 면포 쪼까 가져왔구먼! 이름은 김

---

1   화병: 취사병.

승호!

사내들 (각자 자기 이름 부르면서 의병한다고 소리치는)

유월 잠깐만요! 붓이 따라가던 모더니께 한 명쓱 허게요.

명심 (E) 집사어른.

유월, 보면 명심이 다가선다. 사람들, 뜨악해서 본다. 유월, 집사어른이라는 호칭에 내심 놀라서 명심을 바라본다.

명심 (떨리는... 용기 내어) 일을 거들어드리고 싶어 왔는데... (어설픈 미소) 시켜 주시겠습니까?

일동 !

유월 (얼떨떨한) 아씨...

〈시간경과〉

남서방을 따라 안채에서 나온 채씨와 이화, 대청 쪽을 바라본다. 대청에 앉아 장부를 적고 있는 명심. 자원자들, 한결 차분하게 자신의 신상을 불러준다.

이화 (헉!) 명심아씨 맞구먼!

채씨 세상에...

남서방 (흐뭇한) 참말로 시상이 바뀌긴 바뀐 모냥이여라.

유월 자! 의군들 머더요? 오늘 안에 삼례로 한 짐 보내야지라!

의군들 야!

유월과 의군들, 짐을 나르고... 저도 모르게 미소를 머금고 일하는 명심. 그런 명심을 바라보며 착잡해지는 채씨.

16. 동 안채 / 거실 안 (낮)

백가, 당손, 이화, 채씨, 앉아 있다. 채씨, 훌쩍대고 이화, 어딘지 마음이 착잡한... 남서방, 서 있다.

백가   (티꺼운) 양반 딸내미꺼정 난리치는 거 봉게 시상이 미쳐도 단단히 미쳤구먼?

채씨   (흐느끼는) 저리 착허고 이쁜 것을... 아이구~ 우리 이현이 불쌍혀서 으쩌끄나...

백가   (거슬리는 듯 보는)

이화   (그 눈치 보고 채씨 위로하는) 울지 말어. 이현이 으디서 잘 살고 있을팅게...

당손   근데 황진사가 저거 보면 또 돌아버릴 텐데...

남서방   허락 받았다는디라?

백가   (놀라) 머시여?

17.   황진사댁 / 석주의 방 안 (낮)

석주, 상석에 앉아 있다. 양반들이 모여 있다.

석주   사대부를 자처하는 우리가 어찌 누란의 위기에 처한 종묘사직을 외면할 수 있겠습니까? 더욱이 저 방약무도한 전봉준의 무리들마저 척왜를 부르짖으며 거병을 하였습니다! 그럼에도 우리가 일신의 안위만을 도모한다면 장차 무슨 낯으로 성현과 조상의 위패 앞에 서겠습니까? 근왕병[2]을 일으켜 왜적과 맞섭시다! 주상전하를 보위하십시다!

심사숙고하는 양반들. 오랜만에 보이는 석주의 위엄 가득한 모습에서.

18.   경복궁 관문각 외경 (낮)

---

2   근왕병: 임금과 왕실을 지키는 군대.

19.   동 관문각 안 (낮)

양측에 각자 역관을 배석시키고 고종, 이노우에를 접견하고 있다. 중전과 다케다가 함께 배석해 있다.

이노우에 (일본어, 인사치레로) 동비들이 다시 창궐하여 얼마나 심려가 크시옵니까?

고종 (기쁜 내심을 숨기며) 다 과인이 부덕한 탓이오.

이노우에 (일본어) 동비들이 노골적으로 일본을 적대하고 있사옵니다. 모쪼록 전하께옵서 막아주셔야겠사옵니다.

중전 전하께서 무슨 수로 막는단 말이오? 군사를 비롯한 내정의 실권을 군국기무처가 갖고 있지 않소? (조소) 군국기무처와 친하시니 잘 아실 터인데...

이노우에 (피식, 의자에 등을 푹 기대어 앉으며) 다케다.

다케다 삼례의 폭도들에게 효유문³을 내리시어 해산을 명하시옵소서.

고종·중전 !

다케다 폭도들은 지금 의병을 참칭하며 순진한 백성을 선동하고 있사옵니다. 저들이 진정 의병이라면 전하의 명에 따를 것이옵구 따르지 않는다면 역적이겠지요.

고종 과인은 내정에 관심을 거둔 지 오래... 동비에 관한 것은 군국기무처와 의논하라.

다케다 당연히 그리할 것이오나 효유문은 어디까지나 전하의 권능이 아니옵니까?

고종 작금의 사태는 모두 과인의 부덕에서 비롯된 것... 지금 과인이 할 일은 스스로를 꾸짖는 것이지 백성을 타이르는 것이 아니다.

다케다 (피식)

이노우에 (일본어, 매섭게) 효유문을 반포하지 않으시면... 저희로선 폭도의 배후로 전하를 의심치 않을 수 없사옵니다.

고종 뭐라?

중전 말을 삼가시오! 이노우에 공사!

---

3   효유문: 백성을 타이르는 글.

이노우에	(일본어, 버럭) 지금 일본은 조선을 위해 전쟁까지 벌이고 있는데, 고작 효유
	문 하나를 써주지 못하겠다는 겁니까!
중전	(일어서는) 이런 발칙한!!!
고종	중전!
중전	(파르르 떠는)
이노우에	(일본어, 매섭게) 전하... 나 이노우에 카오루... 오오토리 전 공사처럼 유약한
	사람이 아닙니다... 보고 싶으시다면... 보여드릴 수 있어요.
고종	(치욕스러운) 이, 이자가 정녕...
이노우에	(빤히 노려보는)
다케다	(긴장하는)

20. 광화문 누각 위 (낮)

병사들, 경계를 서는... 이규태, 전방을 굽어보고 있다. 이두황이 헐레벌떡 달
려온다.

이두황	이규태, 자네 직감이 맞았네!
이규태	무슨 소린가?
이두황	동비 토벌을 위하여 조선과 일본이 연합군을 결성한다 하네!
이규태	(가슴이 철렁하는) 뭐라...
이두황	말이 연합군이지 일본군 밑에 들어가 지휘를 받는다는구만! 빌어먹을...

순간 이규태, 무언가 결심한 듯 누각을 뛰어 내려간다. 이두황, 보는.

21. 군국기무처 안 (낮)

이규태와 장교들, 김홍집 앞에 무릎을 꿇고 읍소한다.

이규태	불가하옵니다! 영을 거두어 주시옵소서!

일동	불가하옵니다! 영을 거두어 주시옵소서!
김홍집	(침통한) 자네들의 심정을 이해 못하는 것은 아니나 이미 결정이 된 사안이니 따르시게.
이규태	삼례에 모인 자들이 정녕 역적이겠습니까?
김홍집	조선은 지금 갑오경장이라는 거국적인 과업을 추진하고 있네! 이런 중차대한 시국에 난을 일으키는 자들을 어찌 역적이라 아니할 수 있겠는가!
이규태	설사 역적이라 하여도 이를 외국의 군대와 연합하여 진압하는 것이 옳은 것이옵니까?
김홍집	어허! 외국의 군대이기 이전에 맹약을 체결한 동맹국이다!
이규태	(비장한) 아뢰옵기 송구하오나... 주상전하의 어명이 없이는 따를 수 없사옵니다!
김홍집	(발끈) 뭐라?... 니놈이 지금 대신들의 결정에 항명을 하겠다는 것이냐!
이규태	군인 된 자가 어찌 항명을 할 수 있겠사옵니까! 다만 소신은 이것이 주상전하의 뜻과는 배치되는 것이기에 이러는 것이옵니다!
김홍집	뭐라?
이규태	소신, 주상전하의 뜻 또한 삼례에 모인 자들과 다르지 않다고 믿사옵니다! 영을 거두어 주시옵소서!
일동	영을 거두어 주시옵소서!!!
김홍집	(탁자 위의 문서함에서 두루마리를 하나 꺼내 건네는) 자, 니 눈으로 직접 보거라.
이규태	이게 뭡니까?
김홍집	삼례에 모인 자들을 폭도로 규정하고 해산을 명하는 주상전하의 효유문이다!
이규태	(헉!)

22. 관문각 안 (낮)

중전, 분루를 삼키는... 고종, 멍하니 앉아 있다. 중전, 견디다 못해 자리를 박차고 나간다. 고종, 길고 긴 한숨을 내쉬고 고개를 떨군다.

23.   개항장 - 나카무라의 싸전 일실 안 (낮)

나카무라, 누군가에게 깍듯이 인사하고 있는다. 상석에 앉은 사내, 이현이다.

나카무라 (일본어) 오니상! 다케다상께서 걱정을 많이 하셨습니다!
이현   (일본어, 수첩을 건네며) 다케다상에게 전신으로 보고하세요. 동비에 대한
         유익한 정보들이 많으니 걱정이 기쁨으로 바뀔 겁니다. (일어나며) 어디로 갔
         습니까?
나카무라 (일본어) 누구... 말입니까?
이현   (일본어) 객주... 송자인.

24.   길 (낮)

장교1 등 일본군의 호위 속에 탄약이 실린 수레를 싣고 오는 자인의 상단.
담장 벽 앞에 모여 있던 사람들이 일본군을 보더니 흩어져 자취를 감춘다.
자인, 벽에 붙은 방을 발견하고 다가간다. 호기심 가득하던 표정이 이내 굳
어진다.

자인   효유문?
고종   (E) 너희는 들으라.

25.   삼례역참 외경 (낮)

지붕 위에 대장소 깃발이 펄럭인다.

고종   (E) 과인은 지난날 너희를 불쌍히 여기어 토벌치 아니 하고 무마해주었다.

26.   동 마당 안 (낮)

별동대와 의병들의 당혹스러운 표정 위로...

고종   (E) 허나 잘못을 뉘우치기는커녕 패역이 날로 심해만 가니 이는 양민으로
볼 수 없는 것들이다.

27.   동 집무실 안 (낮)

전봉준을 중심으로 손화중, 최경선, 송희옥, 이강을 비롯해 숫자가 늘어난 지
도부들, 앉아 있다. 탁자 위엔 효유문이 펼쳐져 있다. 하나같이 심각한 표정
이다.

고종   (E) 이제 출사의 명을 내려 요망한 기운을 깨끗이 소탕하려 한다. 너희 중에
귀순하여 생업에 복귀하는 자는 살려주되, 항복하지 않는 자는 모두 주멸[4]
하여 용서치 않으리라.

충격에 할 말을 잃은 사람들... 이강, 보면 전봉준, 쓰디쓴 미소를 짓고 있다.

이강   장군...
전봉준 (너털웃음 짓고) 이제 놈들의 반격이 시작됐구만!
일동   (긴장하는)

28.   전라감영 동헌 안 (낮)

거적 위에 무릎을 꿇고 앉은 김학진. 전령이 교지를 낭독한다.

---

4   주멸: 죄인을 죽여 없앰.

전령	동비들의 준동을 막지 못한 죄를 물어 전라관찰사 김학진을 파직한다!
김학진	(눈을 질끈 감는)

29.　고부관아 외경 (낮)

박원명	(E) 뭐라?

30.　동 수령 집무실 안 (낮)

박원명, 깜짝 놀라 억쇠를 본다.

박원명	관찰사 대감이 파직을 당했다구?
억쇠	야!
박원명	전봉준에게 협조적인 관리들을 솎아내려는 것이구만.
억쇠	그라믄 사또도 위험허신 거 아녀라? 관아에 쌀허고 무기꺼정 싹 다 내췄잖여라.
박원명	위험이고 뭐고 형방 자네, 의병을 해 볼 생각이 없는가?
억쇠	(헉!) 으, 으, 으, 으병 말여라?
박원명	고부 양반들이 근왕병을 결성하기로 했는데 거기 부관을 맡아줬으면 해서...
억쇠	(헉!) 그, 그, 그, 근왕병이 먼디요?
박원명	(김 팍 새는... 한심한 듯) 으이구, 내가 말을 말아야지. (하는데)
석주	(E) 사또, 황석줍니다.
박원명	어서 드시오!

석주, 들어오며 고한다.

석주	근왕병 결성에 차질이 생겼습니다.
박원명	차질이라니요?

석주	효유문을 읽은 양반들 대다수가 입장을 바꿨습니다. 효유문이 내려진 마당에 동비들과 함께하는 의병은 할 수 없다 합니다.
억쇠	(안도의 한숨)
박원명	이 사람들이 하기 싫은 차에 좋은 핑곗거리 찾은 게지! 아, 그게 전하의 진심이겠소?
석주	(착잡한)

31.   황진사댁 / 석주의 방 안 (밤)

석주, 명심과 마주 앉아 있다. 명심, 평소와 달리 조금은 생기가 도는 표정이다.

석주	집강소에도 주상전하의 효유문이 전해졌겠지?
명심	예.
석주	사기가 많이 떨어졌겠구나.
명심	별로 개의치 않는 것 같았습니다. 오늘도 의병 삼십에 무명옷 오십 벌을 삼례로 보냈습니다.
석주	해산하라는 어명에도 별로 개의치를 않는다?
명심	일본인들이 겁박한 것이 분명하다며 욕설을 해대는데... (웃음 참으며) 소녀, 세상에 욕이 그리 많은지 오늘에야 알았습니다.
석주	(옅은 미소로 보다가) 집강소에 나가보니 어떻더냐?
명심	(수줍게) 그냥... 재미있습니다.
석주	재미?
명심	사람들이 늘 북적대는데 웃고 떠들고 싸우는 거 구경하다 보면 하루가 금방입니다. 별당에서 수를 놓고 책을 보는 것보다 훨씬 재미있습니다.
석주	재밌다니 내가 마음이 좀 놓이는구나... 명심아.
명심	예.
석주	오래비는... 고부의 근왕병을 이끌고 삼례로 갈 것이다.
명심	(철렁하는) 주상전하께서 폭도라 하였는데도 거병을 하시겠다구요?
석주	이제는 근왕병이라 칭할 순 없겠지. 병사도 채 열 명이 되지 않을 것이구...

명심	그런데도 어찌 가려 하시는 것입니까?
석주	(쓸쓸한 미소) 진짜 양반이 되고 싶어서다.
명심	네?
석주	제자를 전쟁터로 보내고, 법도에 얽매여 늑혼을 당한 여동생의 고통을 외면 하는 그런 금수만도 못한 양반놈과 싸우기 위해서다.
명심	(먹먹한)
석주	해서... 이 황석주의 자존심, 그리구... 명심이 너를 지키고자 함이다.
명심	(울컥) 오라버니...
석주	살아 돌아온다면... 좋은 오래비로 살 것이다.

명심, 다가가 석주의 손을 부여잡고 흐느끼는... 석주, 먹먹한 미소로 명심의 머리를 쓰다듬어 주는... 회한이 가득한 석주의 표정에서.

32. 고부관아 / 작청 안 (밤)

아전들, 둘러앉아 일하는... 상기된 표정으로 서성거리던 억쇠, 답답한 듯 심호흡을 해댄다.

박원명	(E) 형방 자네, 의병을 해 볼 생각이 없는가?

잡념을 떨치려는 듯 장부를 펴고 앉는다. 세필붓을 쥐다가 멈칫... 갈등하다가 세필붓을 집어던진다. 아전들, 뜨악해서 보는...

억쇠	(주문을 걸듯이) 느 시방 지정신 아니다이... 눈 딱 감자이... 억쇠야, 안 되야...
아전들	?

33. 동 수령 집무실 안 (밤)

나름 비장한 표정의 억쇠, 박원명 앞에 흰 봉투를 놓고 인사 꾸벅 하고 나간다. 의아한 듯 보던 박원명, 봉투를 들어 본다. '休職'이라 적힌...

박원명　(뜨악한) 휴직?

34.　백가네 행랑채 (집강소) 마당 안 (밤)

유월, 놀란 표정으로 억쇠를 본다.

유월　억쇠야...

억쇠　(긁적이며) 사또께선 근왕병인가 머시기 부관을 허라는디... 양반덜 졸개허긴 싫어가꼬요... 가서 대장허고 왜늠덜 실컷 때려잡을라고요. (헤 웃는)

유월, 가슴이 미어지는... 일각에서 바라보는 남서방.

35.　동 안채 거실 안 (밤)

식사하던 백가, 채씨, 이화, 당손, 깜짝 놀란 표정으로 남서방을 바라본다.

채씨　머시여? 남서방, 시방 뭐라겄냐?

남서방　(머쓱한) 삼례로 가겄다고라.

당손　(헉!) 동비하려구?

남서방　(선선히) 야.

이화　미쳤디야? 가믄 죽어!

당손　그래, 남서방이 전쟁을 몰라서 그러는데 그게 생각처럼 막 멋지구 이런 게 아니야. 지옥이라구.

남서방　인자 지가 여그서 헐 일도 읎잖여라. 군식구나 마찬가진디.

채씨　아, 군식군 누가 군식구여! 씨잘떼기 읎는 소리 말어!

남서방　(미소) 말씸은 너무 감사헌디... 결심 섰구먼이라.

채씨　아, 글씨 안 된다니께!

백가	... 가브러.
채씨	영감!
백가	가고 잡다잖애. (남서방 쩨려보며) 안 말링게 가라고.
남서방	(안쓰러운 미소) 야.
백가	(입맛이 사라진... 짜증스레 숟가락 내려놓으며) 간이 머 이따우여?

백가, 일어나 나간다. 남서방, 착잡한...

36.   동 백가의 방 안 (밤)

백가, 들어와 선다. 착잡한 한숨 내쉬는... 남서방, 들어온다.

남서방	이부자리 좀 봐드리겠습니다.
백가	(본체만체하는)
남서방	(이부자리 깔며) 넘들이 뭐라캐도... 지는 어르신 좋아헙니다. 집도 절도 읎이 떠도는 늠 받어주셔서 지금꺼정 한 식구처럼 대해주셨잖여라.
백가	(뚱한) 착각 말어. 자네 식구로 생각혀 본 적 한 번도 읎어.
남서방	(맘에 없는 소리인 것 아는... 먹먹한) 건강허십쇼. (깍듯이 인사하고 나가는)
백가	(답답한) 염병... 으째 다덜 맹추가 되어가는겨?

37.   동 행랑채 마당 안 (밤)

남서방, 유월과 나란히 대청에 걸터앉아 있다.

유월	집강소만 아니믄 나도 으병덜 따라가는 거인디...
남서방	집사가 집강소 지켜야제 으딜 갈라고? 이강이헌티 뭐 전해줄 말 겉은 거 읎어?
유월	(미소) 먼 말을 전허겄어라... 살어오라믄 살어오고 이기라믄 이기고 그런 거 아니잖여라... 다 허나마나헌 야그지라이.

남서방	그래도 한 마디 혀 봐. 전해줄팅게.
유월	이심전심이라고 이강이도 이미 알고 있을 거구먼요... 엄니가 지늠... 자랑시러 허는 거요.
남서방	(보는)
유월	(눈물 그렁한) 겁나게 자랑시러가꼬... (처연한 미소) 지가 을매나 행복헌지 몰러라.

38. 삼례역참 마당 안 (밤)

횃불을 든 의병들이 경계를 서는... 전봉준, 이강과 순시 중이다. 곳곳에 모닥불을 피워놓고 잠든 의병들의 위로 거적을 덮어주는 전봉준.

39. 동 뒤란 (밤)

벽에 기대어 잠든 의병들을 바라보는 전봉준. 꺼져가는 모닥불을 지피는 이강.

전봉준	날씨가 많이 추워졌군... 두꺼운 옷이 더 필요한데...
이강	집강소 아낙들이 불철주야로 맨들고 있잖여라. 곧 송객주 상단도 당도허믄 숨통이 트일 것입니다.
전봉준	효유문 때문에 사기가 떨어질까 걱정했더니 다들 씩씩해 보이는군.
이강	임금 땀시 싸우는 것도 아닌디 기죽을 이유가 있습니까?
전봉준	허면 이 사람들은 무엇 때문에 싸우는 것이냐?
이강	자기헌티 소중헌 것들을 지킬라고 싸우는 거지라이... 자기... 자기 식구... 자기 동네... 자기헌테 새 시상을 맛보게 혀준... 집강소.
전봉준	(제법이라는 듯 미소) 니 말이 맞다.
이강	임금이 염병을 혀도 상관 않고 삼례로 모이는 사람덜 말여라... 그 사람들이... 장군께서 말씀허신 진짜 으병입니다.
전봉준	(대견한) 녀석...

이강	(싱긋) 인자 다 배웠지라?
전봉준	바로 그런 진짜 의병들의 싸움을 뭐라 하는지 아느냐?
이강	?... 전쟁 아닙니까?
전봉준	아니다. 전쟁은 증오가 만들지만 이건 사랑이 만든다.
이강	(궁금한) 그거이 먼디요?
전봉준	혁명.
이강	혁... 명?
전봉준	임금이 비로소 그 길을 열어주었다... 이젠... 뒤돌아보지 않고 달려가면 되는 것이다.
이강	... 야!

전봉준과 이강의 결연한 모습에서.

40.   경복궁 근정전 앞 (낮)

대소신료들 앞에 조선군들, 도열해 있다. 김홍집 앞에 이두황과 이규태가 서 있다. 이두황에게 부월을 하사한다. 희색이 만면한 이두황, 넙죽 받는다. 이규태, 체념의 기색이 역력한...

이두황	양호도순무영[5] 우선봉 이두황, 좌선봉 이규태, 동비 토벌의 명을 받들겠나이다!
김홍집	출정하게.
이두황	(돌아서서) 전군~ 출정하라!

41.   광화문 앞 (낮)

---

5   양호도순무영: 동학농민군을 토벌하기 위해 만든 조선군 지휘부.

열린 성문으로 이두황과 이규태의 군사들이 나와 멈춘다. 그들 앞에 일본군들이 도열해 있다. 선두에 말을 탄 다케다와 미나미 소좌. 그 앞에 이노우에가 서 있다. 이두황과 이규태, 허리를 숙인다. 흡족한 표정의 이노우에, 다케다에게 눈짓하면.

다케다 (일본어) 가세.
미나미 (일본어, 칼을 치켜들고) 전군~ 출정하라!

일본군이 전진한다. 다케다, 미나미가 앞장선다. 그 뒤로 이규태와 이두황의 조선군이 따른다. 좌우의 백성들, 근심 어린 눈으로 행진을 바라본다. 조선군의 기치들 위로 우뚝 솟구쳐 펄럭이는 일본군의 깃발! '大日本帝國 東學黨 征討軍(대일본제국 동학당 정토군)'이라고 쓰인... 광화문을 뒤로 하고 진군해가는 연합군!

42. 산길 (낮)

자인의 상단과 장교1 등 일본군이 이동해간다.

43. 전주여각 마당 안 (낮)

덕기, 들어온다. 차인들이 '오셨어라' 하며 맞는다.

덕기 도임방 행수들한테 연락해가 싹 다 모이라 캐라!
차인 야!

44. 동 자인의 집무실 안 (낮)

칼을 찬 덕기, 그 뒤로 차인들 무장하고 서 있다.

행수들을 앉혀 놓고 훈시 중이다.

덕기   단디 들으이소. 상단별로 모아둔 군량미캉 물자를 지금 바로 삼례로 운반하이소. 지는 객주님 만나가 탄약 확보해가 그리 가겠십니더. 인자부턴 우리 보부상도... 의병입니더. 다들 각오됐지예!

행수들   (외면하는)

덕기   (뜨악한) 와 이라노...

문이 열리고 굳은 표정의 봉길이 홍가와 들어온다.

덕기   (홍가를 보고) 니? (불길한 예감에 봉길을 보는)

봉길   (착잡한) 다덜 나가서 나가 말헌 디로 혀. 일본군덜 갖다 줘.

행수들   야! (나가는)

덕기   (노기 어리는) 와 이라능교?

봉길   덕기야... 인자 그만혀.

덕기   (피식) 시작도 안 했는데 뭘 그만하노? 비키보소. 절마부터 직이뿌고 이바고 하입시더. (칼 뽑으려 하면)

홍가   나 죽으믄 송객주도 죽는구먼!!!

덕기   !

45.   산길 (낮)

휴식 중인 상단과 일본군들... 자인, 일각에 앉아 상념에 잠겨 있다.
말발굽 소리에 돌아보면 이현이 말을 타고 나타난다. 자인, 안색이 변하는...
이현, 자인을 굽어본다.

장교1   (일본어) 누구냐?

이현   (일본어, 공사관에서 발행한 비표 정도 보여주는) 천우협 총책 오니요.

장교1   (경례를 붙이는)

일본군들   (기립하는)

이현	(말에서 내려 자인에게 다가서는) 속도가 아주 더디군요. 최행수를 기다리는 것이겠죠?
자인	(시치미 떼는) 도통 무슨 말씀이신지 못 알아듣겠군요.
이현	(나직이) 이자들을 죽이고 함께 삼례로 가시려구요.
자인	!

46.   다시 전주여각 안 (낮)

봉길	백이현이랑 야그 다 끝났어. 느 인자 와서 뺄짓허믄... 자인이 송장 되븐다이.
덕기	(믿기지 않는) 도대체 와 이라는데... 행님, 돌았나?

47.   다시 산길 (낮)

자인, 일본군들의 시선에 내색도 못하고 파르르 몸만 떨어댄다.

이현	최행수의 군량미는 아버님께서 원래 주인에게 전달하실 겁니다. 여기 탄약은 객주님과 제가 합심해서 전달토록 하구요.
자인	합심이라니... 무슨 뜻이냐?
이현	저를 따르면... 살게 되실 거란 말입니다. (미소)
자인	(분한)

48.   삼례역참 일각 (낮)

경계병들 옆으로 회선포와 대포가 줄지어 있는... 최경선과 이강, 지켜보는 가운데 버들, 동록개, 해승이 신기한 듯 회선포를 만지작댄다.

버들	요걸 요로코롬 돌리믄 나가는 모양이제?
동록개	오매, 요런 생각을 으째 혔으끄나이?

해승	그나저나 총알이 있어야 훈련을 할 거 아뉴.
최경선	송객주가 갖고 오기로 혔는디... 쪼까 늦는구먼.
이강	(걱정스러운)
성계	(E, 밝은 어조로) 아부지!!!

일동, 보면 큼지막한 도를 든 성계와 방원(십대 느낌)이 달려와 멈춰 선다. 일동, 의아한 듯 보면,

동록개	(울컥) 성계야!
일동	!
동록개	(달려가는) 방원아~!!!
성계·방원	(달려와 얼싸안으며) 아부지~!!!
동록개	근디 니들이 여근 으쩐 일이여? 소 안 잡어?
성계	(씩씩한) 아, 시방 나라가 결딴나게 생겼는디 소 잡게 생겼다요!
방원	(씩씩한) 써글 늠으 왜늠덜 싸그리 포를 떠브러야제!
동록개	그래도 가위바위보혀서 한 늠만 오지 그랬냐? 잘못허다가 우덜 대가 끊기믄 으쩌?
성계	사내가 이름값을 혀야제! 시방 고딴 거 걱정허게 생겼다요!
방원	그라제!
동록개	(말문 막히는)
최경선	아따 자슥덜 멋들어지게 키웠소이! 맞어! 고딴 걱정헐 거 읎어!
성계·방원	(누구냐는 듯 보면)
동록개	일루 와서 인사들 디려. 아부지, 동무들이여.

형제들, 최경선과 별동대 앞에 척척 걸어와 꾸벅 인사한다.
최경선과 별동대, 저도 모르게 옷깃을 여미며 서는...

성계	안녕허셔라! 이성계구먼이라!
방원	이방원이라고 헙니다!
일동	(쭈뼛)
이강	(긁적이는) 어따~ 으째 쪼까 껄쩍지근허네이.

누군가	(E) 고부 으병들이 왔다아~!!!!
이강	!

49. 동 앞 (낮)

이강, 나온다. 고부 깃발을 든 의병들이 들어간다.

이강	먼 길 온다고 고상들 혔소이! (하는데)
억쇠	(E) 대장!

이강, 돌아보면 죽창을 든 억쇠가 눈물 글썽해서 튀어나온다.

이강	(병한) 억쇠야?
억쇠	나 형방 때려치고 대장허고 같이 싸울라고 왔구먼!

남서방, 나타난다.

남서방	나도 행랑아범 때려쳤어.
이강	... 아재.
남서방	(싱글대며) 뭐든 시켜만 줘.

뭉클하는 이강, 양팔로 억쇠와 남서방을 끌어안는다.

| 이강 | 다들 장혀! 참말로 장혀! 환영헙니다! |

잠시 후 저만치 말을 탄 석주가 '忠'이라 적힌 깃발을 든 유생 병사들과 나타
난다. 이강, 깜짝 놀라 포옹을 풀고 바라보는... 이강을 발견한 석주, 표정의 변
화 없이 덤덤하게 응시하며 다가오는... 이강, 믿기지 않는...

50.　　동 집무실 안 (낮)

석주, 전봉준 앞에 서 있다. 손화중, 송희옥, 최경선, 이강, 앉아 있다. 서먹한
분위기다.

석주　　자급할 식량과 물자를 가져왔으니 폐는 끼치지 않을 것이오. 무엇이든 임무
　　　　만 주시오.

전봉준　길 건너에 전 여산부사 김원식 등 유림들의 부대가 주둔해 있소. 거기 짐을
　　　　풀고 명을 기다리시오.

석주　　알겠소. (나가는)

전봉준　(일어나며) 이보게, 석주.

석주　　(멈추는)

전봉준　... 고맙네.

석주　　(쓸쓸한... 나가는)

전봉준　(옅은 미소를 머금는)

송희옥　장군, 토벌대가 한양을 떠났다고 합니다.

손화중　우리도 이제 충청도로 진격해서 북접의 의병들과 결합해야 합니다.

전봉준　그래야 하네만... 송객주가 약조한 물자들이 아직 당도하질 않아서... 군량미
　　　　는 둘째 치고 회선포의 총알이 꼭 필요한데...

최경선　혹 무슨 사고가 난 거 아니겠습니까?

이강　　지가 전주로 가보겠습니다.

전봉준　만약 사고가 난 거라면 백대장이 간다 해도 달라질 건 없어. 조금만 더 기다
　　　　려 보세.

이강　　(답답한)

51.　　전주여각 / 자인의 집무실 안 (낮)

봉길, 술병과 안주를 들고 들어온다. 덕기, 멍하니 앉아 있다.

봉길　　술이나 한잔 혀. (따라주는)

덕기	…
봉길	인생 일장춘몽이라갰어. 낮잠 자블다가 헛꿈 꿨다 생각혀.
덕기	(보는)
봉길	놈들이 보복헐지 모르께 난리 끝나믄 자인이허고 한양에 가 있으.
덕기	(피식) 보복할라꼬 맘만 무모 한양 아이라 만주벌판으로 티끼도 따라온다카이.
봉길	(킬킬대는) 왜늠들 있고, 덕기 느가 있는디 먼 걱정이여?
덕기	(한잔 마시고) 행님, 내캉 십 년 넘었지예?
봉길	임오군란 끝나고 을매 안 됐을 때니께 그래 됐구먼.
덕기	첨 봤을 때 기억납니꺼? 낮술 한잔 얻어묵자카이께네 다짜고짜 내 귀싸대기부터 갈깄다 아이요.
봉길	(감회가 새로운 듯 미소 머금으며) 아 그럼 사지 멀쩡헌 늠이 주정뱅이로 사는 걸 가만 놔둬?
덕기	그때 행님 참 개안았는데… 우야다 이래 됐십니꺼?
봉길	…
덕기	(버럭) 송봉길이가 우야다 이래 됐나 말이다!!!
봉길	(씁쓸해지는) 나가 말이여… 을매 안 남었어.
덕기	(보는)
봉길	죽는 거 솔직히 벨로 무섭지 않은디… 느덜이 먼저 죽는 거는 징허게 무섭더라고… (자조적으로 킬킬대는)
덕기	(보다가 일어나는)
봉길	으디 갈라고?
덕기	자인이 평생 쫓아가 살게 할 순 없다 아입니꺼? 보복 안 당하게 해야지예.
봉길	먼 말이여?
덕기	… 행님.
봉길	(보는)
덕기	(애틋한) 저승에서 또 만납시더.
봉길	!
덕기	(나가는)
봉길	(일어나 따라 나가는) 덕기야. 덕기야! (기침이 터지는… 가슴을 부여잡고 괴로워하는) 이늠아, 덕기야~!

52.   산길 (밤)

일본군과 상단, 밥을 먹고 있다. 일각에 자인, 침통하게 앉아 있다.

이강   (E) 삼례에서 만나믄 말이여...

플래시백> 19회 66씬의,
이강   **그때부턴 쭉... 나랑 함께 가게.**
자인   **(보는)**
이강   **딴 길로 새지 말고 나랑 같은 길로만 가게.**

현재>
자인, 북받치는 슬픔을 간신히 억누른다. 인기척에 보면 이현이 주먹밥을 건넨다. 자인, 노려보면.

이현   행선지가 공주로 바뀌었습니다. 조일연합군이 그리로 내려온다는군요.
자인   (주먹밥을 받는)
이현   역시 판단이 빠르시네요. 이래서 송객주님이 마음에 듭니다.
자인   똑똑히 봐두려구요. 저 탄약에 의병들이 죽어갈 때 당신이 어떤 표정을 짓는지...
이현   썩 좋은 표정은 아니겠지요. 솔직히 지금도 마음이 편친 않습니다.
자인   (피식) 입에 침이나 바르고 말씀하시지요.
이현   저 탄약이 의병들에게 가면 뭐가 달라집니까?
자인   (보는)
이현   어차피 이기지 못할 싸움... 처음부터 완벽하게 패하는 것이 희생을 줄이는 방법입니다.
자인   듣도 보도 못한 궤변이로군요.
이현   문명국의 전쟁은 그런 거니까요. 기선을 잡고, 상대가 항복하면, 그걸로 끝입니다. 수뇌부는 죽겠지만, 대다수의 선량한 의병들은 고향으로 돌아가게 될 것입니다.

자인 (노기 어리는) 그 수뇌부에... 니 형님이 있다구.

이현 스스로 선택한 길에서 죽음을 맞이하는 것... 좋은 겁니다. (가는)

자인 (탄식하는)

53. 삼례역참 집무실 앞 대청 (밤)

굳은 표정의 이강, 대청을 올라와 집무실 쪽으로 들어간다.

54. 동 집무실 안 (밤)

이강, 들어온다. 전봉준이 이강 쪽으로 등을 지고 앉은 사내와 대좌하고 있다.

이강 말씀 중에 죄송헌디요. 지가 전주에 다녀와야겠습니다. 나대덜 않고 먼 일인지만 알아보겠습니다.

전봉준 (가라앉은 어조로) 그럴 필요 없다.

이강 장군!

덕기 (등진 채, E) 이강아.

이강, 헉! 해서 보면 일어나 돌아서는 사내... 착잡한 표정의 덕기다.

이강 덕기성!

덕기 (침통한) 미안하게 됐다.

이강 ?

전봉준 백이현이 송봉길과 짜고 삼례로 향하던 모든 물자를 장악했다.

이강 !!!

덕기 행님이 자인이 살리준다는 말에 혹해뿌가꼬 그래 됐다.

이강 그믄... 송객주는 시방 으딨소?

덕기	백이혀이가 델꼬 일본군한테 가고 있을 끼다.
이강	거그가 으딘디요!!!
덕기	... 모린다.
이강	(망연자실한)
덕기	장군, 이 일에 송객주는 아무 잘못 없십니다.
전봉준	잘못이 없다 해도 일을 그르친 책임은 져야 하오.
덕기	물건을 운반하는 거는 전적으로 행수인 지 책임입니다. (무릎 꿇는)
이강·전봉준	!
덕기	지 목을 내놓겠십니더.

전봉준, 묵묵히 바라보는... 이강, 참담한...

55. 동 객사 일각 (밤)

이강, 터벅터벅 걸어와 힘없이 바위 정도에 걸터앉는다. 수심 어린 표정으로 반장갑을 어루만지는...

자인	(E) 손 좀 줘 봐.

플래시백〉19회 66씬의,
자인, 머뭇대는 이강의 오른손을 당겨 헝겊을 푼다. 품에서 반장갑을 꺼내 정성 껏 끼워주며 이야기하는...

자인	**거병에 동참하고 나서 기분이 참 묘했었어. 절대 함께할 수 없는 사람들이라 믿 었는데... 어느새 그들에게 내 운명을 맡기고 있더라구... (다 끼우고 흡족한 미 소 지으며) 너와 내가 서로 다르다고 믿었던 그 세상도... 어쩌면 하나인 건지도 모르겠다.**

현재〉
이강, 슬픔과 분노의 감정이 뒤엉키는... 고개를 떨구고 깊은 한숨을 내쉬는...

56.   (52씬의) 산길 일각 (밤)

홀로 숨죽여 울고 있는 자인.

57.   다시 객사 일각 (밤)

이강, 무언가 깊이 생각하는 모습 위로...

전봉준   (E) 진짜 의병들의 싸움을 뭐라 하는지 아느냐?
이강   ...
전봉준   (E) 전쟁은 증오가 만들지만 이건 사랑이 만든다.

        플래시백〉39씬의,
전봉준   **혁명.**

        현재〉
        서서히 고개를 드는 이강... 전의에 불타는 그의 모습에서 F.O.

58.   삼례역참 외경 (낮)

59.   동 마당 안 (낮)

마당을 가득 메운 무장한 의병들이 집무실 쪽을 향해 서 있다. 별동대가 맨 앞에 서 있고, 성계·방원, 억쇠, 남서방 등이 곳곳에 서 있다. 긴장감이 넘치는...

60.   동 집무실 안 (낮)

전봉준과 이강을 비롯한 지도부들, 앉아 있다. 석주도 말석에 앉아 있다. 송희옥이 일각에 서서 설명한다.

송희옥   미나미 소좌가 지휘하는 일본군의 주력부대는 현재 충청감영이 있는 공주를 향해 남하허고 있다고 헙니다. 조선군 우선봉 이두황의 군대는 죽산, 음성을 거쳐 보은에, 좌선봉 이규태의 군대는 안성을 거쳐 천안으로 내려오고 있습니다.

이강   놈들의 일차 목적지는 공주가 확실헙니다. 우덜 역시 공주를 공격혀야 됩니다.

석주   우리가 대적할 적의 병력은 얼마나 되는 것이오?

이강   감영군을 합치믄 조선군이 사천 이상, 일본군은 이천 정도 된다고 헙니다.

최경선   병력의 숫자는 우덜이 압도적이지만 놈들은 대포, 회선포, 양총 겉은 신식무기로 무장허고 있습니다.

송희옥   그나마 우덜이 갖고 있던 대포하고 회선포는 탄약이 읎어가꼬 무용지물이 되어브렀습니다.

전봉준   우리에게 없는 것은 신식무기의 탄약만이 아니오.

61.   다시 마당 안 (낮)

의병들의 모습 위로...

전봉준   (E) 외적과 싸우기 위해 일어선 의병임에도 우리에겐 도와줄 임금도, 조정도, 관군도 없소... 허나 우리에겐 지켜야 할 나라가 있고, 지켜달라는 민심이 있고, 지키겠다는 투지가 있소.

62.   다시 집무실 안 (낮)

전봉준 (일어나는) 이 전쟁의 승패를 나는 알지 못하오. 허나 내가 한 가지 확신하는 것은... 싸우지 않으면 문명의 탈을 쓴 야만이 우리를 지배할 것이란 사실이오. 묻겠소. 어찌 하시겠소?

일동 (숙연한 분위기에 압도되어 누구도 선뜻 입을 열지 못하는)

이강 (일어나는) 싸워야지라! 왜늠들 몰아내고 인즉천으 시상을 맨들어야지라!

석주 (일어나는)

일동 (보면)

석주 나아가... 싸웁시다.

손화중 (일어나며) 공주로 갑시다!

최경선 (일어나며) 가서 왜놈들 싹 쓸어붑시다!

일동 (일제히 일어나며 '싸웁시다!' '갑시다!' 정도 격정적인 결의의 말들을 쏟아내는데)

전봉준 (준엄하게) 양호창의영수의 이름으로 명하겠소!

일동 (보는)

전봉준 전군 출정하여... 공주를 함락한다!

일동 (결연한)

63.　삼례역참 앞 가도 (낮)

'척왜[6]'라 쓰인 커다란 깃발이 허공 위로 솟구친다. 역참 앞으로 의병들이 쏟아져 나온다. 백이강과 별동대, 성계·방원이 선봉이다. 뒤이어 양호[7]창의대장소 깃발을 든 억쇠가 따르고 전봉준, 손화중, 최경선, 송희옥 등 지도부가 따른다. 그 뒤를 죽창과 낡은 무기로 무장한 남서방 등 의병들이 따른다. 포승에 묶인 덕기도 행진한다. 석주를 비롯한 유림 의병들이 뒤를 잇는다.

6　척왜: 일본을 배척함.

7　양호: 전라도와 충청도.

64.   남원관아 (낮)

무장을 갖춘 김개남이 대청을 내려선다. 말고삐를 잡은 김가와 의병들, 도열해 있다. 사기가 충천해 있는 의병들을 굽어보는 김개남.

김가   우린 어디로 가는 겁니까요?
김개남   청주.
김가   청주면 진남영의 관군들이 있는 데 아닙니까?
김개남   놈들을 붙잡어 놔야 녹두 그 친구, 한양 가는 길이 편허지 않겠어? (말에 오르는) 다덜 디질 준비됐제!!!
일동   (우렁차게) 야!!!
김개남   전라좌도 창의군~! 출정~!

나팔소리와 함께 병사들, 출정한다. 김개남과 김가의 결연한 표정에서.

65.   몽타주 (낮)

(☞계절감 체크해주세요. 여기서부턴 초겨울 느낌이 나야 할 것 같습니다.)

1) 가도 - 진격해오는 일본군. 다케다, 미나미.
2) 길 - 행군하는 전봉준의 부대...
3) 가도 - 진격해오는 이규태와 이두황의 부대.
4) 길 - 행군하는 김개남의 부대.
5) 지도 - 공주를 중심으로 한양과 삼례에서 각각 출발하는 진압군과 의병들의 화살표. 진압군들의 화살표는 세 갈래로 갈라져 공주를 포위해 내려오는 느낌(미나미 동선 - 한양에서 공주로, 이두황 - 한양에서 용인, 음성, 청주, 보은, 공주로, 이규태 - 수원, 안성, 천안, 공주로). 동학군의 화살표는 각각 삼례에서 놀뫼로, 남원에서 청주로.

66. 놀뫼 길가 (낮)

〈자막〉 충청도 놀뫼

전봉준의 군사들이 행진해 온다. 지축을 울리는 발자국 소리에 선두의 이강, 손을 들어 행렬을 멈춰 세운다. 잠시지만 긴장감이 흐르는... 저만치 앞에서 충청도 각 고을의 깃발을 휘날리며 북접 의병이 나타난다. 손병희가 선두에 서 있다.

이강 충청도 으병들입니다!

전봉준, 말에서 내려 앞으로 나선다. 의병들과 함께 다가서는 손병희. 양접의 의병들이 지켜보는 가운데 마주 서는 두 사람.

손병희 북접의 통령 손병휩니다.
전봉준 (손을 부여잡으며) 전봉준이오.
손병희 진즉에 함께하였어야 하는데 송구하기 이를 데가 없습니다.
전봉준 아니오. 남접과 북접이 힘을 합쳐 외적을 몰아냅시다.
손병희 죽기를 각오하고 싸우겠습니다.

전봉준과 손병희, 얼싸안는다. 의병들, 환호성을 지른다. 벅차오르는 이강의 표정에서.

67. 충청감영 앞 (낮)

〈자막〉 공주 충청감영

일본군들이 도열해 있는 모습 위로.

다케다   (E, 반갑게) 오니!

68.   동 일실 안 (낮)

다케다, 이현을 반갑게 맞이한다. 곁에 자인이 서 있다.

다케다   사람을 이렇게 놀래키다니... 신변에 이상이 생긴 줄 알고 얼마나 걱정을 했
         었다구.

이현   걱정을 끼쳐드려 죄송합니다. 동비들에게 체포될 뻔했었는데... 여기 송객주
         가 도와주어 무사할 수 있었습니다.

자인   (어색한 미소)

다케다   이거 여러모로 송객주한테 신세가 많습니다.

자인   별말씀을요. 응당 하여야 할 일을 했을 뿐입니다.

이현   나카무라에게 제가 조사한 정보들을 보고 받으셨습니까?

다케다   아주 큰 도움이 되었어. 특히 총알이 없어 회선포를 쓰지 못한다는 정보는
         우리가 전술을 짜는 데 많은 참고가 되었지.

이현   처음에야 숫자를 믿고 덤비겠지만 화력의 열세를 절감하면 저들도 항복이든
         화약이든 방도를 모색하게 될 것입니다.

다케다   (피식) 항복을 하건, 화약을 하건 놈들이 살아날 길은 없네.

자인   !

이현   그게... 무슨 말입니까?

다케다   (대수롭지 않은 투로) 차차 알게 될 거야.

미나미가 급히 들어와 경례를 붙인다.

미나미   다케다상!

다케다   (일본어) 무슨 일이오, 미나미 소좌.

미나미   (일본어) 이인 지역에서 전투가 벌어졌는데 모리오 대위의 부대가 패했습니
         다!

일동   !

다케다　(일본어, 분을 참으며) 그래서... 지금 어떻게 됐나?

미나미　(일본어) 후퇴하여 고개에 진을 쳤는데 동비들의 주력부대에게 포위를 당했습니다!

이현　(일본어) 거기가 어딥니까?

미나미　(어눌한 조선어로) 우... 금... 티.

이현·자인　!

69.　우금티 고개 (낮)

을씨년스러운 느낌의 야트막한 고개. 지쳐 보이는 일본군과 조선군들이 분주히 방어선을 만들고 있다. 이두황이 분한 표정으로 지켜본다.

70.　창의군의 군영 (낮)

송희옥의 지휘 아래 의병들이 군영을 만들고 있다. 억쇠 등 막사를 짓고, 남서방 등 방책을 세우고, 마름쇠를 뿌리고, 별동대들 경계를 서고, 화병들 밥을 짓는 등 분주하다. 곳곳에 의병들이 대오정연하게 앉아 휴식을 취하고 있다.

71.　우금티가 보이는 개활지 (낮)

전봉준, 손병희, 손화중, 이강, 최경선, 나란히 서서 눈앞에 펼쳐진 우금티의 전경을 바라본다.

손병희　저 고개만 넘어가면 바로 공줍니다.

손화중　공주만 함락하면 한양까진 지형이 평탄하여 진격이 용이합니다.

전봉준　그러니 놈들도 어떻게든 공주를 지키려 하겠지.

최경선　이인서 호되게 당했응게 정신을 바짝 차렸을 것입니다.

이강	충청감영에 있는 병력들도 곧 몰려올 것이구요.
전봉준	아무래도 저기가 승부처가 될 것 같구만... 우금티.
일동	(바라보는)

72. 충청감영 앞 (밤)

이규태의 부대가 감영을 빠져나온다.

이규태	서둘러라! 우금티를 방어하러 간다!

빠르게 이동하는 이규태의 군사들. 일각에서 바라보는 이현.

73. 동 관찰사의 집무실 안 (밤)

다케다, 서류를 보고 있다. 이현, 들어온다.

다케다	무슨 일인가?
이현	(다가서는) 아까 하셨던 말씀이 자꾸 머리에 남아서요.
다케다	(무슨 말이냐는 듯 보는)
이현	항복이건, 화약이건 동비들이 살아남지 못한다는 얘기 말입니다.
다케다	(피식) 그 얘기 말이구만.
이현	무슨 뜻입니까?
다케다	히로시마 대본영의 가와카미 소로쿠 병참총감께서 훈령을 보내셨네. 동비 토벌의 기본전략에 관한 것이지.
이현	전략의 내용이 뭡니까?
다케다	전략이랄 것도 없어. 아주 간단해. (전보용지를 건네주는)
이현	(받아서 읽는... 표정이 대번에 굳어지는)
다케다	(싸한 미소) 차제에 동학과 관련된 자들을... 모조리 살육할 것.

이현의 미간이 꿈틀댄다.

74.   창의군의 군영 / 대장 막사 앞 (밤)

지도부들, 속속 막사로 들어간다.

75.   동 막사 안 (밤)

전봉준을 중심으로 지도부들 빼곡히 들어차 있다. 석주, 들어온다.

송희옥 (보고) 장군... 다 모였습니다.
전봉준 병사들을 배불리 먹이고 일찍 재우시오. 내일 날이 밝는 대로 공격을 개시할
          것이오.
이강   지가 선봉을 맡겠습니다.
전봉준 아니야.
이강   (보는)
전봉준 화력에서 절대 열세이니만큼 병력으로 밀어붙여 전의를 꺾어놔야지. 전원...
          총공격이오!

각오를 다지는 표정의 지도부들... 전봉준과 이강의 결연한 얼굴에서 엔딩!

21회

1.　　　(20회 73씬의) 충청감영 / 관찰사의 집무실 안 (밤)

다케다　히로시마 대본영의 가와카미 소로쿠 병참총감께서 훈령을 보내셨네. 동비 토
　　　　벌의 기본전략에 관한 것이지.
이현　　전략의 내용이 뭡니까?
다케다　전략이랄 것도 없어. 아주 간단해. (전보용지를 건네주는)
이현　　(받아서 읽는... 표정이 대변에 굳어지는)
다케다　(싸한 미소) 차제에 동학과 관련된 자들을... 모조리 살육할 것.

　　　　이현의 미간이 꿈틀댄다.

2.　　　(20회 엔딩씬의) 창의군의 군영 / 대장 막사 안 (밤)

전봉준　전원... 총공격이오!

　　　　각오를 다지는 표정의 지도부들... 전봉준과 이강의 결연한 얼굴에서.

3.   한양 - 경복궁 관문각 외경 (밤)

4.   동 관문각 안 (밤)

김홍집, 고종과 중전에게 아뢴다.

김홍집   전하. 조선과 일본의 연합군이 동비들과 결전을 앞두고 있다 하옵니다.
고종   (괴로운)
중전   어디서요?
김홍집   남쪽에서 공주로 들어가는 길목인 우금티 고개라 하옵니다.
고종   그만하라.
김홍집   사세가 급박하여 아뢰는 것이옵니다. 이인에서 패퇴한 연합군이 방어를 하고 동비들이 공격하는 형국이온데 동비의 수가 워낙 많아 우금티를 둘러싼 포위망의 길이만 사십여 리에 달한다고, (하는데)
고종   그만하라지 않느냐!!!

김홍집, 흠칫 놀라는... 용안이 일그러지던 고종, 박차고 나가버리는...
난감한 김홍집... 중전도 자리에서 일어선다.

중전   (차갑게) 만에 하나 동비들이 승리하는 날엔 그들을 폭도로 규정한 전하의 보위마저 위태로워지실 것입니다. 결단코... 연합군이 패배해선 아니 됩니다.
김홍집   명심하겠사옵니다, 중전마마.
중전   ...

5.   충청감영 앞 (밤)

이현, 조금 얼떨떨한 표정으로 걸어 나와 멈춘다.

다케다   (E) 차제에 동학과 관련된 자들을... 모조리 살육할 것.

이현, 불길해지는... 일각에 상단과 있던 자인이 다가선다.

자인　저도 토벌대의 군영으로 데려가 주세요.

이현　(다케다의 말에 정신이 팔린)

자인　오니상?

이현　(정신 차리며) 아... 뭐라 하셨습니까?

자인　토벌대의 군영에 데려다 달라 하였습니다.

이현　곤란합니다. 거긴 너무 위험해요. (가는데)

자인　(낚아채듯 잡는)

이현　!

자인　(진솔한) 멀리서나마... 이강이가 싸우는 모습을 보고 싶습니다... 부탁입니다.

이현　(보는데)

홍가　(E) 이현아!

일동, 보면 홍가가 다가선다.

홍가　군량미... 무사히 당도했다.

이현　수고했어요.

자인　최행수는 지금 어디 있습니까?

홍가　그 사람... 여각 관두고 나갔는디라.

자인　(굳어지는)

이현　(피식)

6.　창의군의 군영 원경 (밤)

우금티 고개와 개활지를 사이에 둔 야트막한 구릉지대. 수많은 횃불로 대낮처럼 밝은... 무수한 깃발과 어우러져 장관을 연출하고 있다.

7.   창의군의 군영 일각 (밤)

곳곳에서 모닥불이 타고 있다. 모닥불마다 의병들이 둘러앉아 주먹밥을 먹고 있다. 화병들이 나눠주는 주먹밥에 살얼음이 끼어 있다. 이강, 별동대와 성계·방원을 대동하고 순시 중이다.

이강   맛나게들 자시고 일찍 주무쇼! 낼은 솔찬히 바쁠 것이여!

이강 일행, 걸어가면 남서방과 억쇠가 조총을 들고 다가선다.

억쇠   대장! 이인서 감영군 조총을 뺏었는디 총알 좀 구헐 수 있겄능가?
이강   어디 잘 모셔놓고 내일은 쓰던 죽창이나 써.
남서방   총 있는디 으째 죽창을 쓰라 그냐?
해승   조총은 사정거리가 일백 본데 저놈들 총은 오백 보요. 사백 보를 뛰어가서 한 발 쏘느니 오백 보를 뛰어가 죽창으로 육박전을 하는 게 낫소.
억쇠   그래도 왜늠들 가차이만 가믄 죽창보단 총이 낫지 않어라?
버들   조총 한 발 쏘는 동안에 양총은 삼십 발을 쏠 수 있구먼이라.
억쇠   !
동록개   나처럼 능수능란헌 사람 아니믄 화약 쟁이다가 벌집 되븐당게.
억쇠·남서방 (그런가 싶은)
최경선   (E) 백대장.

이강, 보면 최경선이 나타난다.

최경선   나 좀 보게.
이강   ?

8.   동 옥사 (밤)

의병들이 지키는 울타리 안에 포박당한 조선군 포로들이 수용되어 있다. 일각에 덕기의 모습도 보인다. 이강과 최경선, 다가선다. 착잡하게 덕기를 바라보는 이강.

이강   (착잡한) 지낼 만허쇼?

덕기   깝깝해가 디지겠다. 직이든 살리든 결론 쫌 퍼뜩 내라캐라.

최경선   장군허고 야그 끝났소.

덕기   (보는)

최경선   풀어줘.

병사들, 들어가 덕기의 포박을 풀어준다.

최경선   가서 송봉길이헌티 전혀. 절대 편히 죽진 모델 거라고.

덕기   (일어나 팔을 뻗어보며 이강에게) 자인이는 봐주는 기가?

이강   전쟁 끝나봐야 알것지만 처벌을 면허지 모델 겁니다. 왜늠덜헌티 군수물자를 지원헌 건 엄연헌 사실이니께요.

덕기   (쓸쓸한 듯 피식) 직이지만 마라. 니만 믿는데이.

이강   ... 조심히 가쇼.

덕기   가긴 어딜 간단 말이고?

이강   ?

덕기   내도 끼아도.

최경선   !

이강   야?

덕기   명색이 훈련도감 종사관 출신인데... 왜놈들 놔두고 그냥 갈 순 없다 아이가?

이강과 최경선, 바라보는... 덕기, 의연한 미소.

9.   동 별동대 막사 안 (밤)

별동대 앞에 멋쩍은 미소 짓고 서 있는 덕기.

이강	신입 별동대원이구먼.
별동대	(묵묵히 보는)
덕기	면목 없심더. 속죄하는 심정으로 싸우겠십니더.
동록개·버들	(머뭇)
해승	(나아가 손 부여잡으며) 환영하우.
덕기	고맙심더. 전에 약속한 막걸리는 전쟁 끝나고 무입시더.
해승	그럽시다.
버들	(미소) 지도 잘 부탁헙니다.
동록개	반갑구먼. 동록개여.
덕기	잘 부탁드립니더.

훈훈한 분위기를 착잡하게 바라보던 이강, 자리를 뜬다. 버들, 보는...

10. 동 막사 앞 (밤)

반장갑을 매만지며 생각에 잠긴 이강. 버들, 나타나 곁에 앉는다.

버들	걱정 말어. 송객주 무사허니 잘 있을겨.
이강	걱정 안 혀. 생각 안 헌 지 오래구먼.
버들	(피식) 센 척허지 말어. 밤에 잘라그믄 낯짝이 떠올라가꼬 가심앓이 허는 거 누가 모를 줄 알어?
이강	(시치미 떼는) 아니랑게 참말로... 버들 접장이 거슬 으떻게 알어?
버들	다 아는 수가 있구먼.
이강	오매, 전쟁 끝나믄 포수 말고 점쟁이를 혀야 쓰겄네이.
버들	(겸연쩍은) 나도 대장 낯짝 땀시... 가심앓이깨나 혔으니께.
이강	(보는)
버들	(씩씩한) 아, 걱정 말어. 나넌 이늠이믄 충분혀. (손목의 구슬팔찌 매만지는)
이강	(먹먹하게 보는)
버들	이상허게 이늠만 끼고 있음 말여. 든든허니 겁이 덜 나더랑게. 시상서 질로 믿음직헌 전우가 줘서 그런 모냥이여.

이강	그려... 다행이구먼.
버들	(개운한 표정 지어보이며) 일찍 자둬. (일어나 가는)
이강	버들 접장.
버들	(보는)
이강	접장도 나헌티... 질로 믿음직헌 전우여.
버들	(미소) 영광이구먼.

버들, 씩씩하게 걸어간다. 눈가에 맺힌 눈물을 찍어내며 사라지는 버들... 이강, 묵묵히 생각에 잠기는...

11.   우금티 – 견준봉 정상 (밤)

〈자막〉 우금티 견준봉

최고봉에 자리 잡은 토벌군의 군영. 자인과 이현, 저 멀리 창의군의 군영을 굽어보고 있다. 능선을 따라 의병들의 횃불이 병풍처럼 펼쳐져 있다.

다케다	(E) 어마어마하군!

다케다가 횃불의 능선을 바라보며 나타난다. 자인과 이현의 곁에 선다.

다케다	지금은 횃불의 산이지만 내일이면 시체의 산이 되어 있겠지? (하면서 자인과 이현을 보면)
자인	(불편함을 간신히 억누르는)
이현	그 전에 결판이 나겠죠.
다케다	(미소, 걸어가는)
자인	제게 문명국의 전쟁은 다르다 하셨지요? 상대가 항복하면 그만이라구요.
이현	(자신 있게) 예.
자인	(조금 안도하는) 오니상의 말을 믿어보겠습니다.
이현	...

12.   창의군의 군영 / 언덕 (밤)

홀로 선 석주, 우금티를 바라본다. 저 멀리 토벌군의 군영이 있는 견준봉에 불빛이 밀집해 있다. 견준봉 아래에 방어선을 구축한 토벌군의 불빛이 반짝인다. 전봉준이 나타나 곁에 선다.

전봉준   잠을 좀 자두게. 내일은 힘든 싸움이 될 게야.
석주   내일 싸움이... 결전이겠지?
전봉준   그럴 것일세.
석주   허면 저것이... 자네가 말한 그 경계인 셈이구만.

전봉준, 석주의 시선을 따라 우금티를 본다. 만감이 교차하는 전봉준, 심호흡을 해본다.

전봉준   살아 돌아가면... 자네 집에서 빚은 국화주 한 잔 얻어마시게 해주게.
석주   불가하네.
전봉준   (머쓱) 매정한 사람 같으니...
석주   올해는 국화주 대신 머루주를 빚었거든.
전봉준   (보는)
석주   편히 오시게.

먹먹한 미소를 나누는 두 사람의 모습 위로 동록개의 노랫소리가 들려온다.

13.   몽타주 - 창의군의 군영 곳곳 (밤)

1) 별동대 막사 앞 - 쪼그려 잠든 성계와 방원을 바라보면서 애잔한 곡조의 노래를 부르는 동록개. 곁에 둘러앉아 전의를 다지는 덕기, 해승, 버들. 동록개의 절창과 함께 아래의 컷들이 비장하게 펼쳐진다.

2) 군영 안 일각 - 잠든 의병들 속에 나란히 앉아 있는 남서방과 억쇠, 두려움을 이기려 애쓰는...

3) 대장 막사 안 - 승전을 기원하는 제를 올리는 전봉준, 손병희, 손화중, 송희옥, 최경선 등 지도부.

4) 군영 앞 - 횃불을 든 파수병을 격려하는 이강, 돌아서 우금티를 바라본다. 이강 앞에 어둠의 장벽처럼 버티고 선 우금티! 전의가 솟구치는 그의 모습에서 F.O.

14.　　인서트 (아침)

동편 능선에서 태양이 솟아오른다. 의병들의 함성소리가 들려온다.

〈자막〉1894년 음력 11월 9일 우금티

15.　　창의군의 군영 앞 (아침)

'척왜' 깃발 아래 무장한 의병들이 병풍처럼 늘어서서 함성을 지르고 있다! 손화중, 최경선, 송희옥, 이강, 석주가 각자의 부대 앞에 서 있다. 맨 앞에 선 전봉준과 손병희, 의병들을 바라본다. 손병희, 칼을 들면 의병들, 조용해진다.

전봉준　사생결단의 날이 밝았소.
의병들　(비장한)
전봉준　오늘만큼은 거창한 대의명분 따위 잊으시오. 단 하나! 자기에게 가장 소중한 것만 기억하시오! (이강을 바라보는)
이강　(보는)
전봉준　(격정적으로) 그것이 자기 자신이든! 자기 식구이든! 자기한테 새 세상을 맛보게 해준 집강소든! 또 다른 어떤 것이든! 그것만 각인하시오! 그것을 위해 싸우시오!

가슴 벅찬 감동에 투지를 다지는 이강. 결연해지는 의병들.
전봉준, 칼을 치켜든다!

전봉준 전군... 진격~!!!

웅장한 나팔소리와 함께 함성을 지르며 전진해 가는 의병들!

16. 우금티 - 견준봉 정상 (아침)

이동하는 일본군들! 다케다, 산 아래를 굽어본다. 개활지로 노도처럼 밀려오
는 의병들!

17. 우금티 서쪽 새재 - 포대 (아침)

감영군들이 경계를 서고 있는... 일본군 장교 앞에 일렬로 늘어선 일본군과
조선군의 대포들이 일제히 불을 뿜는다.

18. 개활지 (아침)

함성과 함께 새카맣게 밀려오는 의병들... 곳곳에서 포탄이 터진다. 작렬포탄
의 파편에 사상자가 속출하지만 굴하지 않고 달려가는 의병들!

최경선 좌군은 나를 따르시오!

깃발이 펄럭이고 최경선을 선봉으로 송희옥, 손화중, 석주의 부대가 우회한
다.

이강 우군 돌격!!!

이강을 선봉으로 별동대와 남서방, 억쇠, 솥뚜껑을 방패 삼은 성계·방원이 견 준봉 쪽으로 돌진해간다. 함성과 비명, 포성과 꽹과리 소리 등이 어지럽게 뒤 엉킨다! 후미에서 피가 마르는 심정으로 지켜보는 전봉준과 손병희!

19.   우금티 견준봉 정상 (아침)

일각에서 이현과 홍가, 전장을 내려다본다. 어느새 구릉을 기어오르는 의병 들!

홍가   (두려운) 개미떼보다 많다... 이라다 지는 거 아녀?
이현   (마음이 불편한... 돌아서다 보면)

저만치 자인, 이를 악물고 구릉을 주시한다.

20.   동 견준봉 아래 - 일본군의 방어선 + 조선군의 방어선 (아침)

포성과 함성이 아련히 들려오는... 회선포와 총으로 무장한 일본군들, 고갯길 옆의 능선을 지키고 있다. 독려하는 미나미.

미나미   (일본어) 놈들은 기껏해야 조총이다! 편안하게 조준 사격해! 알겠나!
일본군들   (일본어) 예!!!
누군가   (E, 일본어) 적이다!

미나미, 보면 함성과 함께 이강의 의병들이 고개를 올라온다. 포탄에도 아랑 곳 않고 꾸역꾸역 밀려드는 의병들!

미나미   (일본어) 사격!!!

이두황 측 조선군들의 총구가 불을 뿜는다. 선두의 의병들이 속절없이 쓰러진다. 의병들이 방어선을 향해 산비탈을 필사적으로 기어오른다.

21.   동 조선군의 방어선 + 비탈 (아침)

이두황과 이규태가 지휘하는 조선군의 방어선... 포성과 함성이 아련히 들려오는... 이규태, 침통한 표정이다. 마침내 함성과 함께 최경선의 의병들이 나타난다.

최경선   돌격!!!

손화중, 송희옥, 석주, 부대원을 독전한다. 의병들, 맹렬히 방어선을 향해 올라간다.

이두황   사격하라!

빗발치는 총탄 사이로 불나방처럼 돌진하다 죽어가는 의병들! 방어선 밑까지 돌진한 의병들은 조총사격을 가한다. 치열한 교전이 펼쳐진다. 지켜보는 이규태, 참담하다.

22.   다시 일본군의 방어선 + 비탈 (아침)

(☞고지 공방전의 느낌으로) 방어선 턱 밑까지 올라온 의병 포수와 일본군의 교전이 한창이다. 둔턱과 폐목을 엄폐물 삼아 사격하는 의병 포수들! 끊임없이 돌격을 시도하다 죽어가는 죽창병들! 중상을 입고 처절한 비명을 질러대는 의병들! 버들, 부상자를 조준사살하던 일본군을 사격하지만 빗나간다. 오히려 일본군의 집중사격에 나무 뒤에서 옴짝달싹하지 못하는 버들! 일각 둔턱에 몸을 붙이고 방어선을 올려다보는 이강과 별동대. 의병포수들이 결사항전하지만 화력의 열세로 고전하는...

덕기	회선포부터 잡아야 된다!
이강	(성계·방원에게) 가서 돌격조 준비허라개.
성계·방원	야! (몸을 낮춰 내려가는)

이강, 총알을 퍼부어대는 회선포를 일별한 후 우렁차게 외친다.

| 이강 | 포수~ 일발 장전! |
| 포수들 | (일제히 장전하는) |

이강, 보면 아래쪽에서 깃발이 펄럭인다.

| 이강 | 자~ 그믄 또 가보는겨이~!!! 돌격조~ 공격!!!! |

기름주머니와 횃불을 든 돌격조가 나타나 이강을 지나쳐 방어선을 향해 올라간다. 기름주머니를 든 남서방과 억쇠도 맹렬히 올라간다. 전방의 버들과 포수들이 엄호사격을 하고 일본군들도 응사를 시작한다.

| 이강 | 돌격~!!! |

이강과 별동대, 돌진해간다. 회선포 주변으로 기름주머니를 던지고 사살당하는 의병들! 당황하는 일본군들... 기름주머니를 던지고 내려오는 억쇠와 남서방의 모습이 보인다. 일본군들, 횃불을 든 의병들을 집중공격한다. 보다 못한 이강, 사살당해 쓰러진 의병의 손에서 횃불을 빼내 드는데,

| 남서방 | (E) 아서!!! |

이강 보면, 남서방이 횃불을 낚아챈다.

| 남서방 | (달려가며) 살어서 엄니 봐야제!!! |
| 이강 | ... 엄호!!! |

포수들, 엄호사격한다. 날쌔게 방어선까지 뛰어 올라간 남서방, 횃불을 던지려는 순간, 총알이 가슴을 관통한다!

이강 아재!

남서방, 가까스로 횃불을 던진다. 회선포대에 불길이 치솟는다.

미나미 (일본어) 당황하지 마라!
이강 (울컥!) 돌격~!!!

함성을 지르며 돌격하는 의병들... 맹렬히 응사하는 일본군들... 불타는 회선포를 옅은 미소로 바라보는 남서방, 절명한다.

〈시간경과〉

해가 중천에 뜬... 그을린 회선포가 치워진다. 의병들이 퇴각해버린 비탈에선 일본군의 확인사살이 벌어지고 있다. 일각에 굳은 표정으로 서 있는 이현과 홍가. 발 앞에 남서방의 비참한 시신이 놓여 있다.

홍가 (놀라) 이게 먼 일이랴... 남서방이여...

감정을 억누르는 이현의 모습 위로... 다케다의 웃음소리가 들려온다.

23. 연합군의 군영 / 지휘부 막사 안 (낮)

다케다와 미나미 등 장교들, 희색이 만면해서 앉아 있다. 이두황, 비굴한 웃음을 짓고 있는... 이규태와 이현만이 굳은 표정으로 앉아 있다.

다케다 (일본어) 총으로 방어하는 고지를 칼과 죽창을 들고 기어오르다니! 정말 어이가 없구만!

미나미	(일본어) 미개인들 아닙니까? (킬킬대는)

미나미 (일본어) 미개인들 아닙니까? (킬킬대는)

이현 (티꺼운 듯 미나미를 노려보는)

이규태 (참다못해) 저들도 이제 힘의 차이를 깨달았을 것입니다. 항복을 권유하시지요.

다케다 (거슬리는) 항복?

이규태 그렇습니다. 보내만 주시면 제가 사자로 가겠습니다.

다케다 (노기 어리는)

이현 (끼어드는) 이규태 영관님, 성격이 생각보다 급하시네요.

이규태 (노려보는) 뭐라?

이현 목마른 자가 우물을 파게 해야지요. 저들도 이제 신식군대의 위력을 절감하였을 테니 곧 우물을 파려들 겁니다.

다케다 (미소)

이규태, 가증스럽다는 시선으로 이현을 보는... 이현, 태연한 미소...

24.　　창의군의 군영 안 (낮)

부상자들을 부축한 의병들이 몰려 들어온다. 화병들이 어쩔 줄 몰라 하며 맞이한다. 곳곳에서 부상자들의 비명이 터져 나온다. 독기를 품은 이강, 별동대와 들어온다. 이강, 곧장 대장 막사로 들어간다.

25.　　동 대장 막사 안 (낮)

이강, 들어오면 전봉준과 지도부들 앉아 있다. 패전의 쓸쓸함과 당혹감이 실내에 가득하다. 전봉준의 표정도 한껏 굳어 있다.

최경선 무사했구먼.

이강 ... 면목 없습니다. (자리에 앉는)

전봉준	말씀들 해보시오.
송희옥	패인은 역시 화력입니다. 견준봉 주변으 지형도 우덜헌티 너무 불리허고요.
손화중	적의 회선포는 어쩔 수 없다 해도 파편을 뱉어내는 작렬포탄 때문에 피해가 큽니다.
이강	저희 부대가 포대를 맡았습니다.
석주	방도가 있는가?
이강	포탄 날아오는 방향을 봉게 우금티 서쪽 뒤편이드먼요. 길잡이만 있음 뚫어 보겠습니다.
손병희	새재로 우회하면 샛길이 있소. 북접의 병사들을 붙여주겠소.
이강	야.
전봉준	...

26.   동 별동대 막사 안 (낮)

해승과 덕기, 비격진천뢰를 성계·방원과 의병들에게 나눠준다.

해승	화약덩어리니까 잘 간수해.
성계·방원	(긴장) 야.
덕기	뺄거 아이다. 불 붙이가꼬 포신에 주넣기만 하모 된다.

버들과 나란히 서서 지켜보는 이강. 송희옥이 나타난다.

송희옥	백대장.
이강	야?
송희옥	자네도 와서 말려야 쓰겠는디.
이강	?

27.   동 대장 막사 안 (낮)

이강, 들어서면 전봉준을 최경선이 말리고 있다.

최경선 글쎄 이 몸으론 무리랑게요! 전주성에서 당헌 부상 땀시 지대로 뛰지도 못허
　　　　 잖여라!
전봉준 결심이 섰다 하지 않았느냐!
최경선 결심도 결심 나름이지라! 선봉이 말이 된다고 생각허십니까!
전봉준 병사들의 사기가 떨어졌다. 내가 앞장을 서야 한다!

전봉준, 나가려다 입구에 선 이강을 본다.

이강　　 으병들이 장군헌티 바라는 거이 이런 것이겠습니까?
전봉준 뭐라?
이강　　 사기 떨어진 늠 보덜 못혔응게 안심허시고요. 지금꺼지처럼... 우덜 등 뒤에 버
　　　　 티고 기셔주기만 허믄 됩니다.
전봉준 비켜라.
이강　　 장군... (다가서는)
전봉준 (보는)
이강　　 아침에 죽은 으병만 오천 명... 장군 시방 제정신 아닌 거 아는디요... 이건 되
　　　　 레 병사덜 불안허게 허는 것입니다.
전봉준 이놈이!
이강　　 장군은 우덜 으병들헌티 아부지 겉은 분입니다. 아들이 아부지헌티 바라는
　　　　 거이 같이 피 흘리는 거겠습니까?... 닦어주는 것입니다.
전봉준 (보는... 서글퍼지는)

28.　　 개활지 (낮)

　　　　 함성과 꽹과리를 치며 의병들이 몰려온다. 최경선을 필두로 손병희, 손화중,
　　　　 송희옥, 석주가 부대를 이끈다.

29.   우금티 – 일본군의 방어선 (낮)

일본군들, 다급히 방어 태세를 취한다. 이현과 자인, 다급히 내려온다. 일각
에 있던 홍가가 다가선다.

홍가   (병한) 이현아...
이현   또 공격을 해온다구요?
홍가   그려. 이늠들이 참말로 돌았나비다.
이현   (이해가 가지 않는)

탄식하는 자인, 갑작스러운 포성에 흠칫하는!

30.   개활지 (낮)

사방에 포탄이 터진다. 의병들, 맹렬하게 돌진해간다.

최경선   (악에 받친) 돌격~!!!

31.   우금티 서쪽 새재 – 포대 (낮)

대포들이 일제히 불을 뿜는다. 병사들, 일제히 포탄을 장전한다.

장교   (일본어) 서둘러라! (하는데)

함성과 함께 이강과 별동대, 성계·방원, 의병들이 습격한다. 경계를 하던 감영
군과 난전이 벌어지고 포병들 주춤주춤 뒤로 물러선다. 해승, 이강, 덕기, 감
영군들을 베고 버들, 도주하는 포병들을 사살한다. 포대에 있던 화톳불을
이용해 비격진천뢰의 심지에 불을 붙이는 성계·방원, 의병들...

동록개 (싸우다가 조바심을 못 이기고 화톳불로 다가서는) 뭐 혀! 싸게 혀!
성계 야!

마침내 심지에 불이 붙자 동록개, 의병들, 성계·방원, 반색한다. 순간, 일본군
들이 나타나 화톳불 주변에 집중사격을 가한다. 동록개, 복부에 총을 맞고
무릎이 꺾인다. 방원이 가슴에서 피를 흘리며 쓰러진다.

이강 개접장~!!!
일동 !
동록개 (고통은 아랑곳없이) 방원아...

의병들, 엄폐물에 몸을 숨기면서 응사한다. 총에 맞지 않은 성계와 의병들,
대포를 향해 달려간다. 의병들, 대포에 닿기 전에 사살당하고 성계만이 포신
에 비격진천뢰를 집어넣는다. 돌아서는 성계의 머리에 총알이 관통한다. 동
록개, 멍해지는... 해승과 이강, 달려와 동록개를 부축한다.

이강 가게요.
동록개 (싱긋) 자슥딜 놔두고 가긴 으딜 가?
해승 가자구요!!!
동록개 (울컥 입에서 피를 토하는)
이강·해승 (헉)
동록개 (싱긋) 먼저들 가소이.

동록개, 심지가 타들어가는 방원의 비격진천뢰를 들고 일어난다. 교전이 벌
어지는 한가운데를 유유히 걸어가는 동록개. 포탄더미로 향한다.

동록개 가보세 가보세~ 을미적 을미적~ 병신 되면 못 가리~

탕! 동록개의 가슴을 관통하는 총알. 주춤하는 동록개.

버들 (울부짖는) 개접장~!!! (나가려는데)

이강   (잡는) 안 돼!

덕기   이강아, 퇴각해야 된다!

이강   (보면)

동록개   (다시 나아가는) 가보세~ 가보세~ (팔과 다리에 총알이 박히는) 을미적~ 을미적~ (기어가는)

포탄더미 앞에 다다른 동록개의 옆구리를 관통하는 총알... 비격진천뢰를 소중히 끌어안고 포탄더미 위로 엎어지는...

이강   퇴각!!!!

별동대와 의병들, 분루를 삼키며 퇴각한다.

동록개   (미소) 병신 되면~ 못 가리...

동록개의 품에서 폭탄이 터지면서 엄청난 폭발이 일어난다. 바닥에 떨어진 비격진천뢰와 성계가 맡았던 대포가 거의 동시에 폭발한다. 엄청난 화염을 뒤로 하고 눈물을 흘리면서 퇴각하는 이강의 부대.

32.   우금티 – 일본군의 방어선 + 조선군의 방어선 + 비탈 (낮)

일본군과 조선군의 방어선을 뚫기 위해 사력을 다해 기어오르는 억쇠와 의병들. 맹렬히 불을 뿜어대는 회선포와 총구. 조총으로 응사하는 의병들... 곳곳에서 독전하는 최경선, 손화중, 손병희, 석주, 송희옥!

이두황   쏴라, 쏴!

일본군의 회선포 하나가 열을 견디지 못하고 폭발한다.

미나미   (일본어, 당혹스러운) 도대체 저놈들 뭐야?

조선군 방어선을 송희옥의 부대가 기어오른다.

송희옥 물러서지 말어!!!

순간, 송희옥의 다리에 총알이 관통한다.

송희옥 (고통을 참으며) 돌격!!!
이규태 (참담한) 제발 그만 좀 와... 제발!

그러나 끊임없이 의병들이 기어 올라온다. 선두가 몰살당하면 이열이 전진하고 이열이 몰살당하면 삼열이 나타난다. 아비규환... 전투라기보다는 학살이다. 안색이 창백해진 채 눈을 부릅뜨고 지켜보는 이현. 홍가, 도저히 못 보겠다는 듯 돌아보면 일각에 주저앉은 자인, 충격을 견디지 못하고 가슴을 쥐어뜯는다.

33. 우금티가 보이는 언덕 (낮)

전봉준, 이를 악물고 우금티의 전경을 바라보는... 한 폭의 지옥도다.

34. 한양 – 군국기무처 외경 (낮)

35. 동 일실 안 (낮)

김홍집, 의기양양한 표정의 이노우에와 앉아 있다. 이노우에 옆에 역관이 귓엣말로 통역한다.

김홍집 (놀라) 지금... 죽은 자만 일만이라 하였소?

이노우에 (일본어) 두 시간 전에 받은 보고이니 지금은 더 늘어났을 것이오.

김홍집 (탄식하고) 사자를 보내 항복을 권고하라 하세요.

이노우에 (일본어, 냉정하게) 동학당은 일본과 조선의 우애에 장애가 되는 자들이오... 이 기회에 싹을 잘라 버려야 하오.

김홍집 !

36. 우금티 – 연합군의 군영 일각 (낮)

이현, 굳은 표정으로 홍가와 걸어오다 멈춘다. 일본군들, 의병 포로들을 끌고 간다. 비탈 앞에 일렬로 앉히더니 사살한다. 홍가, 헉! 이현, 애써 감정을 추스르는...

자인 (E) 문명국은 역시 다르군요.

자인, 이현 일행에게 다가선다. 자인의 눈에 분노가 가득하다.

자인 항거불능의 포로를 떼로 죽이다니... 당신들이 그토록 미개하다 주장하는 조선의 어디에서도 들어본 바 없는 짓이군요.

이현 (짜증을 참고 홍가에게) 송객주를 공주로 데려가세요.

홍가 이. (하는데)

자인 안 그래도 제 발로 가던 참입니다. 여기 더 있다간 제 손으로 저의 눈알을 뽑아버릴 것 같아서요. (가는)

이현 ...

37. 동 지휘부의 막사 안 (낮)

다케다와 미나미 등 장교들, 이두황, 이규태, 이현, 앉아 있다. 아까와는 달리 조금 가라앉은 표정이다. 이현, 안색이 창백하다.

미나미	(일본어) 도무지 죽음을 두려워하질 않습니다. 저런 자들은 처음입니다.
장교들	...
다케다	이봐, 오니.
이현	... 예.
다케다	(조롱 섞인) 전에도 말했지만 의병이니 뭐니... 난 도저히 조선인들을 이해할 수가 없어. 자넨 이걸 이해할 수 있나?
이현	(애써 태연한 미소) 솔직히 저도 잘 이해가 가질 않습니다. 한 번은 몰라서 그렇다 쳐도 두 번이나...

이현, 뒷맛이 개운치 않은... 이규태, 보는...

38.　동 막사 앞 (낮)

나오는 이현을 이규태가 막아선다.

이규태	오니상이 다케다상을 좀 설득해주시오.
이현	뭐를 말입니까?
이규태	동비들에게 항복을 권유하는 것 말이오.
이현	다케다상보다 더 높은 곳에서 강경 진압을 요구하고 있습니다. 저들이 먼저 항복을 청해오지 않는 한 어렵습니다.
이규태	(난감한)
이현	어차피 병력의 삼분지 이를 잃었습니다. 바보가 아닌 다음에야 더 이상의 공격은 엄두도 내지 못할 것입니다. (가는)
이규태	(한숨)

39.　창의군의 군영 / 대장 막사 안 (낮)

조금 멍해 보이는 표정의 전봉준. 지도부, 격론을 벌이고 있다. 부상을 당한 송희옥도 앉아 있다.

송희옥	인자는 해산을 혀서 후일을 도모혀야 헙니다.
최경선	안 됩니다! 놈들헌티 각개격파 당헐 것입니다!
손화중	허면 또 공격을 하자구? 역부족일세!
손병희	손화중 접주의 말이 맞소! 분하지만 인정할 건 인정해야 하오!
이강	우덜만 거병을 헌 거시 아니잖여라.
일동	(보는)
이강	경상도, 강원도, 황해도꺼정 동학도인들이 싹 거병을 혔는디... 질로 등치가 큰 우덜이 해산해블믄 그짝 사람들은 으쩨 되겠습니까?
최경선	(전봉준에게) 장군. 야습으로 결판을 내시지라이!
손화중	안 됩니다! 더 이상의 희생은 불가합니다!
손병희	북접의 대표로서 더 이상 북접의 병사들을 희생시킬 순 없소. 북접은 빠지 겠소.
최경선	손장군!!!
전봉준	그만.
일동	(보는)
전봉준	(판단이 서질 않는) 여러분 의견 잘 들었소. 생각할 시간을 주시오.

지도부들, 나간다. 이강도 자리에서 일어난다. 막사를 나가려던 석주가 멈춰 돌아선다.

석주	이보게, 녹두.
전봉준	...
석주	(착잡한) 지도자는 실패를 인정할 줄도 알아야 하네.
전봉준	(쓸쓸한)
석주	안타깝지만 우린... 자네가 말한 그 경계를 넘지 못할 듯싶네. (나가는)
이강	(전봉준을 안쓰럽게 보는)
전봉준	백대장도 무슨 할 말이 있는 것이냐?
이강	야.
전봉준	말해보거라.
이강	계속 싸울지 해산을 헐지... 의병들이 결정허게 해주십쇼.

전봉준　　…

40.　동 군영 안 일각 (낮)

피투성이 의병들이 모여든다. 돌격 깃발을 든 억쇠와 별동대를 대동한 이강이 연설 중이다.

이강　　해산을 혀서 훗날을 도모허자는 으견이 있소. 반대로 계속 싸우자는 으견이 있소. 접장들 생각은 으떠시오?

전봉준을 제외한 지도부들이 나타나 관망한다.

의병1　　별동대장 생각은 으떤디?
이강　　(의병들에게) 여그 개똥이란 이름 가진 접장들 손 들어보쇼.

제법 많은 의병들이 손을 든다.

이강　　(농담처럼) 오매, 쌍놈들 천지구먼. 나는 거시기였는디.
의병들　　(와하하, 웃는)
이강　　(진지하게) 오늘 죽은 별동대원의 이름이 동록개여. 동네 개새끼란 말이시.

의병들과 별동대, 숙연해진다.

이강　　(점점 격하게) 사람헌티 붙일 이름이 아니제! 개돼지도 그리 부르믄 안 되제! 근디 우덜 살은 시상이 그랬잖소? 사람 우에 사람 있고, 사람 밑에 사람은 개돼지나 다름 없었잖애! 그래서 우덜이 싸웠잖소! 죽자고 싸워가꼬 맨들어 냈잖소! 백정도 접장! 양반도 접장! 나 겉은 얼자도 접장! 대궐에 잘나빠진 임금도 접장!!!
의병들　　!
지도부　　…

이강	우덜이 해산허믄 목심은 부지헐지 몰라도 더 이상 접장은 아니것제!!! 양반 있던 자리에 왜놈이 올라타꼬 또 개돼지로 살어야것제!!!
의병들	(비장해지는)
이강	(먹먹한) 그래서 나는 싸울라고... 겨우 몇 달이지만... 사람이 서로 동등허니 대접허는 그런 시상서 살어봉게... 어따 기깔나서 다른 시상서는 못 살겄드랑게?... 그래서 나는 싸운다고... 찰나를 살어도 사람으로 살다가 사람으로 디지겄다 이 말이여!!!

의병들의 눈에 전의가 불타오른다. 이강의 눈에서 눈물이 흘러내린다. 의병들, 놓았던 무기를 들고 하나둘 일어선다. 눕혀져 있던 깃발들이 하나둘 솟아오른다.

| 해승 | (포효하듯) 가세~!!! |
| 의병들 | 가세~!!!! |

엄청난 열기가 군영에 진동한다. 이강, 지도부 쪽을 보면 어느새 전봉준이 석주 곁에 서 있다. 전봉준, 미소를 지어 보이는... 이강, 먹먹한...

석주	(전봉준에게) 내가 틀렸구만.
전봉준	무슨 말인가?
석주	경계를 넘지 못할 거라는 얘기 말일세. 이제 보니 저 우금티가 경계가 아니었어.
전봉준	경계는 마음속에 있는 것이니까... 저들은 그걸 뛰어넘었네.

전봉준과 석주, 이강을 바라본다. 이강의 결연한 표정에서.

41. 고부 – 백가네 행랑채 (집강소) 마당 안 (밤)

명심과 유월, 대청에 나란히 앉아 밤하늘의 달을 보고 있다. 유월, 옅은 한숨 쉬며 돌아보면 명심의 얼굴에 수심이 가득한...

유월	오라버니 생각허시능게라?
명심	예...
유월	심란허지요?
명심	... 예.
유월	(뭔가 떠오른) 잠깐만 있어 봐요. (일어나는)

유월, 빨랫줄에 널린 옷가지를 척척 걷어와서 대청을 오른다. 명심, 의아한 듯 보면... 유월, 일각에서 다듬이 방망이를 찾아든다.

유월	심란헐 띤 이게 젤이구먼이라. (싱긋)
명심	?

42. 동 안채 / 거실 안 (밤)

백가, 채씨, 이화, 당손, 피죽 정도 먹고 있다.

당손	장인어른. 동비들이 올라간 지도 제법 됐는데 지금쯤 크게 한판 하고 있지 않을까요?
백가	(시큰둥) 허든지 말든지.
채씨	참말로 모진 인사랑게... 남이여?
백가	머시여?
채씨	남이냐고... 백 번을 양보혀서 남서방은 남이라개도 이강이는 영감 아들 아녀?
이화	(놀라) 엄니 시방 이강이라갰능가?
채씨	느도 인자 거시기, 거시기 허지 말어. 니 동상잉게.
이화	오매...
백가	이화 동상인가는 몰러도 내 아들은 아녀. 집안 말어묵는 아들 둔 적 읎어.
채씨	(어이없는 듯 보는데)

낭랑한 다듬이 소리가 들려온다. 일동, ?

이화　먼 소리대?

43.　동 행랑채 이강의 방 안 (밤)

유월, 능숙하게 다듬이질을 하고 있다. 명심도 방망이를 쥐고 어색하게 따라서 한다.

유월　으때요? 속이 좀 풀리는 거 겉지 않여라?
명심　(신이 난) 좀이 아니라 확 풀리는 것 같습니다.
유월　그렇다니께요.

유월과 명심, 한층 신이 나서 다듬이질을 하는데... 채씨가 다듬잇돌과 방망이를 들고 들어온다.

유월　마님...
채씨　아씨도 기셨네요이.
명심　(일어나는) 예.
채씨　어여 들어와.

유월과 명심, 의아한 듯 보면 이화, 다듬잇돌과 방망이를 들고 쭈뼛 들어온다.

유월　(놀라) 이화야.
이화　(멋쩍은, 뚱한) 사람 이름 부름서 표정은 으째 귀신 본 거 겉대?
유월　(허, 미소 짓는)
이화　(큼, 명심에게 고개 까딱)
채씨　남서방만 보내놔도 맴이 요로코롬 껄쩍지근헌디 자네 속은 오죽허겠능가?
유월　(미소) 뭐, 으째 되겠지요. 근디 다듬이돌은 으째...
채씨　이거 다듬잇돌 아녀. 백가여.

명심	(놀라는)
유월	(핏 웃는) 야?
채씨	지성으로 두들겨 보자고... 다들 무사히 돌아오라고 말여.
유월	(고마운) 야!
명심	예!
이화	(다듬이돌 놓고 소매 걸어부치는) 시작허자고!
유월	(핏 웃는)

〈점프 느낌으로〉

네 여인, 둘러앉아 다듬이질을 한다. 번뇌를 잊으려는 듯 정성스레 방망이를 두드리는... 유월, 먹먹한 표정으로 이화를 바라본다. 이화, 말없이 미소를 지어 보인다. 대화는 없지만 주고받는 시선으로 서로의 아픔을 공감하는 여인들... 낭랑하고 리드미컬한 다듬이 소리가 백가네에 가득 퍼진다.

44. 우금티 - 조선군의 방어선 (밤)

사선에 기대앉은 조선군들, 지치고 맥이 풀린 표정이다. 이규태, 망연자실한 표정으로 앉아 있다. 이두황이 다가선다.

이두황	자! 너희들 날 따라와!
이규태	어딜 가려는 겐가?
이두황	저 밑에 아직 숨이 붙어 있는 놈들이 많거든... (싱긋) 확인사살.
이규태	!
이두황	왜놈들 하는 거 보니까 재미있겠더라구. (병사들 둘러보고) 기립!
이규태	모두 제자리를 지켜라!
병사들	(일어나다가 멈칫)
이두황	(허! 웃는) 안 일어나?
이규태	그만하게.
병사들	(우물쭈물하는)
이두황	이것들이... (한 병사를 걷어차며) 기립하라잖아! 기립! (하는데)

이규태, 더는 참지 못하고 이두황을 가격한다. 이두황, 칼을 뽑는다. 이규태
도 칼을 뽑아 대치한다. 순간!

누군가　(E) 동비다!
이두황　!

이규태, 사선으로 나와 내려다보면, 어둠에 싸인 산비탈 아래에 모습을 드러
내는 의병들! 이규태, 선두에 선 이강을 단번에 알아본다. 이강의 좌우로 덕
기, 해승, 최경선, 버들, 억쇠와 석주! 그 뒤로 숱한 의병들!

이두황　(질리는) 이런 미친놈들!
이강　(울부짖듯이) 창으군~ 돌격~!!!

우렁찬 함성소리와 함께 의병들이 산비탈을 기어오른다. 선두 이강의 악에
받친 모습에서.

45.　**동 연합군의 군영 / 지휘부의 막사 안 (밤)**

다케다와 이현, 요란한 총소리에 흠칫 놀란다.

다케다　뭐야?
이현　(그럴 리가 없는데, 하는 느낌으로) 야습... 같습니다.
다케다　지독한 놈들! (다급히 나가는)
이현　(믿기지 않는)

46.　**공주감영 앞 (밤)**

누각에 홀로 앉은 자인. 소반 위에 십자가 목걸이를 올려놓고 간절히 기도하

는... 눈물이 하염없이 흐르는...

자인   (간절하게 읊조리는) 하늘에 계신 우리 아비신 자여. 네 이름의 거룩하심이
나타나며 네 나라에 임하시며...

47.   우금티 – 조선군의 방어선 + 비탈 (밤)

총성과 비명이 난무하는 아수라장이 펼쳐진다.

이두황   쏴라!!! 다 죽여버려!!!!

조선군의 총구가 불을 뿜는다! 총을 쏘거나 심지어 돌을 던지며 악착같이
기어오르는 의병들! 망연자실하게 바라보던 이규태, 비틀대며 뒷걸음치다가
주저앉아 버린다.

48.   동 일본군의 방어선 + 비탈 (밤)

최경선이 의병들과 비탈을 기어오른다. 전봉준, 손병희, 손화중, 부상당해 절
뚝이는 송희옥 등 지도부도 뒤를 따른다. 일본군의 총구가 불을 뿜는다. 쓰
러지는 의병들...

최경선   백 보! 백 보만 더 가자고!

젖 먹던 힘을 다해 올라가는 의병들!

최경선   가자~!!!

49.   동 견준봉 정상 (밤)

총성과 함성이 들려오는 전장을 믿기지 않는 듯 바라보는 이현.

이현   대체 왜 이러는 거야... 대체 왜!!!!

홍가가 사색이 되어 나타난다.

홍가   이현아! 조선군이 뚫렸다!
이현   !

50.   동 조선군의 방어선 (밤)

의병들이 사선을 넘어온다. 육박전이 벌어진다. 칼을 든 조선군 살수들이 뛰어내려와 가세한다. 이강과 별동대, 억쇠, 분전한다. 당황한 기색이 역력한 이두황! 지켜보던 이규태, 자포자기의 심정으로 칼을 뽑는다.

51.   동 일본군의 방어선 (밤)

다케다가 굳은 표정으로 내려온다. 미나미가 다급히 고한다!

미나미   (일본어) 견준봉으로 퇴각해야 합니다!
다케다   (조선군 방어선을 바라보는)

52.   동 조선군의 방어선 + 일본군의 방어선 + 비탈 (밤)

처절한 백병전이 펼쳐진다. 억쇠와 버들, 분전한다. 이규태, 의병들과 접전을 벌이다 석주의 칼에 어깨를 찔린다. 조선군이 석주를 공격하는 틈에 주춤 뒤로 물러나던 이규태, 뒤에서 공격하는 누군가의 칼을 막아낸다. 칼을 놓치며 엉덩방아를 찧은 이규태, 보면 덕기가 서 있다.

덕기 (병한) 규태야...
이규태 종사관님...
덕기 (눈망울이 떨리는)

한편, 조선군의 집중공격을 받는 이강과 해승! 팔을 베이면서 칼을 놓치는 해승! 해승을 도우려는 이강을 향해 날아드는 칼! 다급히 그 칼을 막던 단죽창이 잘려나가면서 뺨을 베이는 이강! 위기의 순간, 이강 주변의 조선군들이 쓰러지면서 덕기가 나타난다.

덕기 (해승에게) 뭐하요? 난주 막걸리 같이 무야지!
해승 (피식 칼을 집는)
덕기 (이강에게) 이 은혜는 자인이한테 갚아라이! (싱긋 웃는데)

총알이 덕기의 복부를 관통한다. 이강의 눈에서 불꽃이 튄다.

이강 덕기성!!!
덕기 (헉!)

53. **동 일본군의 방어선 + 조선군의 방어선 (밤)**

일본군들의 회선포가 일제히 조선군의 방어선을 향해 불을 뿜는다. 뒤엉켜 싸우던 의병과 조선군들, 모두 속절없이 쓰러진다. 회심의 미소를 짓는 다케다. 뒤에서 이현이 묵묵히 현장을 바라보고 있다. 분노가 어리는...

54. **몽타주 (밤)**

1) 조선군의 방어선 – 추풍낙엽처럼 사살당하는 의병과 조선군들... 억쇠의

팔에 총알이 박히는... 도주하는 이두황... 넋이 나간 이규태를 질질 끌다시피 해서 도주하는 조선군들...

2) 일본군의 방어선 + 비탈 - 시체를 방패 삼아 기어오르는 의병들... 악에 받친 최경선, 전봉준, 송희옥, 손병희, 손화중... 방어선에서 냉정하게 관망하는 다케다... 창백한 안색의 이현...

3) 공주감영 앞 - 십자가를 움켜쥔 채 통곡하는 자인.

4) 조선군의 방어선 - 악전고투하는 해승과 버들, 억쇠, 석주... 죽어가는 의병들을 보면서 으아~ 고함을 치는 이강. 그 처절한 사투에서 F.O.

55.　창의군의 군영 안 (낮)

인적 없는... 여기저기 휴지조각처럼 나동그라진 깃발들... 다케다와 미나미를 선두로 일본군들이 들어온다.

56.　동 대장 막사 안 (낮)

다케다, 일본군을 대동하고 들어온다. 벽에 걸린 동학깃발 하나를 떼어내 일별하는...

다케다　(일본어, 던지고) 전부 태워버려.
일본군　(일본어) 예! (나가는)
다케다　(회심의 미소를 머금는)

57.　산길 (낮)

패잔병 느낌의 의병들, 길가에 퍼질러 앉아 있는... 피 묻은 군복 차림의 김가가 의병들을 가로질러 어디론가 뛰어간다.

58. 근처 숲속 (낮)

팔에 부상을 당한 김개남이 굳은 표정으로 앉아 있다. 김가, 다가와 곁에 앉는다.

김가	접주님! 우금티서 기별이 왔는뎁쇼.
김개남	으째 됐디야?
김가	참패를 당했답니다요.
김개남	... 녹두는?
김가	모른답니다. 모두 뿔뿔이 흩어져서 생사를 알 수가 없다고 합니다.
김개남	분명 으디 살아 있겄구먼.
김가	우리도 박살이 났는데 녹두장군까지 져버렸으니... 이제 어떡합니까요?
김개남	으쩌긴... 이길 띠꺼정 싸워야제.
김가	(놀라) 예?
김개남	(일어나는)

59. 산길 (낮)

김개남 앞에 김가와 의병들, 도열해 있다.

김개남	남원으로 후퇴혀서 다시 거병을 도모헐 것이여. 다덜 알겄능가!
의병들	야!!!
김개남	가게.

김개남을 선두로 의병들 나아간다. 어영부영 따라가던 김가, 서서히 걸음을 늦추더니 숲속으로 사라진다.

60. 우금티 – 조선군의 방어선 (낮)

시체들의 산이 되어버린... 일각에서 조선군 시체의 손가락에서 금가락지를 빼내던 홍가, 인기척에 흠칫한다. 망연자실한 표정의 자인이다.

자인   혹시 이강이... 백이강일 보았습니까?

홍가   안 뵈든디... (금가락지 빼내 괴춤에 넣으며) 포기허쇼. 시체가 이만 구라는디 고래가꼬는 못 찾는당게. (가는)

자인, 시체들 사이를 걷는다. 목불인견의 참상에 자꾸만 울음이 북받친다. 순간, 탕! 하는 총성에 돌아보는 자인.

61.   그 아래 비탈 (낮)

자인, 사선에 올라 아래를 굽어본다. 일본군들 앞에 무릎을 꿇고 있는 부상 당한 의병 두 명. 일본군 장교가 한 명의 머리를 쏴 사살한다. 남은 의병의 얼굴을 확인하던 자인의 표정이 일그러진다. 피투성이가 되어 기진맥진해 있는 덕기다.

자인   (토하듯) 안 돼야. (내려가려는데)

누군가 자인을 낚아챈다. 이현이다.

자인   (다급하고 간절히) 저늠들 좀 말려주드라고, 이?

이현   명령이랍니다. 편히 보내 주세요.

자인   (정색하는가 싶더니 손을 뿌리치는)

이현   (거세게 잡는)

자인   (버둥대는) 놔! 놔! (다급히) 최행수!!!

덕기, 고개 들어 자인을 본다. 미소를 머금는다.

덕기	(중얼대는) 가시나... 못 보고 가는 줄 알았드마는...
일본군 장교	(권총을 장전하여 덕기의 머리에 갖다 대는)
자인	안 돼...
덕기	(씩씩한 미소로) 울지 마라! 그리고... 행님 너무 미워하지 마라!
자인	(통곡이 터져 나오는)
덕기	자인아~!!! 아재, 인자 간데이~ 행복해라~!!!

탕! 자인, 넋이 나간 듯 멍해지는... 덕기의 몸이 천천히 옆으로 쓰러진다.

자인	(절규) 아재~~!!!

무심히 이동하는 일본군들... 손을 놓고 사라지는 이현... 오열하는 자인의 모습에서.

62.　전주여각 외경 (밤)

63.　동 자인의 침소 안 (밤)

봉길, 잔기침을 뱉는다. 끙... 한숨 내쉬며 물그릇을 집어 드는데 대문 소리 들린다.

차인	(E) 객주님!

잠시 망설이던 봉길, 작심한 듯 일어난다.

64.　동 마당 안 (밤)

봉길, 대청으로 나온다. 자인, 덤덤한 표정으로 봉길을 빤히 본다.

봉길	(머쓱한 미소) 녀석, 애비 보고 인사도 안 혀?
자인	…
봉길	들어와. 들어와서 야그허자.
자인	고 전에 봐야 헐 것이 있구먼.
봉길	?
자인	들어오세요.

차인들이 관을 메고 들어온다. 봉길의 표정이 굳어진다.
차인들, 관을 내려놓는다.

봉길	머여?
자인	(대꾸 없이 들어가는)

봉길, 불길한 예감에 버선발로 내려와 관으로 다가간다. 설마 하는 심정으로 관뚜껑을 열면 덕기의 시신이 들어 있다. 봉길, 경악한다. 평온한 미소를 머금은 덕기의 시신… 봉길의 얼굴이 일그러진다.

봉길	덕기야… (억장이 무너지는) 이늠아…

65. 동 자인의 집무실 안 (밤)

자인, 들어온다. 온기라곤 찾아볼 수 없는 싸늘한 표정이다.

봉길	(E, 절규하는) 덕기야~!!!
자인	…

66. 고부 백가네 행랑채 (집강소) 마당 안 (낮)

박원명이 나졸들과 뛰어 들어온다.

박원명   집사! 유월 집사!!!

청소 정도 하던 유월과 명심, 간부 몇 명 돌아본다.

유월   사또...
박원명   큰일 났소이다!
유월   (불길한) 큰일이라니요?
명심   의병들에게 무슨 일이 생긴 것입니까?
박원명   의병들이 우금티에서... 참패를 당했답니다!!!
유월   (헉!)
명심   허면 오라버니의 생사를 아십니까!
박원명   시체가 너무 많아서 생사 확인도 어렵다는구만!
유월   (넋이 나간) 도대체 을매나 많이 죽었간디요?
박원명   이만... 거의 전멸입니다.
명심   (진저리를 치며 주저앉는)
유월   (파르르 떠는)

67.   충청감영 일실 안 (낮)

이현, 굳은 표정으로 들어와 다케다 앞에 선다.

이현   부르셨습니까?
다케다   자네가 데리고 다니는 종놈 말이야. 길잡이로 좀 써야겠어.
이현   길잡이라니요?
다케다   전라도에 남아 있는 동학당을 뿌리 뽑아야지.
이현   전투는 끝났습니다. 뒷일은 조선 정부에 맡겨주시지요.
다케다   행방이 묘연한 지도부도 찾아야 하고 패잔병들이 아직도 수두룩해. 그리고 무엇보다도... 집강소가 건재하지 않은가?

이현	!
다케다	(미소)

68. 충청감영 앞 (낮)

홍가를 앞세우고 미나미의 일본군이 출정한다. 미나미의 잔인한 표정에서.

69. 고부 백가네 앞 (낮)

대문에 붙은 '집강소' 종이.
대문에 기대어 앉아 하염없이 눈물을 흘리는 유월.

70. 산비탈 일각 (낮)

의병들의 시체들이 엉망으로 뒤엉켜 있는... 시체들 틈에 피투성이가 된 이강의 얼굴이 드러나 있다. 일본군 두 명 정도, 이강의 위에 있는 시체에 총검을 찔러보고 지나간다.

71. 다시 백가네 앞 (낮)

유월	(울먹이며) 이강아... 이강아~!!!

72. 다시 산비탈 일각 (낮)

죽은 듯이 누워 있던 이강, 눈을 번쩍 뜬다. 잠깐 멍한 듯싶더니 이내 강렬한 독기를 뿜어내는 그의 얼굴에서 엔딩!

22회

1.   경복궁 건청궁 앞 (낮)

김홍집과 이노우에, 들어간다.

2.   동 관문각 안 (낮)

고종과 중전 앞에 김홍집, 역관을 대동한 이노우에가 앉아 있다.

김홍집   우금티에서 대패한 동비들이 뿔뿔이 흩어져 전라도로 도주 중이옵구 조선
        과 일본의 연합군이 뒤를 쫓고 있사옵니다! 전하! 동비의 세력이 사실상 와
        해되었사옵니다!
고종   ...
중전   (화색이 도는) 전봉준은 추포를 하였습니까?
김홍집   아직은 추포치 못하였사오나 조만간 희소식이 있을 것이옵니다!
고종   수괴들은 국법에 의거하여 엄히 다스리되, 그들의 꼬임에 넘어간 양민들은
        잘 타일러 생업에 종사케 하시오.
이노우에   (일본어) 그들은 양민이 아닙니다.
고종   (보는)

이노우에	(일본어) 총알을 향해 맨몸으로 돌진하는 자들입니다. 사교에 물든 광신도들을 살려두었다간 개혁에 방해만 될 것입니다.
고종	(어이없는) 허면 저들을 다 죽이기라도 하겠다는 것이오?
이노우에	(이해가 가지 않는다는 표정으로 보다가, 일본어) 당연히 그래야지요?
고종	(기막힌)

3.   몽타주 (낮)

1) 개울가 - 탕! 도주하던 의병 한 명이 총을 맞고 쓰러진다. 이두황과 조선군이 달려온다. 곳곳에 사살당한 의병의 시체들. 저만치 도주하는 석주와 억쇠 등 패잔병들! 이두황, '저기다, 쏴라!' 외치면 조선군들, 사격하며 쫓아간다.

2) 산등성이 - 악착같이 산을 기어오르는 손화중과 패잔병들... 대열을 펼쳐 산을 올라가는 이규태와 조선군들...

3) 산길 - 송희옥과 패잔병들이 도망친다. 홍가를 앞세운 일본군 몇 명이 달려온다. 홍가, '쩌그! 쩌그!' 외치며 샛길을 가리킨다. 일본군들, 쫓는다.

4.   산길 + 그 위 둔덕 안 (낮)

홍가와 일본군들이 맹렬히 달려간다. 그 위 둔덕에 숨어 지켜보는 송희옥과 패잔병 서너 명.

송희옥	가세.

송희옥, 일어나 절뚝이며 걸어간다. 패잔병들이 따른다.

5.   민가 (낮)

외딴 산골마을 정도... 아녀자와 노인들, 울타리 안에서 고개만 내밀고 바라본다. 송희옥과 패잔병들, 힘겹게 걸어간다.

송희옥 (돌아보며) 왜늠들으 포위망을 벗어난 거 겉소! 기운들 내쇼!

순간, 어디선가 화살이 날아와 패잔병들을 사살한다.
송희옥, 돌아보면 갓을 쓴 양반1과 민보군들이 나타난다.

양반1 감히 여기가 어디라고 기어 들어와?

송희옥 (칼을 겨누며) 느덜... 머여?

양반1 동비가 민보군도 몰라?

송희옥 !

민보군들, 달려든다. 저항하던 송희옥, 곳곳을 난자당하고 무릎을 꿇는다. 백성들, 안타깝게 바라보는데 양반1, 송희옥에게 다가선다. 송희옥, 간신히 13자 주문을 읊조린다. 양반1, 가차 없이 벤다. 송희옥, 피를 토하며 절명한다.

6. **산비탈 일각 (낮)**

목발을 짚고 달려오다가 산비탈에 미끄러져 내려오는 이강... 그 위로 민보군 한 무리가 지나간다. 탈진 직전의 이강, 격하게 숨을 몰아쉰다.

7. **숲길 (낮)**

목발에 의지하여 칡뿌리를 뜯어먹으며 걸어가는 이강... 목발이 미끄러지면서 넘어지고 만다. 고통이 엄습해오지만 칡뿌리를 한 입 베어 물고는 악착같이 일어나 걸어간다.

8.   산비탈 (낮)

노인과 아이를 안은 아녀자들이 일본군들 앞에 무릎 꿇려져 있다. 홍가, 미나미에게 고한다.

홍가   (노인을 가리키며) 이놈이 이 고을 집강소 집강이랍니다!
미나미   (일본어) 뭐라는 거야?
홍가   동비! (몸짓) 오야붕! 오야붕!
미나미   (일본어) 총알도 아까운 미개인들이다! 발검!

일본군들, 일본도를 뽑아 다가선다. 두려움에 울부짖는 사람들! 지켜보는 홍가의 얼굴 위로 튀기는 핏물! 살을 난자하는 소리와 비명! 두려움에 점점 질려가는 홍가의 표정에서.

〈시간경과〉

'東匪(동비)'라는 푯말을 걸고 죽어 있는 노인과 양민의 처참한 시신들... 그 앞으로 목발을 짚고 기진맥진해서 터벅터벅 다가서는 사내, 참담한 표정의 이강이다. 엄마 품에서 죽어 있는 아이 앞에 털썩 무릎을 꿇는 이강.

이강   (아이의 손을 엄마의 손에 꼭 쥐어주는) 엄니 손 꼭 잡고 가야... (애써 미소) 오매, 우리 아그 기분 째지겄네이. 엄니 손잡고 저승길 유람도 허고... (먹먹해지는) 우리 엄니... 시방 겁나게 무서울 거신디...

애써 울음을 참는 이강의 모습에서.

9.   고부 - 백가네 행랑채 (집강소) 마당 안 (낮)

마음을 비운 듯한 표정의 유월, 모닥불에 명부를 태운다. 명심과 늙은 간부들 몇 명이 죽창을 들고 서 있다.

유월   (마지막 명부 던지고 돌아서는) 그간 고상들 많으셨어라. 여근 인자 위험허니
       께 싸게 피신허쇼.
간부들 (우는)
유월   (명심에게) 아씨는 사또헌티 가보셔라. 진사나리 오실 때꺼정 보살펴 주기로
       혔구먼이라.
명심   집사님은 어찌하시려구요?
유월   (미소) 한울님께서 굽어살피시믄 다시 만날 것이구먼요.
명심   (안타까운)

10.   말목장터 (낮)

       인적이 뜸한 가운데 민보군으로 보이는 무사들이 나타난다. 노점상이 두려
       운 기색으로 보면.

무사1   (살벌한) 고부 집강소가 으디여?

11.   민가 (낮)

       민보군들이 노인과 아낙들을 끌어내고 구타한다. 양반2 등 양반들이 걸어오
       며 지휘한다.

양반2   집강소로 가세!

       박원명과 명심, 나졸들을 대동하고 나타난다.

박원명   뭣들 하는 게요! 당장 그만두지 못하겠소이까!
양반2   동비에게 부역한 자다! 포박해!
민보군들 (칼을 겨누는)

명심	(헉!) 사또!
박원명	(경악) 이, 이놈들이!

12. 백가네 안채 / 백가의 방 안 (낮)

백가, 당손을 본다.

백가	민보군?
당손	(불안한) 예! 지금 집강소로 몰려오고 있습니다요!
백가	(심각한)

13. 백가네 행랑채 / 이강의 방 안 (낮)

유월, 마음의 준비를 한 듯 덤덤히 앉아 있다. 채씨, 독촉한다.

채씨	(답답한) 싸게 피허라니께 으째 이래쌌냐~!
유월	피헐 디도 옰고요, 피헌다고 피허지겄어라? 다 떠났는디 지라도 집강소 지켜야지라.
채씨	글씨 집강소고 머시고 잡히믄 너 죽는다니께!

이화, 보퉁이를 들고 들어온다.

이화	엄니, 보따리 싸왔구먼!
채씨	(작심한 듯) 이화 느도 거들어.
이화	이?
채씨	(유월 잡아 일으키며) 거들라고! 가, 싸게 가!

채씨, 유월을 끌고 나간다. 이화도 거든다. 유월, 얼결에 딸려 나가는...

14.　동 마당 안 (낮)

채씨와 이화, 유월을 끌고 나온다.

백가　(E) 머더는겨?

일동, 보면 백가와 몽둥이를 든 당손이 서 있다.

백가　동비 도와줬다가 먼 꼴을 당헐라고... 같이 죽고 잡어 환장혔어?
채씨　영감은 상관 마쇼!
이화　근디 서방, 손에 그건 머대?
당손　(난처한) 아, 이거...
백가　김서방 머더냐!
일동　?
당손　유월아, 미안하다.

당손, 몽둥이로 유월을 후려친다. 유월, 억! 쓰러지는... 이화, 헉! 채씨, 다리가 풀려 주저앉아 버린다.

이화　아부지...
백가　(슥 쩨려보면)
이화　(서슬에 흠칫하는)

백가, 유월을 내려다본다. 유월, 신음을 토한다.

백가　긍게 으째 말을 안 들어? 나가 집강소 빼라 글 때 빼브렀으믄 이 지경꺼진 안 되잖애? (지팡이로 가격하며) 어른이 말을 허믄! 들어처묵어야제! 종년이 주제도 모르고 설치니께! 집안 꼬라지가 이리 되는 거 아녀!

쾅! 대문이 열리고 무사1의 무리가 들어온다. 당손과 이화, 흠칫!

백가	(반색하는) 오매, 안 그래도 뫼시러 갈라던 참인디... 어서들 오쇼이!
무사들	?
백가	이년이 유월이라고 고부 집강소 집사년인디요! (한 대 더 패는)
유월	(윽!)
백가	(씨익 웃는) 아주 악질 동비년이구먼이라!
무사1	(유월을 보는)
유월	(가쁜 숨을 몰아쉬는)

15.   백가네 앞 (낮)

노인과 아낙들 몇이 지켜보는 가운데 무사들에게 양팔이 잡혀 끌려나오는
유월. 백가, 집강소 종이를 거칠게 떼어버린다. 질질 끌려가는 유월.

16.   다시 마당 안 (낮)

백가, 들어오면 당손, 집강소 물품을 태우고 있다. 망연자실해서 흐느끼는 채
씨와 이화.

백가	으째 찔찔 짜고 지랄들이여! 으디 초상났어!!!
채씨·이화	(부들부들 떠는)
당손	(찜찜한) 장인어른... 거시기가 알면 우릴 가만두지 않을 텐데요.
백가	디진 늠이 알어봤자제. (들어가는)
채씨	(절규하는) 백가야 이늠아~! 니가 사람 새끼냐~!!!
백가	(노려보는)
채씨	나가 아침마동 정화수 떠놓고 빌 거시여! 배락 맞아 디져브라고!!!
백가	(발끈) 이런 잡것이!
당손	(말리며) 장인어른! 고정하십쇼!
백가	놔! (하는데)

양반2와 민보군들이 들이닥친다. 일동, 헉! 해서 보면...

양반2 유월이년 어딨어?

백가 (뜨악한) 좀 전에 민보군들이 끌고 갔는디요?

양반2 그게 무슨 말 같잖은 소리야!

백가 !

17.   고부 어귀 (낮)

무사들, 유월을 끌고 와 팽개친다. 무사1, 주위를 두리번댄다.

무사1 됐으. 보는 늠도 없구먼.

유월 (결연한 어조로) 긍게 싸게 죽이라고...

무사1 (피식) 운 좋은 줄 알라고.

유월 당신들... 누구여?

무사1 따라오기나 혀!

무사1, 유월을 일으켜 데려간다.

18.   전주 – 양지바른 언덕 일각 (낮)

묘혈 옆에 놓인 덕기의 관. 상복을 입은 채 애써 감정을 억누르는 자인... 차인들의 부축을 받고 간신히 서 있는 봉길... 상여꾼들이 관을 들면 봉길이 황급히 관을 동여맨 새끼줄에 돈을 꽂아 넣는다. 봉길, 관을 쓰다듬으며 통한의 눈물을 삼킨다. 이윽고 하관이 이루어지고 흙이 덮인다. 봉길, '덕기야~' 외치며 오열한다. 자인, 눈물만 흘리는...

〈시간경과〉

'전훈련도감종사관 경주최공덕기지묘'라 쓰인 비석. 홀로 남아 봉분에 술을 뿌리는 자인.

덕기　(E) 저리로 쪼매만 가모 선운사라꼬 있는데예.

〈플래시백〉4회 33씬의,

덕기　**그 동네 복분자술이 꺼삑 직입니더. 한 잔만, (쪽! 마시는 시늉) 예?**

현재〉

자인　(뿌리며) 인자 대접혀서 미안허네. 이거 잡숫고... 홀홀 털어블고 그리 가드라고이.

술을 뿌리는 자인의 모습과 티격태격하던 과거의 장면들이 교차된다.
터져 나오는 울음을 참으며 술을 뿌리는 자인의 모습에서.

19.　전주여각 앞 (낮)

다케다와 이현, 일본군과 천우협 무사들을 대동하고 걸어와 멈춘다.

자인　(E) 이리 누추한 곳엔 어인 일이십니까?

20.　동 자인의 집무실 안 (낮)

자인, 적의를 숨긴 채 옅은 미소를 띠며 다케다와 이현을 바라본다. 자신만만한 미소의 다케다. 반면, 이현은 표정이 썩 밝지 않다.

다케다　사업 얘기를 하러 왔습니다.
자인　(보는)

이현	연말까지 조선 내의 동학 세력을 완전히 제거하라는 지시가 내려왔습니다.
자인	헌데요?
이현	다케다상과 계약한 군량미를 토벌대에게 제공하세요.
자인	(분을 참으며 애써 미소) 그러죠.
다케다	이번 일도 잘 해주시면 차후에 객주님께도 좋은 일이 많을 것입니다.
자인	좋은 일이라니요?
다케다	(미소) 이권 말입니다.
자인	(수치스러운... 역시 애써 미소) 기대가 되는군요.
다케다	난 이만 한양에 올라가야 해서... (일어나는) 자세한 건 오니와 의논하세요.

자인과 이현, 일어나고 다케다, 나간다.

자인	이강이의 생사는 아십니까?
이현	죽었거나 곧 죽겠지요. (앉으며) 일 얘기나 하죠.
자인	(노기 섞인) 우금티를 목격하고도 일본을 도울 엄두가 나십니까? 일말의 가책도 느끼지 못하는 것입니까?
이현	(굳는... 갑자기 싸늘하게 쳐다보는) 전혀.
자인	!
이현	(광기가 느껴지는) 뭐든 새로 만들려면... 부셔야 하니까.
자인	(질리는)

21.   동 자인의 침소 안 (낮)

핼쑥한 안색의 봉길. 곁에 놓인 탕약이 식어 있는... 자인, 들어와 앉는다. 냉랭한 표정이다.

자인	탕약이 으째 그대로여?
봉길	... 백이현는 뭐랴?
자인	동비덜 때려잡는 토벌대 말여. 배불리 먹이라누먼.
봉길	(쓴웃음을 지으며) 잘됐구먼... 이문이 솔찮헐 거신디...

봉길, 기침이 터진다. 입을 막고 기침하던 봉길, 손바닥에 흥건한 피를 보고 얼굴이 굳어진다.

봉길   염병... (슥 손으로 닦는)
자인   (차갑게) 벌써 그래블믄 안 되제? 조선 사람덜 피 묻은 돈으로 관짝 가득 채워드릴라는디 고거 이고 가야제... (일어나) 아직은 죽덜 말어.
봉길   (노기 어리는) 이늠이...
자인   (나가는)
봉길   (한숨 내쉬는)

22.   동 앞 복도 (낮)

문을 닫고 선 자인, 억장이 무너진다.

23.   산비탈 + 둔덕 (낮)

무사1의 무리들, 유월을 데리고 빠르게 이동한다. 가까스로 따라가던 유월, 비탈에 미끄러진다. 둔덕까지 굴러 떨어진 유월, 눈앞에 펼쳐진 광경에 기함한다. 처참하게 죽어 있는 동학도인의 시체들!

유월   (넋이 나가버리는) 오매...
무사1   (뛰어내려와 유월 일으키며) 참말로 귀찮게 허네... 싸게 가게!
유월   (어딘가 보고 헉!) 찌그!

무사1, 돌아보면 숲에서 바지를 올리고 나오던 일본군1과 눈이 마주친다.

무사1   염병...
일본군1   (허둥지둥 총을 풀며, 일본어) 동비다!

24.   숲속 (낮)

일본군들에게 쫓기는 유월과 무사1의 무리들! 일본군의 사격에 몇 명이 사살당한다. 악착같이 도주하는 유월과 무사들.

25.   숲 일각 / 넝쿨 속 (낮)

무사1 등 무사 몇과 유월, 넝쿨 속에 숨어 있다. 일본군들이 그 위를 지나쳐간다. 무사1과 유월, 안도하는데 넝쿨 앞에 누군가 나타난다. 일동, 헉! 해서보면 멀뚱히 보고 있는 홍가다.

유월   아재...
홍가   (묵묵히 보는)

윗길에서 일본군1이 지나간다.

일본군1   (일본어) 홍가! 빨리 놈들 찾아 봐!
유월   (헉!)
무사들   (긴장해서 바라보는)
홍가   (괴춤에서 14회의 고약을 꺼내는) 유월아, 이거... 잘 바르고 있구먼...
유월   (안도의 빛이 떠오르는)
일본군1   (가다가 멈춰 돌아보는, 일본어) 홍가!! 거기서 뭐 해!!
홍가   (흠칫)
무사1   (나직이) 살려주쇼.
홍가   들키믄 나도 죽는디... (유월 보는)
일본군1   (다가오는, 일본어) 홍가!
홍가   (갈등하는)
유월   아재...

홍가 (작심한 듯 돌아서서 큰소리로 두 팔 휘저으며, 서툰 일본어) 여기 없어! 없어!!

일본군1, 멈춘다. 순간, 오해한 무사1이 홍가를 향해 단검을 날린다. 홍가의 등에 단검이 박힌다. 일본군1, 당황해서 총을 겨누는데 튀어나온 무사들이 일본군1을 죽인다. 무사1, 유월을 이끌고 도주한다. 유월, 도주하면서 홍가를 바라본다.

홍가 잡것들... 나가 없다고 그랬는디...

홍가, 멀어지는 유월의 모습을 바라본다.

홍가 염병... (절명하는)

26.   **가도 일각 (낮)**

미나미 곁에서 무언가를 굽어보는 이현. 거적 위에 놓인 홍가의 시체다.

미나미 (일본어, 난처한) 미안합니다.
이현 (조선어로 뇌까리는) 벌써 죽으면 어떡해요? 혹시 내가 죽고 싶어지면 누구한테 부탁을 하라구요?
미나미 (보는)
이현 (한숨 내쉬고, 일본어) 새로운 소식은 없습니까?
미나미 (일본어) 동비에 부역한 지방수령들을 잡아들이랍니다.
이현 (일본어) ... 고부도 있습니까?

27.   **고부관아 동헌 안 (낮)**

양반2와 민보군들 앞에 엉망으로 두들겨 맞은 백가와 당손, 꿇어앉아 있다.

양반2	(다가서며) 이실직고 하거라. 유월이년 어디다 빼돌렸어!
백가	글쎄 민보군이 끌고 갔다고 몇 번을 말씀드립니까?
양반2	이놈이 누굴 바보로 아나? (몽둥이로 무자비하게 두들겨 패는) 말해! 어따 빼돌렸냐니까!!!
백가	(비명을 지르고)
당손	(어쩔 줄 모르는) 장인어른~!!!

탕! 하는 총성이 들린다. 일동, 흠칫해서 돌아보면 일본군과 천우협 무사들이 들어와 포위한다. 민보군들, 긴장해서 주춤 물러서는...

양반2	(겁먹은) 우리는 동비가 아니오! 민보군이오!
이현	(E) 압니다.

일동, 보면 이현이 들어선다. 백가와 당손, 얼어붙는다.

양반2	(어안이 벙벙한) 자, 자네는...
이현	일본공사관 특임결사... 천우협의 대표, 오니라고 합니다.
양반2	!
당손	처남...
이현	(백가를 보는)
백가	(병한) 이현아...
이현	(피식) 아버진, 여전하시네요. 인생이 지루하시진 않겠어요. (양반2를 보는)
양반2	(움찔하는)
이현	이자들이 동빕니까?
양반2	아, 그런 건 아니고... (하는데)

이현, 권총을 꺼내 양반2를 사살한다. 일동, 헉!

이현	그렇게나 죽여댔는데 아직도 고부에 양반 나부랭이들이 남아 있다니... (민보군들에게) 양반이 아닌 자는 떠나세요.

민보군들 중 머슴 행색을 한 이들은 무기를 놓고 사라진다. 긴장한 표정의 양반들만 남아 이현을 바라본다.

이현   (일본어) 죽여.

천우협 무사들, 양반들을 벤다. 아비규환의 장이 펼쳐진다! 입이 떡 벌어지는 당손... 담담하게 바라보던 이현, 백가를 본다. 천하의 백가마저 흠칫하는...

이현   사또는 어디 계십니까?

28.   동 수령 집무실 안 (낮)

이현, 천우협 무사들과 들어온다. 포박당한 박원명과 명심이 돌아본다. 마주 본 이현과 명심, 표정이 굳어진다.

박원명   (놀라) 백집강...
이현   (애써 침착하게) 조일연합군에게 통보된 조선 군국기무처의 영을 전해드리지요. 고부군수 박원명을 동비들에게 무기를 제공한 죄로 파직하고 한양으로 압송하라는군요.
박원명   오냐! 내 더 하고 싶은 마음도 없었느니라! (일어나는데)
이현   그 전에...
박원명   (보는)
이현   이 여인이 왜 여기에 이런 모습으로 있는지 말씀해보세요.
박원명   (머뭇)
명심   도련님이 먼저 말해보십시오.
이현   (보는)
명심   (분노가 어린) 왜 여기... 이런 모습으로 계신 것인지.
이현   일본공사관을 돕고 있습니다... 대답이 됐습니까?
명심   (일그러지는)

박원명	집강소에 협력했다는 죄로 민보군에게 잡혀온 것이네.
이현	(어이없다는 듯 미소 지으며) 집강소라니요?
박원명	양반들이 늑혼을 빌미 삼아 위해를 하려 드니 어쩌겠는가?
이현	!
박원명	황진사가 의병으로 출전하면서 궁여지책으로 집강소에 의탁하라 했던 것일세. 부디 옛정을 생각해서 인정을 베풀어주시게.
이현	(노기 어리는, 일본어) 끌고 가.

무사들, 박원명을 끌고 나간다. 이현, 애잔하게 명심을 바라본다.

명심	(노려보는) 정녕... 왜놈의 앞잡이가 되신 것입니까?
이현	(착잡한) 댁으로 모시겠습니다.
명심	... 혼자 갈 것이오.
이현	...

29. 다시 동헌 안 (낮)

박원명이 끌려 나간다. 어느새 일장기를 얻어든 백가, '일본군 만세!' '백이현 만세!'를 외친다.

당손	(어딘가 보고) 장인어른.
백가	(보면)

대청을 내려선 명심, 포박이 풀린 몸으로 동헌을 홀로 지나간다. 널린 시체들과 일본군들 사이를 울먹이며 걸어가는 명심. 참담하고 두려운...

30. 다시 수령 집무실 안 (낮)

이현, 허공을 응시한다. 자괴감이 깊어지는...

31.　백가네 / 안채 마당 안 (낮)

일본군이 삼엄하게 경계를 서고 있다.

32.　동 안채 복도 안 (낮)

천우협 무사들이 곳곳에 지키고 서 있다. 채씨와 이화, 두려운 얼굴로 삼계탕을 거실로 나른다.

33.　동 거실 안 (낮)

백가네, 삼계탕을 먹고 있다. 바닥에 앉은 채씨와 이화, 식탁에 앉은 이현을 두려움이 깃든 시선으로 흘끔댄다. 이현, 속내를 알 수 없는 표정으로 식사에 열중한다.

백가	(의기양양한) 나가 은제고 왜놈들 시상 올 줄 알았당게. 나가 괜히 너를 일본에 유학을 보냈간디?
당손	근데 처남. 천우협 그거 하면 나중에 높은 벼슬자리 하나 받는 거야?
이현	(대꾸 대신 미소)
백가	아, 공사관을 등에 업었는디 벼슬 따위가 대수여? 야 허는 거 봉게 시방 조선서 무서운 늠 읎어. (킬킬대는)
채씨	(어렵게) … 이현아.
이현	(미소) 예.
채씨	남서방 으째 됐는지 아냐?
이현	(대수롭지 않게) 우금티에서 죽었습니다.
일동	!
이화	확실헌거?

이현	시체를 직접 봤습니다. 일본군 방어선에 뛰어들어 회선포 하나를 불태우고 죽었지요.
채씨·이화	(슬퍼지는)
백가	(씁쓸한) 멍청헌 늠... 다들 똑똑히 알어 둬. 분위기에 휩쓸려서 객기 부리믄 그리되는겨.
당손	근데 처남. 우금티에서 이만 명이 죽었다는 소문이 있던데... 허풍이지?
이현	사실입니다.
일동	!
이현	크게는 세 번... 작게는 수백 번의 공방전이 벌어졌는데... 나중엔 일본군의 총알이 바닥날 지경이었습니다.
당손	그래도 왜놈들은 한 명도 죽지 않았다는 소문은... 그건 진짜 허풍이지?
이현	아뇨. 그 역시 사실입니다.
당손	(헉!) 아니 그럼 진즉에 도망을 칠 것이지 미쳤다고 세 번이나 공격을 해?
이현	(씁쓸한)
백가	미친놈들이잖애. 미쳤웅게 죽창으로 일본허고 싸울라글제.
이현	(그릇 들고 채씨 곁에 가 앉는) 어머니.
채씨·이화	(저도 모르게 흠칫하는)
이현	이거 조금 서운한데요?
채씨	으, 으째 그냐?
이현	전에 유학 마치고 왔을 때 기억 안 나세요? 어머니께서 저기 서서 닭다리를 발라주셨잖아요.
채씨	(안타깝게 보는)
이현	그때 정말 맛있었는데...
채씨	...

플래시백〉1회 9씬의,

채씨	(닭다리 발라주며) 급제넌 따 논 당상잉게 무리허덜 말어라이. 느그 아부지가 여그저그 뽈뽈거리고 돌아댕김시로 뇌물을 솔찬히 뿌려 놨응게.

- 미소 짓는 이현의 컷에서.

현재〉

채씨   (눈물 그렁해지는... 닭고기 발라주며) 미안혀. 엄니가 요새 지정신이 아니래
        가꼬 우리 아덜 섭허게 혔구먼... 많이 묵어... (주면)

이현   감사합니다. (맛있게 먹는... 응석 같은 미소를 짓는)

채씨   (가슴 아픈)

이화   그라믄... 이강이도 죽은겨?

이현   (잠시 정색했다가 이내 대수롭지 않은 미소로) 예.

이화·당손 !

채씨   (탄식)

백가   (떨떠름한)

34.   산골 / 초가집 앞 텃밭 (낮)

        노인과 아낙이 텃밭을 일구다가 인기척에 돌아본다. 이강이 목발을 짚고 나
        타난다.

이강   말씀 좀 묻겠습니다. 이짝으로 으병덜 지나가지 않았습니까?

노인   (보는)

이강   손화중 부대가 근처 으디 있다는 거 겉은디...

아낙   (초조한 어조로 나직이) 싸게 가쇼.

이강   야?

아낙   (초가집 턱짓하며) 싸게 가라고.

        이강, 돌아보면 조선군 몇이 초가집에서 나온다. 이강, !
        조선군들, 황급히 총을 겨눈다.

이강   (피식) 길 가는 늠헌티 으째 다짜고짜 총부터 겨누고 이래쌌소?

조선군1 뭐 하는 놈이냐?

이강   말혔잖소. 길 가는 늠이라고...

조선군들과 이강, 짧지만 긴박한 시선을 주고받는다.
그때, 조선군들 뒤로 이규태가 걸어 나온다.

이규태   무슨 일이냐? (하다가 이강을 보는)
이강   (굳는)
이규태   (보는)

플래시백〉16회 47씬의,
이규태   **(이강에게) 무운을 비네.**
이강   **(미소) 꼭 다시 봅시다... 전쟁터 말고.**

현재〉
이규태   ... 이자는 동비가 아니다.
이강   !
이규태   가자.

이규태와 조선군들, 이강을 지나쳐 간다. 굳은 표정의 이규태... 묵묵히 바라
보는 이강... 멀어지는 이규태... 이윽고 안도와 착잡함이 뒤섞인 한숨을 내쉬
는 이강.

35.   백가네 외경 (밤)

36.   동 이현의 방 안 (밤)

백가와 이현, 대작하고 있다. 얼큰히 취한 백가는 만면에 희색이 가득하다.
이현, 묵묵히 술잔만 기울인다.

백가   (킬킬대며) 느 도망쳐본게 안 있냐이, 전부 백가네 끝장났다고 염병을 허는디
      나는 눈도 한나 깜짝 안 헀당게? 되레 희망이 생기더란 말이시.

이현	무슨 희망요?
백가	동비들 시상서 집강허겠다고 껍떡대는 어줍짢은 늠 말고... 도채비!
이현	(보는)
백가	도채비가 되야서 돌아올 거라고 말이여.
이현	(피식) 아버지 선견지명을 누가 따라가겠습니까?
백가	(대견한 듯 보다가) 인자는 두 번 다시 흔들리딜 말어... 인자는 왜늠들 시상잉게 넘들이 뭐라 허건 신경쓰딜 말고... 이리로만 곧장 가드라고. (빤히 들여다보며) 그래가꼬... 아부지 소원 풀어줘야제?
이현	(보는)
백가	(욕망을 뿜어내는) 정승 아부지!
이현	(조소를 머금고) 근데요, 아버지.
백가	이?
이현	지금이 왜놈들 세상인 건 맞는데... 숫제 왜놈들 나라가 되어버리면 어떡하죠?
백가	(뜨악한) 먼 소리여?
이현	그럼 정승 아버지는커녕 매국노의 아버지라 손가락질만 받으실 텐데... (쓸쓸한 미소 지으며) 왠지 요즘... 그런 생각이 들어서요.
백가	(보다가 킬킬 웃으며) 이현이 느 아직도 모르냐이?
이현	뭘요?
백가	나라는 진즉에 망해부렀잖애.
이현	(보는)
백가	나라가 으디, 망헌다고 방문 써 붙이고 망헌다냐? 너겉이 똑똑헌 늠들이 다른 나라 편에 서면 고 순간에 망해브는 거이제!
이현	(거슬리는) 아버지...
백가	나라니 머니 고딴 건 다 허깨비여. 사람 나고 나라 났지, 나라 났고 사람 났디야? 나라 이전에 사람이고, 사람은 실속이 제일인겨... 긍게 괜한 생각 말고 지금처럼만 혀!
이현	(술잔을 비우는... 쓸쓸한)

37.   거리 (밤)

군은 표정의 이규태, 부대를 인솔해온다. 피투성이가 된 손화중이 포승에 묶인 채 수레에 실려온다. '동비 수괴 손화중'이라 적힌 푯말이 목에 걸려 있다. 속울음을 삼키는 백성들 뒤로 이강이 지켜보고 있다. 두 눈에 분노가 가득하다. 백성들, 하나둘씩 자리를 뜬다. 이강도 걸음을 떼는데...

버들   (E) 대장?

이강, 보면 아낙 옷을 입고 있는 버들이 믿기지 않는다는 표정으로 길 건너편에 서 있다. 이강의 얼굴에 애틋한 미소가 번진다.

버들   (눈물 그렁해지는) 참말로... 대장 맞나?
이강   그려... 지지리 못난 멍충이 대장이여.

감정이 북받치는 버들, 저벅저벅 걸어와 이강을 덥석 끌어안는다.

이강   (너털웃음 지으며) 오매, 넘사시럽게 으째 이려? (떼어내고 너스레 떨듯) 전우끼리 이라믄 쪼까 거시기헌디?
버들   잡것... (이강의 가슴팍을 때리며 어린애처럼 우는)
이강   (먹먹한 미소)
해승   (E) 백대장.

38.   숲속 둔지 (밤)

다리에 부상을 입은 해승이 이강의 손을 굳게 움켜쥔다. 버들은 아직도 눈가가 벌겋다.

이강   (안쓰러운) 걸을 수 있었소?
해승   뭐... 어떻게든 걸어봐야지. (버들에게) 사람들 얘긴 좀 들어봤어?
버들   장군이 패잔병들허고 금구에 있던 김덕명 접주 부대랑 합쳐서 전투를 벌였다는디... 원평, 태인에서도 깨져브렀다네요이.

이강　잡혔다는 소식은 읎응게 살어기실 거시여.

해승　(한숨) 김개남 접주를 만나려 하실 게야. 남원으로 가세. (일어나다가 끙! 주
　　　저앉는)

이강　가만 기쇼. 이 몸으로 남원꺼정은 무리여.

해승　(난감한) 빌어먹을...

버들　(안타까운) 약재만 있어도 으째 혀 보겄는디...

이강　...

39.　순창 - 민가 (밤)

갓을 쓴 한신현이 민보군을 이끌고 지나간다.

한신현　수상한 놈들이 보이면 무조건 잡아라! 분명 동비의 패잔병일 것이다!
민보군　예!

한신현 일행, 사라진다. 담벼락에 바짝 붙어 숨어 있는 김가.

김가　빌어먹을...

김가, 침 퉤! 뱉고 돌아서다가 흠칫한다. 눈앞에 팔에 부상을 당한 최경선이
서 있다.

김가　(쫄아서) 영솔장...

최경선　(추궁하듯) 김개남 접주는 으쩌고 자네 혼자 있는겨?

김가　(당황) 예?

최경선　전주서도 그르드니면 또 탈영을 헌겨?

김가　(뜨끔, 둘러대는) 아닙니다요. 여기가 제 고향이라서 정탐을 나온 것입니다
　　　요.

최경선　순창이 자네 고향이라고?

김가	아, 속고만 사셨습니까? 저기 피노리라고 외딴 마을 있는데 거기 가서 김경천이 아느냐고 물어보십쇼. 모르면 그 동네놈 아니니까.
최경선	그라믄 숨을 만헌 디도 많이 알겄구먼.
김가	예?
최경선	장군.

모퉁이에서 전봉준이 의병1의 부축을 받으며 걸어 나온다.

| 김가 | (헉!) 장군! (무릎을 꿇는) |
| 전봉준 | ... |

40.   외딴 폐가 외경 (밤)

41.   동 일실 안 (밤)

지친 기색의 전봉준, 벽에 기대어 앉은... 의병1이 최경선의 팔에 붕대를 감고 있다. 김가, 무릎 꿇고 앉은...

전봉준	개남이는 무사한가?
김가	(머뭇) 아, 예. 청주에서 박살이 나긴 했지만 남원으로 내려가 다시 거병을 할 거라고 하셨습니다요.
최경선	여그서 몸을 좀 추스리시고 내일 밤에 이동을 허시지라.
전봉준	... 그러세. (지친 듯 한숨 내쉬는)
최경선	(숙연한)
김가	(쭈뼛 괴춤에서 육포 정도 꺼내 바치는) 시장들 하실 텐데 이거라도 좀...
전봉준	(미소) 고맙네.

전봉준, 최경선, 의병1, 육포를 씹어 먹는다. 김가, 불안한...

42.　태인 - 개남 벗의 기와집 외경 (낮)

43.　동 일실 안 (낮)

김개남, 벗과 마주 앉아 태연하게 밥을 먹고 있다.

김개남　거 밥맛 한번 좋구먼! 내 은제고 이 신세는 몇 곱으로 갚겄네.
개남 벗　(불안한) 그나저나 인자 다 글러브렀는디 관아로 가서 자수를 허제?
김개남　(피식) 녹두가 분명 남원으로 올 것이여. 다시 으기투합허서 후일을 도모허
　　　　　믄 되니께 아무 걱정 말어. (먹는)
개남 벗　고집허고는... (찜찜한 듯 보는)

44.　동 기와집 앞 (낮)

감영군들이 몰려와 에워싼다. 나장이 휘파람을 분다.

45.　동 일실 안 (낮)

휘파람 소리에 개남 벗, 흠칫한다. 김개남의 눈빛이 번득인다.

개남 벗　(헤실대며) 개남이, 나 측간 쪼까 다녀올라네이. (일어나는데)
김개남　이보게.
개남 벗　이?
김개남　옛 친구 팔어가꼬 으디 군수 자리 하나 얻었능가?
개남 벗　(헉! 뛰쳐나가는)
김개남　잡것... (밥 먹는)

46.　동 마당 앞 (낮)

개남 벗, 헐레벌떡 뛰어나온다. 나장과 감영군들이 들이닥친다.

개남 벗　안에 김개남! 김개남!

방문이 벌컥 열린다. 칼을 든 김개남이 입을 닦으며 태연히 나온다. 나장과 감영군들, 긴장해서 무기를 겨눈다.

김개남　밥은 배불리 먹었응게 북망산¹ 구경이나 허러 가끄나?

함성을 지르며 돌진해가는 김개남의 장렬한 모습에서.

47.　순창 - 거리 (낮)

포고문을 읽고 있는 백성들... 김가, 슬며시 끼어들어 보는...

남자　(E) 누구든 전봉준의 소재를 알려주는 자에겐 지난날의 죄를 용서함은 물론 후한 상을 내릴 것이다.

김가　...

백성1　야그 들었어? 김개남 장군이 죽었디야.

김가　!

백성2　으짜쓰까이~ 참말로 동학시상 끝날라는갑소이.

백성1　아, 끝나기야 우금티서 끝나브렀제.

김가, 사람들 틈을 빠져나온다. 저만치 앞에서 한신현이 민보군을 이끌고 걸

1　북망산: 사람이 죽어서 묻히는 곳.

어온다. 얼른 모퉁이로 숨는 김가, 지나쳐가는 한신현의 무리를 바라보며 갈
등하는...

48.   **외딴 폐가 마당 안 (낮)**

의병1, 청소하는 척하며 주변의 망을 보고 있다.

49.   **동 일실 안 (낮)**

전봉준, 최경선의 팔에 난 상처에서 고름을 짜내고 있다. 최경선, 이를 악물
고 고통을 참는...

전봉준   (쓰읍) 엄살은... 영솔장이라는 사람이 고작 이따위 상처로 인상을 쓰다니?
최경선   송구헙니다.
전봉준   (쩝) 역시... 경선이 자넨 재미가 없어.
최경선   야?
전봉준   골려먹는 재미는 이강이 놈이 최곤데... (흐흐 웃다가 이내 씁쓸해지는)
최경선   살어 있을 겁니다.
전봉준   살어 있어야지... 놈은... 우리가 틀리지 않았다는 증좌니까.
최경선   (보는)
전봉준   우린 비록 패배했지만 틀리지는 않았어. 우금티에서 이강이의 연설을 보며
         그리 확신했네. 이강이... 그리고 이강이 같은 사람들이 있는 한... 언젠간... 우
         리가 이길 것이네.
최경선   꼭... 그리될 것입니다.
전봉준   (미소 짓는데)
의병1   (E) 장군!!!
전·최   !

50.   동 마당 안 (낮)

의병1을 베면서 들어오는 민보군들! 최경선, 칼을 들고 방에서 뛰쳐나온다!
한신현이 쏜 화살이 최경선의 다리에 꽂힌다! 마당으로 굴러 떨어지는 최경
선! 몸을 일으키려는 최경선의 머리를 개머리판으로 강타하는 김가! 민보군
들이 방에서 전봉준을 끌고 나온다! 전봉준과 최경선을 무자비하게 구타하
는 민보군들! 김가, 흥분해서 숨을 격하게 몰아쉬는... 전봉준과 최경선, 점차
의식을 잃어가는...

51.   폐가 앞 (낮)

아낙 옷을 입은 버들이 황망한 표정으로 뛰어온다.

52.   폐가 일실 안 (낮)

이강, 약초를 씹어 해승의 상처에 덮는다. 해승, 끙끙 앓는다.

이강   어제보단 많이 나아졌응게 곧 거동을 헐 수 있을 겁니다.
해승   이제 그만 버들 접장하고 먼저 가. 나도 곧 따라갈 테니까...
이강   음마? 해승 접장 혼자서 머슬 으쩔라고요? 고 인상 가꼰 동냥도 못 해묵는
          당게?
해승   (피식 웃는데)

버들이 격앙된 표정으로 들어온다.

이강   으째 빈손이여? 갈 떼는 뭐 주먹밥 열 개는 걱정 말라고 호언장담허드니면.
버들   녹두장군 말이여.
해승   !
이강   (정색하고) 장군이 머?

버들	(울먹이는) 순창에서 붙잡히셨디야...
이강·해승	!
버들	(주저앉는)
이강	그럴 리가 읎어... (일어나 나가는) 헛소문이여.
버들	(잡는) 으쩨 이려! 사방이 민보군에 토벌댄디 눈에 띄믄 으쩔라고?
이강	(답답한) 장군이 붙잡혔다잖애... 으떠게든 확인을 혀야 되지 않것능가?
버들	확인허고 자시고 헐 것도 읎어. 밀고헌 늠 이름꺼지 싹 퍼져브렀으니께.
이강	밀고헌 늠이 누군디?
버들	별동대원허던 김경천이랴.
이강	먼 소리여, 별동대에 김경천이가 으뎠다고... (하다가 굳는)
해승	(탄식하는) 김접장 이놈이 끝내...
이강	(털썩 주저앉는) 장군...
버들	(울음을 터뜨리는)
해승	(탄식하는)
이강	(절규하는) 장군~!!!

53.   산 / 임시 군영 (낮)

막사 하나 정도 오롯이 서 있는... 조선군들이 경계를 서고 있다. 이현이 천우협 무사들과 일본군을 대동하고 나타난다. 이두황이 막사를 나와 맞이한다.

이두황	(반갑게) 오니상! 이런 누추한 곳까지 어찌 걸음을 하셨습니까?
이현	전봉준을 호송하러 가는 길입니다.
이두황	그런 일은 저희에게 맡기시고 고향에 들러 좀 쉬지 그러셨습니까?
이현	제 고향을 아십니까?
이두황	(헤실대며) 전주성 전투 때 고부 향병대로 참전하지 않으셨습니까?
이현	(거슬리는) 제가 옛날 얘긴 별로 즐기질 않는데요.
이두황	(당황) 송구합니다! 전에 고부 향병대를 이끌던 자가 포로로 잡혔기에 갑자기 생각이 나서...
이현	누가... 포로로 잡혔다구요?

이두황	?

54. 동 임시 군영 일각 (낮)

이두황, 이현을 안내해온다. 포박당한 채 무릎을 꿇은 포로들이 도열해 있다.
기진맥진해서 고개를 떨군 석주와 두려움에 질린 억쇠가 나란히 앉아 있다.
이현, 묵묵히 바라보는...

이두황	황석주는 고개를 들라!
석주	(들은 척도 않는) 어서... 죽여라.
이두황	어허!
이현	가만 계세요.
석주	(낯익은 목소리다 싶은)
억쇠	(고개 들어 이현을 확인하고는 기함하는) 이, 이현 되렌!!!
석주	(고개를 드는... 멍해지는)
이현	참... 묘한 데서 뵙는군요. (킥킥대는)
석주	(믿기지 않는)
억쇠	(벙한)

55. 동 임시 군영 막사 안 (낮)

이현, 두 손이 묶인 석주와 대좌해 있다.

이현	많이 놀라신 모양이군요.
석주	...
이현	솔직히 저도 많이 놀랐습니다. 진사나리께서 동비들과 의병을 같이 하시다니...
석주	내 죽기 전에 너를 만나게 되면... 미안하다 사죄를 하려 하였었다.
이현	(보는)

석주	허나... 이 모습을 보니 그 마음이 씻은 듯이 가시는구나.
이현	다시 한 번 마음을 먹어보세요. 혹시 압니까? 살려드릴지.
석주	영관놈이 너를 오니라고 부르더구나. 내 왜놈들의 말을 많이는 모르나 그 정도는 안다... 그래, 오니... 그게 바로 너다.
이현	(다가가 빤히 보는... 살기가 어리는) 그래, 그게 나야... 근데 나를 이렇게 만든 건 황석주, 바로 너잖아... 그러니까 사죄를 해... 손이 발이 되도록 싹싹 빌어 봐... 그럼 살려줄 수도 있다니까?
석주	내 양반이기 이전에 조선인이다. 매국노의 목소리를 듣는 것조차 수치스러울 따름이니... 어서 죽여라.
이현	(노려보다가 울컥, 권총을 꺼내 석주의 이마에 총구를 갖다 대는)
석주	(두 눈을 편안히 감는)
이현	저승에서 똑똑히 지켜 봐. 내가 조선을 어떻게 일으키는지...
석주	(실소를 터뜨리는) 미친놈... (쏘아보며) 니놈에겐 이 땅이 아직도 조선으로 보이는 것이냐!
이현	(피식) 어... 너희 같은 양반들이 망쳐버린 나라... 해서 다시 태어나기 위해 몸부림치는 나라... 그게 지금 이 땅 위의 조선이야.
석주	천만에... 나라가 망할 때는 반드시 안에서 먼저 망하는 것이라 하였다! 니 말대로 우리 양반들이 조선을 망쳤다! 더불어 왜놈에게 영혼을 팔아치운 모리배들이 조선을 망쳤다! 해서 조선은 그 안에서 이미 망한 것이다! 바로 너와 내가 망국의 원흉인 것이다!
이현	(노리쇠를 당기며) 닥쳐!!!
석주	(거의 동시에) 백이현!!!
이현	!
석주	너에 대한 사죄는 저승에서 하겠다... 죽여라.

격앙되어 있던 이현의 표정이 일순 차분해진다. 그리고 미련 없이 방아쇠를 당긴다. 석주의 몸이 스르르 바닥으로 굴러 떨어진다. 이두황이 깜짝 놀라 들어온다.

이두황	무슨 일입니까? (하다가 석주의 시체를 보고는 슬그머니 나가는)

이현, 의자에 앉아 석주의 시체를 물끄러미 바라본다. 이마를 괴는 이현, 긴 한숨을 내쉰다. 지친 듯한 그의 모습에서.

56.   전주여각 / 마당 안 (밤)

자인 앞에 차인 두 명이 서 있다. 자인, 차인1에게 작은 함을 건넨다.

자인   왈짜패 두령에게 전해주세요.
차인1   야. (나가는)
자인   (차인2에게) 당분간 외부인은 일절 들이지 마세요. 아시겠습니까?
차인2   야!
자인   (들어가는)

57.   동 자인의 집무실 안 (밤)

자인, 들어와 불을 켠다. 내실 쪽을 바라보지만 조용하다. 괜히 긴장되는 듯 숨을 내쉬는 자인.

58.   동 자인의 침소 앞 복도 (밤)

자인, 걸어온다. 불이 켜진 침소의 문 앞에서 봉길에게 안부를 묻는다.

자인   탕약은 자셨능가?

안에서 아무런 기척이 없다. 자인, 문고리를 잡으려다 말고 돌아서는데...

이강   (E) 으째 그냥 가능가?
자인   !

59. 동 침소 안 (밤)

자인, 문을 벌컥 열어젖히면 기절한 봉길 앞에 이강이 묵묵히 앉아 있다. 자인, 헉!

이강	기절만 시켰응게 안심혀.
자인	(털썩 주저앉는)
이강	죽여블까 혔는디... 가만 냅둬도 곧 덕기성 따러가겄드먼. (피식)
자인	(울컥 다가앉으며) 어디 좀 봐. 몸은 괜찮아? (하는데)
이강	(차갑게) 가까이 오덜 말어.
자인	(멈칫)
이강	(덤덤히) 이녁, 아무 잘못 읎고... 이녁 가심도 찢어지는 거 아는디.. 아직도 나가 귓전에서 으병덜 비명소리가 떠나덜 않어... 가심팍에 총알이 백혀가꼬 피 토험서 디져가는 으병덜 눈깔이 눈에 선허단 말여...
자인	(울먹이는) 백이강...
이강	긍게 가까이 오덜 말라고.
자인	(탄식하는)
이강	아부지 목숨 대신 돈이나 좀 받어가세.
자인	돈은 어디다 쓰려구.
이강	(일어나는) 군자금.
자인	(따라 일어나며) 장군도 붙잡힌 마당에 니가 뭘 어쩌려구? 이제 다 끝났어. 모르겠어?
이강	(자인의 앞섶을 잡아채는)
자인	!
이강	한 번 진 거슬 가지고 으째 끝났다 긍가? 소 따묵기 허는 동네 씨름판도 삼세판인디 우덜은 왜늠허고 싸우는 으병이잖애. 한 판 지믄 다시 정신 차리고 붙으믄 되는겨. 끝이 아니고... 시작이란 말여.
자인	(설득조로) 니 맘 잘 알어. 너에게 의병이 어떤 의민지도 알어. 하지만 유월 아짐 생각도 해야지.

이강	(한숨... 잡았던 앞섶을 놓아주며) 전라도 그 많던 집강소가 다 작살이 나브 렀구먼... 엄니라고 온전하겠능가? 싸게 돈이나 꺼내 줘.
자인	행랑채로 가 봐.
이강	(보는)
자인	왈짜패 시켜서 유월 아짐을 모셔왔어.
이강	!!!

60.   동 행랑채 마당 안 (밤)

이강, 절뚝이며 뛰어온다.

61.   동 일실 안 (밤)

이강, 문을 벌컥 열고 들어온다. 구석에 웅크려 있던 유월, 믿기지 않는 눈으로 본다. 한동안 말을 잇지 못하는 유월과 이강.

이강	엄니...

유월, 놀란 나머지 이름도 부르지 못하고 '어이구, 어이구' 뇌까리는...
이강, 다가가 유월을 얼싸안는다. 유월, 비로소 말문이 터지며 '이강아!' 외치며 이강을 끌어안는다.

62.   동 앞 마당 (밤)

자인, 눈물 그렁해서 서 있는...

63.   다시 일실 안 (밤)

하염없이 기쁨의 눈물을 흘리는 유월... 속울음을 토해내는 이강의 모습에서...

64.   전라감영 / 형옥 안 (밤)

피투성이의 전봉준, 홀로 갇혀 있다. 이현이 다가와 앞에 선다.

이현	행색이 말이 아니시군요.
전봉준	(천천히 고개를 드는... 눈빛만은 살아 있는)
이현	갈아입을 의복을 넣어 드리겠습니다. 의원이 진맥도 할 것이구요.
전봉준	(비통함을 참는)
이현	한양으로 가셔서 재판을 받게 될 것입니다. 조선과 일본은 물론 열강국들의 관심을 한 몸에 받고 계시는 분인데... 품위를 갖추셔야지요.
전봉준	... 이강이는 어찌 되었느냐?
이현	(실소하는) 이 질문을 벌써 몇 번째 받는 건지... 그 사람 참... 잊을 만하면 떠오르게 만드는 재주가 있다니까요.
전봉준	아느냐?

65.   전주여각 / 행랑채 일실 안 (밤)

유월과 이강, 벽에 나란히 앉아 있다. 속내를 선뜻 털어놓지 못하고 망설이는 두 사람. 이강이 말문을 연다.

이강	엄니...
유월	이?
이강	뒷산서 시방 별동대 접장들이 기다리고 있구먼.
유월	(수심 어린 미소로) 그냐?
이강	엄니...

유월   (마음의 준비가 된) 말혀...
이강   아직은... 나가 헐 일이 쪼까 남었구먼.
유월   헐 일은 혀야제... 근디 머슬 헐라고?
이강   (결연하게) 여러 가진디... 고거 하나는 반드시 해낼라고.
유월   (보는)

66.   다시 형옥 안 (밤)

이현   아직은 모릅니다. 허나 곧 알게 되겠죠.
전봉준 무슨 말이냐?

67.   다시 일실 안 (밤)

이강   이현이...
유월   !

68.   다시 형옥 안 (밤)

이현   살아 있다면 제 앞에 나타날 테니까요.
전봉준 !

69.   다시 일실 안 + 형옥 안 교차 (밤)

이강   내 손으로 눈 감겨줄라네.
이현   (미소)

       이강과 이현의 표정에서 엔딩!

23회

1.   (22회 64씬의) 전라감영 / 형옥 안 (밤)

전봉준   ... 이강이는 어찌 되었느냐?

2.   (22회 65씬의) 전주여각 / 행랑채 일실 안 (밤)

이강   아직은... 나가 헐 일이 쪼까 남었구먼.
유월   헐 일은 혀야제... 근디 머슬 헐라고?
이강   (결연하게) 여러 가진디... 고거 하나는 반드시 해낼라고.
유월   (보는)

3.   (22회 66씬의) 다시 형옥 안 (밤)

이현   아직은 모릅니다. 허나 곧 알게 되겠죠.
전봉준   무슨 말이냐?

4.   (22회 67씬의) 다시 일실 안 (밤)

이강   이현이...
유월   !

5.   (22회 68씬의) 다시 형옥 안 (밤)

이현   살아 있다면 제 앞에 나타날 테니까요.
전봉준   !

6.   (22회 엔딩씬의) 다시 일실 안 + 형옥 안 교차 (밤)

이강   내 손으로 눈 감겨줄라네.
이현   (미소)

이강과 이현의 표정에서.

7.   전주여각 앞 (밤)

자인과 유월, 나오면 보부상들이 인사한다.

자인   이분을 의주까지 잘 모시세요.
보부상들   야.
유월   객주님... 고맙구먼이라.
자인   건강하세요...
유월   야...

유월, 보따리를 안고 걸어간다. 자인, 안쓰럽게 바라보는... 돌아보는 유월, 다시 인사하면 자인도 허리를 숙인다. 멀어지는 유월... 바라보는 자인.

8.   동 자인의 집무실 안 (밤)

이강, 군자금 보따리를 확인한다. 자인, 마주 앉아 있다.

자인   오랫동안 거래했던 만주상인인데 믿을 만한 사람이니까 걱정 안 해도 될 거야.

이강   (어색하게 미소 지으며) 고맙구먼.

자인   이제 어찌할 건지 말해봐. 장군을 구출이라도 하려는 거야?

이강   이녁은 장군을 구헐 방도가 보이능가?

자인   아니, 전혀.

이강   장군을 구헐 수 없다믄... 장군이 원허던 것을 혀야제.

자인   (보는)

이강   으병 한 늠 더 살리고 매국노는 한 늠이라도 더 죽여야제... (먹먹한) 혀서 장군이 알게 맨들어야제... 장군이 없어도 으병들은 싸운다는 거슬 말이여... 장군은 죽어도 장군으 뜻은 죽지 않는다는 거슬 말이여... (눈물 맺히는) 장군 인자 멀리 가실 텐디... 나가 노잣돈은 못 드려도... 희망은 드려야지 않겠능가?

이강의 눈에서 뜨거운 한줄기 눈물이 흐른다. 먹먹하게 바라보던 자인, 그 눈물을 닦아준다. 이강, 보면...

자인   (애틋한 미소로) 절망했었어... 우금티의 그 많은 시신들을 떠올리며 살아갈 자신이 없었거든... 그런데 니 말대로 그건 단지 패배일 뿐 끝이 아니라면... 그래서 다시 시작하면 되는 것이라면... (의연하게) 그래... 나도 다시 시작해볼게.

이강   그려... 그러믄 되는겨.

자인   (격려하듯 밝은 어조로) 자, 이제 가. (미소) 가서 힘껏 싸워.

이강, 안타깝게 바라본다. 자인, 애써 밝은 표정을 지어보이는...

차인	(E) 객주님! 손님 오셨는디요!
자인	!
이강	(단검을 쥐고 문가에 숨는)

9. 동 마당 안 (밤)

긴장한 표정의 자인, 부관과 서 있는 이규태를 바라본다.

이규태	밤늦게 찾아와 미안하네.
자인	아닙니다. 헌데 여각엔 어쩐 일이시온지...
이규태	전봉준을 호송하여 한양으로 가게 됐네. 떠나기 전에 종사관님을 뵙고 갈까 하여...
자인	내일 제가 모시겠습니다.
이규태	고맙네. 허면... (가는)
자인	(안도하는)

10. 산 일각 (밤)

다친 다리를 뻗고 걸터앉은 해승... 그 앞에서 초조하게 산 밑의 동정을 살피는 버들...

버들	(해승 곁으로 돌아와 앉으며) 먼 일 난 거 아녀? 올 때가 한참 지났는디...
해승	왜... 송객주랑 다시 정분이라도 날까 봐 겁 나?
버들	(쓰읍) 확 그냥 냅두고 가브는 수가 있소이!
해승	(킬킬대며) 알았어, 미안. 미안...
버들	듣고 봉게 차라리 정분이라도 났으면 좋겠네요이. 송객주 능력에 대장 하나으째 건사 못허겄소?

해승	버들 접장이 지켜주면 되잖아. 그 총으로.
버들	(피식)
해승	아 참, 총알이 다 떨어졌지...
버들	아, 나가 총이 아니라 몸땡이로 지켜준다개도 좋아허는 사람이 지켜주는 것만 허겄소?
해승	(애틋한) 백대장이 참 복이 많은 사람이네. (하다가 인기척에 보면)

보따리를 든 이강이 걸어온다.

버들	대장!
이강	(보따리 던져주며) 임무 완수!
버들	(받으며) 오매, 난 또 먼 일 난 줄 알았잖애.
이강	먼 일 났기는 혔제. (싱긋) 겁나게 좋아허는 사람을 만났당게.
버들	(떨떠름)
해승	(발끈) 백대장!
이강	야?
해승	아무리 그래도 그렇지 사람이 그렇게 대놓고 그러는 거 아니야! 송객주 만나고 왔다 그럼 되지 그걸 꼭 그렇게 콕 찝어서 얘기를 해야겠어! 듣는 사람 기분도 생각을 해야지!
이강	(뜨악한)
버들	(난처한) 해승 접장, 사람 난처허게 으째 이래쌋소?
해승	(흥분) 있어 봐! 내가 사람이 점잖아서 어지간하면 말을 안 할라 그랬는데 해도 해도 너무 하잖애! 버들 접장 마음 뻔히 알면서 뭐? 겁나게 좋아하는 사람?
이강	야, 울 엄니요.
해승	(헙!)
버들	(놀라) 엄니 살어 기셨냐?
이강	이.
버들	엄니가 느 다시 가라 그대? 말리덜 않애?
이강	(시미치 떼듯) 말리덜 않던디? 내논 자식인갑제.
버들·해승	(마음 아는... 짠한)

이강	(애써 미소 짓는)

11. 전주여각 / 자인의 침소 안 (밤)

기절했던 봉길, 눈을 뜬다. 자인이 앉아 있다.

봉길	(천천히 일어나며) 으째 된겨? 이강이 늠은?
자인	갔구먼.
봉길	놈이 나를 으째 살려준겨?
자인	아부지매이로 모진 사람이 아니니께.
봉길	...
자인	이강이가 아부지헌티 한 마디만 전해달랴.
봉길	(보는)
자인	덕기아재 무덤에 막걸리 떨어지믄... 그날이 아부지 제삿날이랴.

자인, 나간다. 봉길, 헛헛한 한숨을 내쉬는...

12. 덕기의 무덤 앞 (낮)

부관들이 멀찍이 떨어져 있다. 자인과 나란히 선 이규태, 덕기의 무덤 앞을 침통하게 바라본다. 깊은 한숨을 내쉬던 이규태의 시선이 비석 옆에 놓인 술이 든 사발과 칡뿌리로 향한다.

이규태	좀 전에 누가 왔다갔나 보군.
자인	별동대장 백이강이 다녀갔습니다.
이규태	(보는)
자인	이강이를 구해주셨다 들었습니다.
이규태	... 굳이 그런 얘길 꺼내는 연유가 무엇인가?
자인	(쪽지 꺼내 건네는) 이강이가 영관나리께 보낸 것입니다.

쪽지를 펴본 이규태의 표정이 굳어진다. 이규태, 이내 쪽지를 찢어버린다.

이규태 이런 말도 안 되는...

자인 나리... 덕기아재의 뜻을 생각해서라도 한 번만 더 용기를 내주십시오.

이규태 (고심하는)

13. 숲속 (낮)

이강, 강아지풀 정도 씹으며 바위에 걸터앉아 있다. 해승과 버들, 심각한 표정으로 곁에 서 있는... 무언가 결심하는 이강의 표정에서.

14. 고부 - 말목장터 (낮)

당손과 이화, 텅 빈 가게에서 나온다.

당손 여기 어때? 목도 좋고 제법 널찍하던데...

이화 맘에는 드는디... 이현이 돈으로 참말로 이래도 될랑가?

당손 뭐가 어때서?

이화 고 돈이 왜늠덜 돈이잖애. 으쩨 죄짓는 기분이구먼.

당손 돌고 돌아서 돈이라는 거야. 우리가 쓰면 조선 돈이지, 뭐.

이화 (한숨 내쉬다가 깜짝 놀라서) 쩌그 억쇠 아녀?

당손, 보면 억쇠가 기진맥진해서 수레를 끌고 온다. 나졸들이 억쇠를 감시하며 따라온다. 억쇠의 수레가 이화와 당손 앞을 지나친다. 수레에 석주의 시신이 실려 있다. 이화와 당손, 깜짝 놀라는... 수레, 멀어지면...

이화 세상에...

당손 (훙!) 속이 다 시원하네!

15.   황진사댁 앞 (낮)

하얗게 질린 명심, 하인 한 명과 뛰어나온다. 하인들, 고개를 떨구고 훌쩍인다. 나졸들 옆에 억쇠가 눈물을 흘리며 서 있다. 명심, 이게 뭐냐는 듯 억쇠를 보면,

억쇠   (울먹이는) 아씨...

가슴이 철렁하는 명심, 정신을 다잡으며 거적으로 다가간다. 천천히 거적을 걷으면 석주의 시신이다. 명심의 표정이 일그러진다. 하인들, 일제히 '나리~!' 외치며 무릎을 꿇는다. 억쇠, 나졸들에게 끌려간다.

명심   오라버니...
석주   (E) 진짜 양반이 되고 싶어서다.

        플래시백〉20회 31씬의,
석주   **제자를 전쟁터로 보내고, 법도에 얽매여 늑혼을 당한 여동생의 고통을 외면하는 그런 금수만도 못한 양반놈과 싸우기 위해서다.**

        〈중략〉

석주   **살아 돌아온다면... 좋은 오래비로 살 것이다.**

        현재〉
        명심, 차디찬 석주의 얼굴을 매만진다.

명심   (애틋한 미소로) 이승에서 소원하던 모든 것을 다 이루셨습니다... 편히 가십시오...

오열하는 하인들... 석주의 시신을 가만히 끌어안는 명심의 애잔한 모습에서.

16.   백가네 안채 / 거실 안 (낮)

백가, 채씨, 이화, 당손, 앉아 있다.

백가   까마구밥꺼정 되야브렀으믄 금상첨환디...
일동   ...
백가   잔치를 혀도 뭐헐 판에 으째 초상집 분위기여?
채씨   (냉랭한) 살었을 따나 웬수제, 디져서도 웬수여? (나가는)
백가   (킬킬대는) 이화야, 느그 엄니 요새 으째 저러냐? 숫제 보살이여.
이화   (옅은 한숨) 명심아씨 땀시 긍가... 나도 맴이 쪼까 껄쩍지근허요. 문중에서도
          내쳐졌다든디...
당손   그럼 황진사 장례도 못 치르는 거 아냐?
백가   ...

17.   고부관아 형옥 안 (낮)

보퉁이를 든 명심, 걸어와 옥방 앞에 선다. 간혀 있던 억쇠가 인기척에 흠칫
돌아본다.

억쇠   아씨...
명심   오라버니와 줄곧 함께 있었다구요?
억쇠   야...
명심   오라버니의 마지막을 듣고 싶어 왔습니다. 혹 유언은 없었습니까?
억쇠   (고개 젓는) 지는 아무것도 몰러라... 그냥 시신을 날라다주믄 참형은 면허게
          해준다개서요.
명심   (아쉬워하다가) 이거라도 좀 드시고 기력을 차리세요. (보퉁이를 내미는)
억쇠   (냉큼 받아서 펼쳐보면 주먹밥이다... 허겁지겁 먹는)

명심	허면... (돌아가는데)
억쇠	(망설이다가 작정하고 일어서는) 아씨!
명심	(돌아보면)
억쇠	백이현이가 죽였구먼이라!
명심	!!!
억쇠	그늠이 끌고 가서는 총으로 쏴브렀당게요! 그늠, 왜늠 앞잡이 허고 있구먼이라! 긍게 아씨도 조심허쇼이!
명심	(파르르 떠는)

18.　황진사댁 앞 (낮)

명심, 멍한 표정으로 걸어온다. 대문 앞에 '忌中'이라 적힌 종이가 붙어있다.
마음을 다잡으려는 듯 눈물을 닦고 들어가는 명심.

19.　동 마당 안 (낮)

빈 차양막이 두어 개 만들어져 있는... 하인들 몇만 보일 뿐 문상객의 발길은
느껴지지 않는다. 명심, 들어오다가 흠칫 멈춘다. 백가가 서 있다.

백가	(짐짓 침통한 어조로) 이거... 상갓집이 이래 썰렁해가꼬 으쩝니까?
명심	...

20.　동 빈소 (구 석주의 방 안) (낮)

백가, 석주의 신주가 모셔진 영위 앞에 과일을 올리고 분향을 한다. 명심이
뒤에 서 있다. 백가, 영위 앞에 이배를 올리고 선다.

백가	아직도 헐 일이 많은 분이신디... 지가 머라고 위로으 말씀을 드려야 될란지

모르겠네요이.

명심 (힘든) 찾아주셔서... 감사합니다.

백가 아이구 감사는요... 응당 찾어뵈야지라...

신주를 응시하는 백가의 시원섭섭한 표정 위로...

백가 (E) 가문으 대가 끊겨도 좋으싱게라?

플래시백〉3회 20씬의,

석주 **(멈칫)**

백가 **일찍이 상처허시고 혈육이래야 달랑 여동상 하난디... 진사나리꺼정 탈이 나불믄 가문이 으쩌 되었어라?**

석주 **니놈과 사돈의 연을 맺느니... 폐족을 택할 것이야.**

현재〉

백가 (피식, 중얼대는) 말이 씨가 된다드먼... 소원 성취허셨네요이.

명심 (참는)

백가 이늠도 시방... 소원 성취허는 중입니다... (승리감의 미소를 머금는)

21. **전라감영 / 객사 일각 안 (낮)**

냉혹한 표정의 이현, 생각에 잠겨 있다.

석주 (E) 니놈에겐 이 땅이 아직도 조선으로 보이는 것이냐!

플래시백〉22회 55씬의,

석주 **나라가 망할 때는 반드시 안에서 먼저 망하는 것이라 하였다! 니 말대로 우리 양반들이 조선을 망쳤다! 더불어 왜놈에게 영혼을 팔아치운 모리배들이 조선을 망쳤다! 해서 조선은 그 안에서 이미 망한 것이다! 바로 너와 내가 망국의 원흉인 것이다!**

현재〉

이현의 눈망울이 떨린다. 그럴 수도 있다 싶은... 점차 불안해지는... 이현, 견디지 못하고 벌떡 일어나 벽을 걷어찬다.

이현 미친놈... 죽을 때까지도 헛소리지... 더 고통스럽게 죽여버렸어야 했는데...

이규태 (E) 오니상.

이규태가 나타난다.

이규태 죄인들을 압송할 채비를 마쳤소.

이현 ...

22.   동 동헌 안 (낮)

한껏 들뜬 김가와 한신현이 이두황을 따라 걸어온다.

이두황 (흡족한) 좋았어! 자네들 공이 컸네!

한신현 감사합니다, 영관나리.

김가 근데 상으로 재물도 주고 군수 벼슬도 준다던데 맞습니까?

이두황 여부가 있겠느냐! 오니상을 만나거든 인사나 잘 드리도록 해!

김가 (들뜨는) 예... (하다가) 근데 오니상이 뭡니까? 사람 이름입니까?

이두황 무식하긴... 일본말로 도깨비 몰라?

김가 아유, 쉰네가 일본말을 어떻게 압니까요? 근데 거참 이름 한번 희한하네요. 도채비란 별명을 쓰는 놈은 봤어도 이름이...

이두황 바로 그 사람일세. 전주성 도채비!

김가 (헉!)

이두황 저기 오시는구만!

김가, 보면 천우협 무사들을 대동한 이현이 나타난다. 김가, 얼어붙는다. 이두황, 쪼르르 달려가 '오니상!' 하면서 허리를 넙죽 숙인다.

이두황   전봉준을 발고한 자들을 데려왔습니다!

시큰둥하게 돌아보던 이현, 정색한다. 김가가 황당한 표정으로 서 있다.

김가   이, 이런... 빌어먹을!
이현   (피식) 이리 와 보세요.
김가   (당혹스러운)
이두황   ?
이현   (냉혹한) 어서요.
김가   (냅다 도망치는)
한신현   ?
이두황   뭐야, 여봐라! 잡아라!

조선군들, 쫓아간다. 김가, 욕설을 내뱉으며 울상이 되어 도망친다.
이현, 바라보는데 전신지를 든 미나미가 다급히 걸어온다.

미나미   (일본어) 오니상!
이현   (보는) 아직 출발하지 않은 것입니까?
미나미   (일본어) 공사관에서 긴급지시가 내려왔습니다.
이현   (받아 보는... 표정이 굳어지는)

23.   동 관찰사의 집무실 안 (낮)

전봉준, 제법 푸짐하게 차려진 밥상에서 게걸스럽게 먹고 있다. 일본군 두 명
정도 감시하는... 이현이 묵묵히 지켜본다.

전봉준   (스스럼없이) 이야~ 이거 정말 맛있구만!
이현   더 드릴까요?

전봉준	(짐짓 혹한 척) 그래도 되겠는가? 그럼 좀 더 주게. (흡족한 듯 웃는)
이현	(일본어) 음식을 더 가져와.
일본군	(일본어) 예. (나가는)
전봉준	고맙네!
이현	일본공사관에서 장군께 귀가 솔깃할 만한 제안을 해왔습니다.
전봉준	(보는)
이현	한 가지만 인정하면 일본법에 의해 정치범 재판을 받게 해주겠답니다. 사실상... 목숨은 살려준다는 얘기지요.
전봉준	(킥킥대는) 예상했던 대로군. 거부하겠네.
이현	무슨 예상을 했다는 얘긴진 모르겠지만 일단 그 한 가지 조건이나 들어보시죠.
전봉준	들어보나마나 뻔하지. 거병의 배후를 토설하라는 것 아닌가?
이현	(보는)
전봉준	대원군이라고 불면 목숨만 부지할 터이고, 임금이라고 불면 한 자리 꿰차게 되겠지.
이현	(조금 어이없다는 투로) 왜 그리 생각하십니까?
전봉준	조선엔 우리 말고도 아직 의병들이 많으니까... 강원도, 함경도의 포수들, 경상도와 충청도의 유생들, 그들의 정신적 지주는 여전히 임금과 대원군! 그들을 제거하지 않고서는 의병 또한 근절할 수 없음을 깨달은 것 아니겠는가?
이현	(신기하다는 투로) 일본이 이리 나올 걸 예상하고 계셨다구요?
전봉준	게다가 나는 구차하게 목숨을 구걸한 변절자가 될 터이니... 민초들은 전의를 상실하고 절망에 빠지게 되겠지.
이현	(믿기지 않는다는 듯 보다가 너털웃음 지으며) 정말 대단하시군요. 도대체 어떻게 그걸 아실 수가 있죠?
전봉준	나는 오히려 그게 궁금하군. 똑똑한 자네가 그걸 왜 몰랐는지.
이현	(굳는)
전봉준	그 이유를 나는 알 것 같네만.
이현	말씀해보시죠.
전봉준	나는 속지 않았고 자넨 속았으니까.
이현	제가 무엇에 속았다는 것입니까?
전봉준	야만이 뒤집어쓴 화려한 가면... 문명.

이현	(정곡을 찔린 심정으로 보는)
전봉준	(음식을 먹으며) 이제 일본은 곧 그 가면마저 벗어던질 것이네... 그동안 자행했던 만행보다 더 끔찍한 일들을 자행하겠지... 자넨 속았어... 완벽히.
이현	(부정하듯 피식 웃으며) 저를 너무 순진하게 보시는군요... 속은 게 아니라 이미 알고 있었다면요?
전봉준	(싱긋) 어느 쪽이든... 자네가 개자식이란 사실에는 변함이 없네.

이현, 어이없는 듯 본다. 전봉준, 맛을 음미하며 식사를 즐기는...

24. 저자 (낮)

운집한 인파들. 저만치 이규태와 일본군 장교를 선두로 호송행렬이 나타난다. 전봉준이 갇힌 옥수레에 이어 포박당한 손화중과 최경선이 탄 수레가 모습을 드러낸다. 백성들이 속울음을 흘리고 있다.

장교	(일본어) 멈춰라!

행렬이 멈춘다. 일본군들이 수레 위의 세 사람에게 '동비 수괴'라 적힌 푯말을 건다. 전봉준, 흘끔 보더니 내던져버린다. 어안이 벙벙한 일본군들...

전봉준	술이나 가져오거라! 내, 백성들과 이별주나 나누면서 가야겠다!
최경선	(푯말 따라 던지고) 장군 말씀 안 들려! 술 가져오라잖애!!
손화중	(푯말 따라 던지고) 장군께선 죽창을 좋아하시니 술은 죽력고가 제격이겠소이다!
전봉준	옳거니! 죽력고를 가져오거라!

당황하는 일본군들. 킬킬 웃던 전봉준, 백성들을 둘러본다. 고개 숙여 눈물을 삼키는 백성들.

전봉준	(일갈하는) 모두 고개를 드시오!!!

백성들	(보는)
전봉준	고개 들어 우리를 똑바로 쳐다보시오!!!
최·손	(의연한)
전봉준	그대들의 눈에!!! 눈물 대신 우리를 담으시오!!! 슬퍼하지 말고 기억을 하란 말이외다!!! 우리를 기억하는 한!!! 두 번은 지지 않을 것이오!!!

군중 속에서 '녹두장군 만세!' 소리가 터져 나온다. 걷잡을 수 없는 만세의 파도가 군중들을 휩쓴다.

장교	(당황해서 칼을 뽑으며, 일본어) 이놈들이!
이규태	군중을 자극하면 아니 되오! 출발~!!

백성들의 만세소리 속에 호송행렬이 나아간다. 당혹스러운 장교... 씁쓸한 이 규태... 마치 개선장군처럼 의연하게 나아가는 손화중... 최경선... 그리고 전봉 준!

25.　　전주성 앞 (낮)

앞 씬의 호송행렬이 행진해온다. 앞을 본 이규태가 칼을 든다.

이규태	멈춰라!

자인과 의원 복장을 하고 허리를 푹 숙인 이강이다.

이규태	감영으로 오라니까 왜 이제야 나타나는 것이냐!
자인	송구합니다. 용한 의원을 수소문하느라 늦었습니다.
장교	(일본어) 뭐야?
자인	(일본어) 영관께서 부른 의원입니다.
이강	...
전봉준	(의아한 듯 보는)

이규태	의원은 속히 수괴의 용태를 살펴보라!
이강	야.

이강, 전봉준에게 다가간다.

이강	(나직이) 장군...
전봉준	!
최·손	!
이강	겉옷을 좀 벗어보시지라.
전봉준	(겉옷을 벗으면)
이규태	죄인 이전에 장수다! 예를 갖춰 수레를 호위하라!

조선군들이 전봉준의 수레에서 몇 보 거리를 두고 빙 둘러싼다.

이강	(진맥하는 척하는... 감정이 격해져서 말문이 터지지 않는)
전봉준	살아 있었구나.
이강	나가 헐 말을 다 외워가꼬 왔는디... 막상 장군을 봉게 머릿속이 하얘져 가꼬... 염병을 허고 있습니다.
전봉준	녀석... 우리가 말을 해야 통하던 사이더냐? (이강의 손을 잡는) 이거면 충분한 것이다.
이강	장군을 구출혀야 되는디... (울컥) 힘이 없습니다.
전봉준	녀석...
이강	장군헌티 녹두꽃이 만개헌 시상을 보여드려야 허는디... 솔직히 자신은 못허겄습니다. 허지만 최선을 다허겄습니다... 싸우겄습니다...
전봉준	녹두꽃은 내 이미 숱하게 보았다.
이강	야?
전봉준	삼례에서... 우금티에서... 그리고 지금 내 눈앞에서... (미소)
이강	(마음을 다잡듯이 눈물을 닦고) 장군.
전봉준	말하거라.
이강	눈에 안 뵈고 귀에 안 들린다고 결코 낙담허지 마쇼... 믿어주쇼... 언제건... 으디서건 간에... 장군으 뜻을 계승헌 숱하게 많은 녹두꽃들이... 싸우고 있다는

거 말여라...

전봉준 안다. 믿는다... 해서... 기쁘게 갈 것이다.

이강 (먹먹하게 보는)

전봉준 (미소)

이강 (마음 독하게 먹고 큰소리로 외치는) 아무 이상 없응게 출발허시지라!!!

이규태 가자!!!

병사들, 빠르게 원위치하고 행렬이 다시 나아간다. 이강, 허리를 숙인다. 전봉준, 겉옷을 걸치며 태연하게 나아가고 손화중, 최경선, 먹먹한 시선으로 이강을 지나쳐가는데... 어디선가 탕! 하는 한 발의 총성이 울린다. 병사들, 흠칫해서 총성이 난 쪽을 바라본다. 저 멀리 산등성이에서 대형 깃발 하나가 솟아오른다. '人卽天' 세 글자가 선명하다!

26. 산등성이 일각 (낮)

말 두 필 묶여 있는... 해승, 버들, 깃발을 움켜쥐고 서 있다. 뜨거운 결의의 눈물이 흘러내린다.

27. 다시 전주성 앞 (낮)

일본군 몇, 신속히 달려간다.

최경선 장군! 으병덜이 작별인사를 허고 있구먼이라!

전봉준 (먹먹해지는)

28. 다시 산등성이 (낮)

해승 (오열하는) 장군~!!! 미안합니다~!!! 안녕히 가십시오~!!!

버들   (오열하는) 끝꺼정 싸우겠습니다~!!!

29.   다시 전주성 앞 + 다시 산등성이 교차 (낮)

호송행렬이 다시 앞으로 나아간다.

손화중   (먹먹한) 이제야... 마음 편히 갈 수 있겠습니다...
전봉준   (눈물 맺히는)

감격의 눈물을 흘리는 손화중, 최경선, 해승, 버들...
자인과 이강이 나란히 서서 멀어지는 행렬을 향해 큰절을 올린다.
비장하게 나부끼는 항전의 깃발에서.

30.   순창 - 거리 (낮)

교자에 탄 한신현, 나졸들의 호위를 받으며 나아간다. 일각에서 남루한 행색
의 김가가 나타나 무릎을 꿇는다.

김가   나리! 이렇게 혼자만 다 먹는 법이 어디 있습니까요?
한신현   그러게 누가 거기서 도망을 치라 하더냐!
김가   황해도 금천군수에 제수되셨다면서요? 저도 데려가주십시오. 전라도에선 불
          안해서 살 수가 없습니다.
한신현   시끄럽다! 동비로 참하지 않는 것을 다행으로 여기거라! 가자!

한신현, 나졸들과 사라진다. 기가 막힌 듯 바라보던 김가, 악을 써댄다.

31.   골목 (밤)

얼큰히 취한 김가, 술병을 쥐고 비틀비틀 걸어온다.

김가　빌어먹을... (술을 마셔보지만 이미 동이 난)

김가, 욕설을 뱉으며 술병을 내던진다. 후~ 한숨을 내쉬던 김가, 인기척을 느끼고 돌아본다. 텅 빈... 김가, 머리털이 곤두서는데...

김가　뉘슈?

적막하기만 한 골목... 김가, 안도의 한숨을 내쉬는 척하다가 갑자기 도망친다! 이강, 해승, 버들이 모퉁이에서 튀어나와 쫓는다.

32.　다른 골목 (밤)

김가, 도주하면서 필사적으로 외친다.

김가　사람 살려~!! 동비가 사람 죽인다~!! 사람 살려~!!

묵묵히 쫓아오는 이강, 해승, 버들!

33.　숲속 일각 (밤)

김가, 튀어나오는... 주변을 돌아보면 아무도 없다. 따돌렸다 싶은... 가쁜 숨을 몰아쉬며 사라진다.

34.　폐가 일실 안 (밤)

다급하고 겁에 질린 김가, 황급히 엽전 꾸러미를 봇짐에 넣어 멘다. 조총까지

들고 일어선다.

35.   동 마당 안 (밤)

김가, 문을 박차고 튀어나오다가 흠칫 놀란다. 이강, 해승, 총을 겨눈 버들이 서 있다. 김가, 털썩 주저앉는다.

이강   여그여? 장군 붙잡히신 디가?

김가   ... 사, 살려줘. 백대장.

이강   여그냐고 묻잖여... 민보군들헌티 다리 작살나고... 정신 잃으실 띠꺼정 두들겨 맞은 데가 (버럭) 여그냐고!!!

김가   그, 그래.

이강   (김가에게 단검을 던져주는)

김가   (뭐냐는 듯 보면)

이강   바로 여그서... 니 손으로 속죄를 혀.

김가   (떨리는... 지푸라기 잡는 심정으로) 해승 접장. 나 좀 살려주슈.

해승   옛정을 생각해서 자결할 기회를 주는 거야. 우릴 더 이상 실망시키지 마.

김가   (울상으로) 버들 접장! 제발...

버들   (이미 눈물이 맺힌... 그러나 재차 조준하는)

김가, 체념한 듯 떨리는 손으로 단검을 쥐는... 이강과 해승, 지켜본다. 김가, 흘끔 버들을 보면... 눈물 탓에 시야가 흐려지는 버들.

김가   (엉거주춤 무릎을 꿇으면서) 그래... 내가 죽일 놈이야... 미안해... 별동대 명예를 생각해서라도 그랬으면 안 됐는데! (하면서 버들에게 단검을 날리는)

버들, 미련 없이 방아쇠를 당긴다. 버들의 머리 옆을 지나 기둥에 박히는 단검! 김가, 가슴에 총을 맞고 즉사한다. 이강과 해승, 버들을 보면...

버들   (총을 내리고) 잡것.

36.   산비탈 (밤)

김가의 시체를 비탈 아래로 굴려버리는 이강과 해승, 침통하다. 곁에선 버들
이 눈물을 찍어내고 있다.

해승   (옅은 한숨 내쉬고 이강에게) 이제 다음은 도채빈 건가?
이강   …
버들   으딨는지 뻔히 아는디 급헐 거 없잖여. 대둔산으로 가게.
해승   대둔산?
버들   살아남은 으병들이 그짝으로 갔다는디라?
해승   백대장…
이강   (가는)

따라가는 해승과 버들… 의연하게 걸어가는 세 사람의 모습에서…

37.   대둔산 일각 (낮)

널린 시체들… 불에 타버린 방책들… 미나미가 일본군과 조선군을 대동하고
현장을 수색한다. 일각에서 이두황과 현장을 둘러보는 이현.

이두황   이제 됐습니다! 전라도의 동비들, 완전 소탕입니다!
이현   (덤덤한)
이두황   (머쓱해지는)
이현   몇 명이나 될까요?
이두황   네?
이현   그동안 죽은 사람들 말입니다.
이두황   글쎄요. 너무 많아서… 동비에 그 가족들까지 합치면 최소 십만은 넘을 것입
니다.

이현	(가슴이 조여오는 답답함을 느끼는... 애써 덤덤한)
이두황	아무튼... 감축드립니다! 완전 소탕입니다!
이현	(보는)
이두황	(생글생글 웃는)

이현, 피식 미소 짓고 시체들을 가로질러 걸어간다.

38.   의주 – 두메산골 외딴 집 외경 (낮)

〈자막〉 이듬해 1895년 봄, 의주

유월, 밭을 정성껏 갈고 있다. 보부상1이 '유월 아짐' 하며 다가선다.

유월	(반갑게) 아유, 오랜만이구먼요!
보부상1	(어두운 표정으로 다가서는)
유월	(안색 살피고) 무슨 일인디요?
보부상1	(침통한)

카메라 뒤로 빠지고... 보부상1의 이야기를 들으며 안색이 어두워져가는 유월...

유월	어러신...

39.   전주여각 앞 (낮)

'謹弔'라 적힌 등이 걸려 있다.

40.   동 자인의 침소 (빈소) 안 (낮)

제사상 위에 봉길의 신주가 모셔진... 상복을 입은 자인이 초췌한 안색으로 앉아 있다. 먹먹하게 신주를 바라보는...

봉길   (E) 자인아.

플래시백〉18회 55씬의,
자인   **이?**
봉길   **기회 왔을 때 잘혀... 혀서... 꼭 거상이 돼야 헌다.**

현재〉
자인   (안타까운 한숨을 내쉬는)

문이 열리고, 이현이 들어온다. 자인, 일어선다.

이현   삼가... 고인의 명복을 빕니다.
자인   (말없이 목례하는)

이현, 나아가 분향을 한다. 무심하게 바라보는 자인.

41.   동 자인의 집무실 안 (낮)

자인과 이현, 차를 마시고 있다.

자인   토벌이 끝났다 들었습니다.
이현   해서 한양으로 올라가던 길입니다. 앞으로도 많은 협조를 기대하겠습니다.
자인   (조소를 머금는) 말씀은 고마운데 좀 무섭군요. 제가 전해주는 쌀이 또 얼마나 많은 사람들을 죽게 만들지...
이현   이제 그런 일은 없을 겁니다.
자인   과연 그럴까요? 얼마 전에도 일본군이 요동반도 여순에서 이만 명을 학살했다던데요.

이현 ...

자인 대둔산 전투에서는 아이 하나만 남기고 모두 죽었군요.

이현 맨몸으로 맹수에게 덤비다간 그리되는 것입니다. 맹수만 탓할 일이 아닙니다.

자인 (노기 어리는)

이현 아직도 동비들에게 미련을 버리지 못하셨군요. 역시... 이걸 보여드리는 게 낫겠습니다. (이강의 반장갑을 꺼내 건네는)

자인 (굳는)

이현 대둔산에서 발견된 것입니다.

자인 (떨리는 손으로 반장갑을 쥐는)

이현 (보는)

자인 ... 시신은요?

이현 글쎄요... 전부 불에 태워버렸으니... 지금쯤 재가 되어 있겠지요.

자인 (억장이 무너지는... 가까스로 참는)

이현 (일어나는) 선친께 감사하세요. 선친이 아니었으면 객주님도 지금 재가 되어 있을 겁니다. (나가는)

망연자실해하던 자인, 울음을 터뜨린다.

42. 동 마당 안 (낮)

대청에서 마당으로 내려서는 이현, 심경이 착잡하긴 마찬가지다.
쓸쓸하게 안채를 일별하고는 한숨을 내쉬는... 이내 마음을 다잡고 냉혹한
표정으로 걸어가는 이현.

43. 다시 자인의 집무실 안 (낮)

반장갑을 보듬으며 애절하게 우는 자인의 모습에서.

44.   한양 / 광화문 앞 (낮)

광화문 앞에서 기념사진을 찍는 일본인 관광객들. 갓 쓴 선비를 태운 인력거
가 달려간다. 양복을 입은 사람들이 눈에 띄게 늘어난 거리. 이현, 천우협 무
사들을 대동하고 대궐을 나온다. 더 날카롭고 차가워진 인상의 이현.

45.   일본공사관 외경 (낮)

이현   (E) 박영효를 만나고 왔습니다.

46.   동 다케다의 집무실 안 (낮)

다케다, 이현을 본다.

다케다   오랜만에 존경하던 사람을 만나 기뻤겠구만.

이현   실망이 컸습니다.

다케다   (보는)

이현   일본에선 되게 커보였는데... 지금은 왠지 좀 시시해 보이더군요.

다케다   (픽 웃고) 그건 오니 자네가 커버렸기 때문이야. 마치 아들과 아버지처럼.

이현   (피식) 아버지라... 썩 유쾌하지 않은 비유네요.

다케다   헌데 박영효는 갑자기 왜 만난 건가?

이현   ... 저도 이제 양지로 나가고 싶어서요.

다케다   (보는)

이현   동비도 사라졌고, 일청전쟁도 막바지... 조선의 정국이 안정되었으니 저도 관
직에 나가 뜻을 펴고 싶습니다.

다케다   (미소) 박영효는 뭐라던가?

이현   관직 경험이 전무하니 지방에서 경력을 쌓고 올라오라더군요.

다케다   지방이라... 자네에게 어울리는 곳이 어딜까?

이현	오니에게 어울리는 곳이 어디겠습니까?
다케다	... 고부?
이현	(미소) 보내주시겠습니까?
다케다	...

47. 고부관아 (낮)

나졸들이 지켜보는 가운데 쇠사슬에 발이 묶인 죄수들이 담장을 보수하고
있다. 끙끙대며 돌을 나르는 억쇠의 모습도 보인다. 아전1, 감독하는... 억쇠,
다리가 꼬여 쓰러지자 아전1이 걷어찬다.

아전1	잡것이! 요령 피덜 말어!
억쇠	한때 작청서 한솥밥 묵던 사람끼리 너무허는 거 아녀라?
아전1	머시여? 근디 이 동비늠이 디질라고! (작대기를 치켜들면)
억쇠	(어딘가 가리키며) 쩌그 누가 오는디요?

아전1, 돌아보면 말을 탄 전령이 달려온다.

48. 백가네 앞 (낮)

당손과 이화, 허겁지겁 뛰어온다.

| 당손 | (E) 장인어른! |

49. 동 안채 / 거실 안 (낮)

살림살이가 다소 나아진 실내 풍경.
백가와 채씨, 숨을 몰아쉬는 이화와 당손을 바라본다.

백가	으째 또 호들갑이여?
채씨	점빵에 먼 일 났냐?
당손	놀라지 마십시오!
채씨	아유, 답답혀서 못 듣것다. 이화야, 니가 야그혀 봐.
이화	이현이가 여그 신관사또로 온디야!
백가·채씨	!
당손	전라감영으로부터 방금 기별을 받았답니다요!
채씨	오매...
백가	그거이... 틀림없는 사실이것제?
당손	예! 관보에 쓰여진 신관사또 이름이 백자 이자 현자! 한 자도 틀림이 없답니다요!
채씨	(울컥하는)
이화	엄니... 인자 이현이 더는 걱정 안 혀도 되겠소.
당손	경삽니다! 백가네 최고 경삽니다!
백가	(감정이 격해지는... 일어나는)

50.   동 백가의 방 안 (낮)

백가, 들어온다. 실감이 나지 않는 표정으로 허공을 응시하다가 피식 웃음을 터뜨리는...

백가	거봐... 아부지 말대로 헝게 되잖애... 이현아... 인자 시작이다이...

백가의 표정이 집요해진다.

51.   대일상회 외경 (밤)

52.   동 일실 안 (밤)

이현, 다케다와 위스키 정도 마시고 있다. 얼큰히 취한 두 사람.

다케다   이제 간간이 자네랑 술 한 잔 하는 재미도 없어지겠군.

이현   (피식) 고부로 한번 놀러 오십시오. 저 일하는 것도 좀 보시고...

다케다   일할 생각 말고 한두 달 쉬러 간다 생각해.

이현   쉴 생각이었으면 다른 데를 갔겠죠. 고부는 제가 집강을 했던 곳입니다. ... 실패했던 곳이기도 하구요.

다케다   그럼 한동안은 만나지 못하겠군. 당분간 나는 고부에 갈 시간이 없을 것 같아.

이현   무슨 일이 있습니까?

다케다   시모노세키에서 청나라와 강화조약을 체결키로 했어. 말이 강화조약이지 청나라의 항복을 받는 자리지. 막대한 배상금에다가 요동반도와 대만이 우리 영토가 될 거야.

이현   !

다케다   한마디로 일복이 터진 거지.

이현   영토라고 하셨습니까?

다케다   그래... 우리 일본국의 영토.

이현   (피식 웃으며) 농담하지 마십시오.

다케다   농담이라니?

이현   개항이겠죠.

다케다   우리가 기껏 개항장이나 몇 군데 얻어내려고 전쟁을 벌인 것 같나?

이현   (보는)

다케다   요동반도와 대만은 이제... 일본땅이야.

이현   영토를 확장하는 것이 아니라 일본의 영향력을 확장하는 것이 전략 아니었습니까?

다케다   왜 이렇게 순진한 거야? 먹잇감이 눈앞에 있으면 먹어야지, 갖고 놀려고만 하면 되겠어?

이현   허면... 조선은요?

다케다   ?

이현   (추궁하듯) 일본 영토와 영토 사이에 낀 조선은요?

다케다   (거슬리는 듯 보다가) 일본의 보호국.

이현   (미간이 꿈틀하는)

다케다   (미소)

이현   조선의 외교권을 박탈할 거란 말입니까?

다케다   조선은 열강을 상대할 힘이 없으니까... 필요하면 군사권도 넘겨받아서 대신
지켜줘야겠지.

이현   외교와 군사권이 없는 나라를 나라라 할 수 있는 것입니까!

다케다   (빈정대는 어투로) 그렇게 서서히 만들어가는 거지... 일본의 영토로. (술 마
시는)

이현   (철렁하는)

다케다   (술잔 탁 놓고 일어나는) 아직도 일본과 조선 사이에서 우왕좌왕하는 모양
인데 내 말 명심해. 자네가 인정하든 안 하든 자넨... 일본이야.

이현   !

다케다, 나간다. 이현, 어이없는...

53.   동 앞 (밤)

다케다, 나오는... 탐탁찮은 기색이 역력하다.

54.   다시 일실 안 (밤)

전봉준   (E) 이제 일본은 곧 그 가면마저 벗어던질 것이네... 자넨 속았어... 완벽히.

이현   ...

55.   권설재판소 앞 (낮)

'권설재판소¹'라는 현판이 붙은 관청. 백성들이 몰려와 있다. 일본군들, 삼엄하게 경계를 펼친다. 퀭한 눈빛의 이현, 홀로 걸어오다가 멈춘다. 자인이 나타난다.

자인 재판을 참관하고 싶습니다.
이현 ... 따라오세요. (들어가는)
자인 (지체 없이 따라가는)

56. 동 마당 안 (낮)

자인, 이현과 들어오면 최경선, 손화중을 비롯한 죄수들 여러 명이 겹겹이 앉아 있다. 앞 열 가운데 자리만 비어 있는... 동서양 기자들과 외교관들이 참관하고 있다. 이현, 마당을 가로질러 안채로 향한다.

57. 동 일실 안 (낮)

일본군이 문가를 지키는... 전봉준, 바닥에 앉아 있다. 그 앞에 이현, 조금 착잡한 표정으로 바라본다.

이현 이노우에 공사께서 재판 전에 한 번만 더 장군의 의중을 물어보라 하십니다.
전봉준 (피식) 헛수고를 하였구나.
이현 (무릎을 굽혀 마주 보는... 조금 허심탄회한 어조로) 임금까진 바라지도 않으니 대원군이 시킨 거라고 자백을 하십시오.
전봉준 그럼 이번에는 대원군을 붙잡아서... 임금이 시킨 거라는 자백을 받으려 들겠지. 그걸 빌미로 임금을 폐위하고... 조선을 자기네 나라로 만들려 들겠지.
이현 ...

---

1 권설재판소: 임시로 설치한 재판소.

다케다   (E) 그렇게 서서히 만들어 가는 거지... 일본의 영토로.

전봉준   내가 죽어야 너희 형 같은 의병들의 투지가 산다. 그래야 이 나라가 실낱 같은 희망이나마 이어갈 수 있는 것이다.

이현   공사께 그리 전하지요. (일어나는)

나가려던 이현, 미련이 남는 듯 전봉준을 돌아본다.
평온하게 두 눈을 감은 전봉준...

이현   (망설이다) 전주에서 장군께서 말씀하신 대로... 제가 만약 일본에 속은 것이라면... 저는 어찌해야 되겠습니까?

그러나 전봉준, 눈을 감은 채 아무런 말이 없다. 조금 간절한 마음으로 지켜보던 이현, 나간다.

58.   동 마당 안 (낮)

전봉준이 피고인석에 앉아 있다. 피고인들 주변으로 기자들과 참관인들이 가득 차 있다. 굳은 표정의 이현과 자인도 보인다. 재판관들 중앙에 앉은 서광범이 판결문을 읽어 나간다.

서광범   이상에 열거한 죄상은 수괴 전봉준과 공모자 손화중, 최경선의 공초! 압수한 증거문적 등으로 미루어 모두 사실임에 분명하다! 이에 조선국 법무아문 권설재판소는 다음과 같이 판결한다! 대전회통 형전 중 군복을 입고 말을 타고서 관아에 변을 일으키는 자는 참형에 처한다는 조목이 있는 바! 이에 의거하여, 피고 성두한! 피고 김덕명! 피고 최경선! 피고 손화중!... 사형!

최경선   (피식)

손화중   (주문을 읊조리는)

서광범   피고 전봉준... 사형!!!

전봉준   ...

법정이 숙연해진다. 자인, 애써 감정을 억누르는... 서광범 등 재판장들, 퇴정한다. 옥리들이 최경선, 손화중 등을 이끌고 나간다.

손화중 (소리치는) 장부로 태어나 나라와 백성을 위해 최선을 다해 싸웠으니 죽어도 여한이 없소이다!!!

최경선 (끌려 나가며 전봉준에게) 장군! 저승길도 지가 모시겠습니다!

전봉준 (미소)

옥리들, 전봉준을 들것에 태워 끌고 나간다. 탄식하던 자인, 이현에게 다가선다.

자인 오니상. 청이 하나 있습니다.

이현 (보는)

59. 동 일각 (낮)

일본군이 앞장서고 순검과 옥리들이 들것에 앉은 전봉준을 호송해온다. 구경꾼들, 안타까운 시선을 보낸다. 전봉준, 덤덤히 앉아 있는...

자인 (E) 잠깐만요!

호송단이 멈춘다. 사진기를 든 무라카미를 데리고 자인이 나타난다.

자인 (눈물 그렁해서) 장군께서 하실 일이 있습니다.

전봉준 (부드럽게) 말해보시오.

자인 (일본어) 이리 오세요.

전봉준, 보면 사진기를 든 무라카미 텐신이 경망스럽게 나타난다.

무라카미 (인사하며, 일본어) 사진사 무라카미 텐신입니다!

전봉준	(보는)

〈시간경과〉

일각에서 지켜보는 이현... 무라카미, 촬영 준비를 한다. 전봉준, 조금 어색한 표정이다.

자인	전주에서 그러셨지요? 슬퍼하지 말고 기억하라구요. 이제 모두가 장군을 기억하게 될 것입니다.
전봉준	어찌하면 되는 거요?
자인	(사진기 가리키며) 저걸 똑바로 보면서 이렇게 생각하시면 됩니다.
전봉준	어떻게?
자인	저건 백성이고... 백성으로 태어날 자들이다.

전봉준, 사진기를 바라본다.

무라카미	(일본어) 자, 찍습니다~
자인	(물러나는)
무라카미	(일본어) 하나... 둘...
전봉준	(안광이 번득이는)
무라카미	셋!

찰칵! 실제 전봉준의 사진을 재현한 스틸 컷에서!

60. 고부 – 백가네 마당 안 (낮)

이화와 채씨, 입이 떡 벌어져서 바라본다. 짐꾼들이 들어와 일각에 짐을 부린다. 백가네에 바치는 선물들이다. 부자, 양반들이 안채를 향해 줄을 지어서 있다.

61. 동 안채 복도 안 (낮)

어깨에 잔뜩 힘이 들어간 당손 앞에 사람들이 줄지어 있다.
양반 한 명이 굽실대며 나온다.

당손 다음!

62. 동 안채 거실 안 (낮)

거만한 표정으로 앞에 앉은 안일방1을 굽어보는 백가.

백가 예전에 호방허던 선배님 아니셔라? 어따~ 겁나게 오랜만이네요이...
안일방1 난리통에 당최 정신이 없어가꼬... 그래도 백가 자네 걱정 많이 혔어... (헤 웃는)
백가 (피식) 그러셨습니까? 근디 여근 으쩐 일이시다요?
안일방1 산삼 몇 뿌리 가져왔구먼... 앞으로 잘 좀 부탁허네이.
백가 (슥 산삼 보고) 어따 그늠 실허게 생겼네이... 근디 우리 아들이 겁나게 청렴결백혀가꼬 이런 거 밸로 좋아허덜 않을 틴디...
안일방1 아유, 무슨 그런 섭한 말을 허고 그랴... 자네헌티 주는 거여. 이현이허곤 아무 상관읎당게!
백가 참말이지라이.
안일방1 그라제!
백가 뭐... 그럼 성으를 거절허는 것도 경우는 아니니께... (산삼 꺼내서 한입 베어 먹는...) 써글~ 씹도 안 혔는디 힘이 불끈불끈 허네!

63. 황진사댁 앞 (낮)

상복을 입은 명심, 하인과 함께 걸어온다. 수심이 가득한 표정이다.

당손   (E) 여기 좀 봅시다.

명심, 돌아보면 당손이 백가와 서 있다. 백가, 씨익 웃는... 명심, 불길한...

64.   동 석주의 방 안 (낮)

빈소가 그대로 모셔져 있는... 백가와 명심이 앉아 있다.

백가   참말로 대단허쇼이. 아들도 아니고 여동생이 삼년상 치를 생각을 다 허시고
       요...
명심   참다운 양반이길 원하셨던 분이시니 응당 격식과 예법대로 보내드려야지요.
백가   여자가 이리허는 것도 법도는 아니잖여라.
명심   (보는)
백가   허심탄회허니 까놓고 말씀드리겠습니다. 대충 마무리허셔서 고부 뜨시지라
       이.
명심   ... 그게 무슨 말씀이오?
백가   이현이가 신관사또로 부임허는 거 못 들으셨습니까?
명심   들었소.
백가   이현이 인자 고부서 시작혀서 대궐까지 직행헐 늠입니다. 수신제가 혀서 치
       국평천하라 갰으니께 인자 배필 얻어서 혼례도 치러야 헙니다. 근디 아씨가
       여그 이리 버티고 기시믄 고거이 이현이 목구녕에 걸린 가시 아니겠소?
명심   (이를 악무는) 나가시오.
백가   나넌 분명히 말혔습니다이...
명심   금수만도 못한 인간 같으니! 이것이 망자의 위패 앞에서 입에 담을 소리더란
       말이냐!
백가   (피식, 싸하게) 참고로 나가 두 번째는 말로 안 허는 늠이요.
명심   !

백가, 나가는... 명심, 억장이 무너지는...

65.   동 마당 안 (낮)

마당으로 내려서는 백가. 기다리던 당손이 맞는다.

당손   뭐랍니까요?
백가   길이나 잡어.
당손   예... (앞서가는)

백가, 안채를 싸늘하게 일별하고 걸어간다.

66.   동 별당 외경 (밤)

67.   동 명심의 방 안 (밤)

명심, 서안 앞에 홀로 앉아 눈물을 흘린다. 두려움과 분노와 서러움에 짓눌린 그녀의 모습이 애처롭다.

68.   동 마당 안 (밤)

어둠 속, 담장을 뛰어넘는 누군가의 다리! 별당을 향해 재빨리 나아간다.

69.   동 명심의 방 안 (밤)

명심, 눈물을 닦고 서책을 펼친다. 마음을 진정시키려 애쓰는데 문 밖에서 인기척이 들린다.

명심　(흠칫) 행랑어멈?

아무런 대답도 없는... 명심, 황급히 은장도를 꺼낸다.

명심　누구냐?

저벅저벅 발소리가 들린다. 공포심에 명심의 온몸이 떨려온다.
문이 벌컥 열리고 만신창이가 된 이강이 모습을 드러낸다.

명심　... 당신은?
이강　(피식) 동무들이 많이 다쳤소... 신세 쪼까 져도 되겠소?
명심　(보면)

버들을 부축한 해승이 이강 뒤에서 모습을 드러낸다. 명심, 벙한... 이강, 피식
웃는다.

70.　고부 말목장터 (낮)

나장　물렀거라~ 신관사또 행차시다~!

관복을 입고 교자를 탄 이현이 나타난다. 백성들, 일제히 무릎을 꿇는다. 당
당하게 나아가는 행렬... 교자를 탄 이현의 헛헛하고 시니컬한 표정에서 엔
딩!

24회

1.   (23회 엔딩씬의) 고부 말목장터 (낮)

나장   물렀거라~ 신관사또 행차시다~!

관복을 입고 교자를 탄 이현이 나타난다. 백성들, 일제히 무릎을 꿇는다. 당당하게 나아가는 행렬... 교자를 탄 이현의 헛헛하고 시니컬한 표정에서.

2.   황진사댁 석주의 방 안 (빈소) (낮)

이강과 해승, 팔과 다리를 다친 버들을 부축해 들어온다. 명심, 약재를 들고 들어온다. 해승, 버들을 눕힌다. 이강, 석주의 위패를 먹먹하게 바라본다.

명심   (약재 내려놓으며) 안채에 하인들의 출입을 금하였으니 당장은 안전할 것입니다.
버들   (맥없는) 빈소에 요로코롬 폐를 끼치믄 안 되는디...
이강   (명심에게) 오래 있진 않겠소.
명심   바깥출입은 삼가셔야 합니다. 백대장의 부친이 집 주변을 감시하고 있을지 모르니까요.

이강	... 뭔 일 있소?
명심	고부를 떠나랍니다. 동생분이... 군수가 됐거든요.
이강	고부군수가 이현이라고요?
명심	예. (인사하고 나가는)
해승	놈이 제 무덤을 파러 왔군.
이강	...

3.   고부관아 동헌 안 (낮)

모여 있는 아전과 관속들, 두려움이 가득한 얼굴이다. 이현이 들어선다.

아전1	사또! 부임을 감축드립니다~!!!
일동	감축드립니다~!!!

일제히 부복한다. 이현, 둘러보면 일각에 백가, 채씨, 이화, 당손만이 감격스러운 표정으로 서 있다. 백가, 다가선다.

백가	이현아... (눈물이 그렁해지는)
이현	(덤덤한 어조로) 놀랍네요. 우시는 겁니까?
백가	(눈물 찍어내는) 주접 안 떨라갰디 미안허다. 생전 처음 사또 앞에서 허리를 펴보니께... (울컥) 겁나게 감격시러가꼬...

이현, 덤덤히 식구들을 둘러본다. 조심스레 '처남?' 하며 손 살짝 들어 보이는 당손... 그 곁에서 울먹이는 채씨와 이화... 이현, 인사한다. 감격한 채씨, 다가와 이현을 얼싸안는다.

이현	어머니...
채씨	인자는 사람 해치믄 안 된다이. 훌륭헌 사또가 되란 말여. 알었지야?
이현	...

4.   동 수령 집무실 안 (낮)

이현, 들어온다. 장부책을 든 아전들이 바짝 긴장해서 따라 들어온다.

아전1   고부관아 현황허고 육방관속[1] 사무를 보고드리겠습니다.

이현, 거추장스러운 듯 관모를 벗고 품에서 권총을 꺼내 탁자에 올려놓는다. 아전들, 흠칫하는...

이현   작년하고 뭐, 달라진 게 있습니까?
아전1   빠, 빤한 동넨디 뭐 일 년 새 그럴 만헌 게 있었어라?
이현   그럼 나가서 일들 보세요.
아전1   야. (아전들과 나가다 말고) 달라졌다므는... 고거이 쪼까 변했구먼이라.
이현   (보는)
아전1   난리통에 군민들 쪽수가 줄어들어브렀지라이.
이현   얼마나요?
아전1   반토막 나브렀는디요.
이현   ...

아전들, 눈치를 보며 나간다. 감정이 느껴지지 않는 표정의 이현.

5.   의주 – (23회의) 외딴 집 (낮)

유월이 보리타작을 하고 있다. 자인이 들어선다.

자인   유월 아짐!

---

1   육방관속: 지방관청에 소속된 아전들.

유월	(헉!) 객주님!
자인	(미소)

6.   동 일실 안 (낮)

유월, 삶은 감자가 놓인 소반을 자인 앞에 놓는다.

유월	땅이 꽉꽉혀가꼬 전라도서 캔 것만은 모더겄지만 개두 한번 드셔보셔라.
자인	와, 맛있겠다! (먹는)
유월	근디 이 먼 의주꺼정은 으쩐 일이시대요?
자인	한양에 녹두장군 재판을 보고 왔다가 내친 김에 의주까지 와버렸습니다. 새로운 일거리 때문에 만날 사람들이 좀 있어서요.
유월	재판은 결과가 으찌 됐는디요?
자인	사형을 선고 받았습니다.
유월	선고믄... 돌아가신 거란 말여라?
자인	아뇨. 아직은 살아 계십니다.
유월	(한숨 내쉬고) 그라믄 혹시... 이강이 늠 소식은 좀 들으셨능게라?
자인	...
이현	(E) 대둔산에서 발견된 것입니다.

플래시백〉23회 41씬의,

자인	**... 시신은요?**
이현	**글쎄요... 전부 불에 태워버렸으니... 지금쯤 재가 되어 있겠지요.**

현재〉

자인	(얼른 미소) 간간히 소식이 들리긴 하는데 여전히 동에서 번쩍, 서에서 번쩍 하는 모양이더군요.
유월	(안도하는) 야... (행복해지는)
자인	(안쓰럽게 보다가) 그래서 저도 한번 해보려구요.
유월	머슬 허실라고요?

자인	새로운 일거리... 의병요.
유월	!
자인	정확히는 의병들 물주라고 해야겠죠. 유월 아짐이 의주에서 전달책을 해주시겠습니까?
유월	객주님도 참... 아, 창의군 별동대장 엄니에다 집강소 집사가 안 허믄 누가 허 겄어라?

먹먹해지는 자인... 누가 먼저랄 것도 없이 손을 마주 잡는 두 사람의 모습에서.

7.   **백가네 안채 마당 안 (낮)**

잔치판이 벌어지고 있다. 악사들이 음악을 연주한다. 채씨와 이화의 지시 속에 하인들이 분주히 음식과 술을 나른다. 양반, 아전, 안일방 원로들, 부자들이 곳곳에 앉아 있다. 이현은 홀로 앉아 술을 마시고 있다. 백가가 당손을 데리고 인사를 하러 다닌다. 쏟아지는 칭찬과 아부... '감축드립니다', '앞으로 잘 좀 봐주쇼이', '어따 자식농사 잘 지셨소'... 입이 귀에 걸리는 백가... 백가 대신 축하주를 마시며 신나하는 당손. 잔치 분위기가 한창인... 약간 취한 양반1이 술병을 들고 이현에게 굽신대며 다가선다.

양반1	사또 나리! 소인이 약주 한 잔 올리겠습니다요.
이현	... 됐습니다.
양반1	아유, 그러지 마시고 존경의 의미루다가 한 잔만 따르게 해주십시오.
이현	(마지못해 술잔을 들면)
양반1	(따르며) 실세 사또가 오셨으니 고부의 앞날이 훤헙니다, 그려.
이현	제가 실세라구요?
양반1	일본공사관이 밀어주는 분이지 않습니까?... 오니상!
이현	... 그렇군요.

술잔을 비운 이현, 벌떡 일어나 좌중을 둘러본다. 사람들, 말을 멈추고 이현

을 주목한다.

이현	(일본어, 조소를 머금고) 뭐가 다들 그렇게 즐거워?
일동	!
이현	(일본어) 일본 앞잡이가 왔다고 분개해야 정상이잖아... 그런데 너희들 왜 이래? 이제 고부에 정상은 아무도 없는 거야?
일동	(의아하거나 불안해하는)
이현	(일본어) 아무도 없냐구!!!
백가	이현아!!!
이현	(보는)
백가	(엄하게) 으째 이려!
이현	(피식) 아, 미안해요... 여기 아직 조선이었지... 내가 잠시 착각을 했습니다... (술잔 들고) 자~ 자, 모두 즐겁게 술잔을 들어보세요!
일동	(엉거주춤 잔을 들면)
이현	(일본어) 천황폐하! 만세!!!

어리둥절해하면서 머뭇대는 사람들. 당혹스러운 백가. 킥킥대다가 술잔을 집어던지고 들어가 버리는 이현... 멍한 채씨, 이화, 당손, 노기 어리는 백가.

8.   동 이현의 방 안 (낮)

이현, 벽에 기대어 앉아 허공을 응시하고 있다. 백가, 들어온다.

백가	(애써 부드러운 어조로) 잔치 파장했다.
이현	...
백가	(탐탁찮은) 도채비 다 된 줄 알았드면 아직 사람인겨?
이현	(거슬리는 듯 보는)
백가	(킬킬대는) 이래가꼬 정승 되겄냐?
이현	사람은 정승이 못 되는 것입니까?
백가	이현아. 위로 올라간다는 거슨 말이여... 밟고 간다는 뜻이여.

이현	(보는)
백가	계속 밟아야 되는겨... 계단이건... 사람이건.
이현	(킥킥대고는 싸하게) 필요하다면 아버지도 말입니까?
백가	(굳는... 섬뜩한)
이현	나가세요.
백가	(나가다가 멈추는) 옛날에 헌 짓 따위 신경 쓰덜 말어. 기억은 세월을 이기덜 못 혀. (나가는)
이현	(피식)

9. 동 백가의 방 안 (낮)

얼큰히 취한 당손, 트림을 참으며 백가 앞에 서 있다.

백가	전주 가서 매파들 좀 만나 봐.
당손	예. 장인어른.

10. 동 거실 안 (낮)

채씨와 이화, 당손을 본다.

채씨	매파는 으쩨?
이화	뻔허잖애. 이현이 장가 보낼라는 모양이제.
당손	(혀가 조금 꼬이는) 뼈대 있는 집안 규수들로 골라오랍니다요.
채씨	(뭔가 생각하고) 이화야.
이화	이?
채씨	이현이 명심이허고 다시 붙여보는 건 으뗘? 아무리 봐도 쟈 마음잡어줄 배필은 명심이뿐인 거 같다.
이화	(솔깃한) 그거 좋은 생각인디? 인자 황진사도 없웅게...
당손	장인어른이 이미 정리를 했습니다.

채씨	무신 정리?
당손	명심이한테 고부 떠나라고 최후통첩을 탁, 날렸다니까요.
이화	오매...
채씨	이런 오살헐 느므 인사 같으니라고...

11.   황진사댁 앞 (밤)

채씨와 이화, 걸어온다.

이화	엄니, 아부지 알믄 난리날 틴디...
채씨	인간 겉잖은 인간, 난리 부려봤자제... 명심이 갸 혼자서 시방 을매나 불안허 겄냐? (하면서 대문 앞에 서는) 오매.

대문에 '閉門(폐문)' 이라 쓰인 종이가 붙어 있다.

채씨	멀쩡헌 대문을 으째 막어놨디야?
이화	안채에 빈소를 모셔놨다잖애. 쪽문으로 가게.

12.   동 별당 / 마당 안 (밤)

이강, 명심에게 헝겊을 받아 나온다.

명심	아침에도 차도가 없으면 말씀하세요. 의원에게 약을 지어오겠습니다.
이강	강헌 사람이니께 곧 나슬 것입니다. 그나저나 아씨는 인자 으쩌실라고요? 고 부 뜨시게요?
명심	고부에는 아무런 미련도 없습니다. 다만 오라버니가 평생을 바친 곳이니 탈 상하기 전엔 한 발짝도 움직이지 않을 것입니다.
이강	... 그리될 것입니다. (가는)
명심	(들어가는)

쪽문에서 모습을 드러내는 채씨와 이화. 흡사 귀신을 본 듯한 표정이다.

채씨   방금 갸... 이강이 맞제?
이화   이. 살어 있었구면...
채씨   이화 느... 이거 절띠 발설허믄 안 되야, 알었냐?
이화   그려.
채씨   그냥 가게.

채씨와 이화, 사라진다.

13.   **동 안채 / 석주의 방 안 (빈소) (밤)**

이강, 끙끙 앓는 버들을 걱정스레 바라본다. 팔의 상처를 살펴보는 해승의
안색이 유난히 어둡다. 버들, 눈을 뜬다.

이강   버들 접장, 정신이 좀 드능가?
버들   (간신히 몸을 일으키며) 나 몰러? 이 정도로 *끄떡없당게*.
이강   *끄떡없는* 사람이 툭허믄 정신줄을 놓는당가?
버들   (피식) 대장헌티 관심 받을라고 그라는 모양이제.
이강   (너털웃음) 음마? 그려 관심 팍팍 줄 테니께 싸게 인나기나 혀. 도채비 안 잡
         을겨?
버들   미우나 고우나 핏줄인디 대장은 나설 생각 말어. 나가 해승 접장허고 잡을라
         니께.
이강   맘은 고마운디 그래도 대장이 앞장을 서야제.
버들   (쓰읍)
이강   아, 그려... 알었응게 싸게 기운이나 차려. 오매, 대장도 아녀, 나는...
해승   백대장. 나 좀 잠간 보세. (나가는)
이강   ?

14. 동 뒤란 (밤)

이강, 해승에게 다가선다.

이강 부상 한두 번 당헌 것도 아닌디 이번엔 영 맥을 못 추네요이. 먹는 게 부실혀서 긍가...

해승 버들 접장... 이제 그만 보내줘야 할 것 같아.

이강 !

해승 (침통한)

이강 (믿기지 않는) 그게 먼 소리다요?

해승 납탄의 독이... (울컥) 몸 안에까지 퍼졌어.

이강 그럴 리가 읎소. 으원을 델꼬 올라요. (가는데)

해승 (잡는) 부질없는 짓이야.

이강 해승 접장...

해승 이미 본인이 더 잘 알고 있을 거야. 상처뿐 아니라 온몸이 썩어 들어가는 고통을 느끼고 있을 테니까...

이강 (억장이 무너지는)

15. 다시 석주의 방 안 (빈소) (밤)

버들, 홀로 앉아 있다. 손목의 구슬 팔찌를 바라보는... 투두둑, 눈물이 떨어진다.

버들 (눈물 닦으며) 잡것이... 으째 주접을 떨고 지랄이대?

16. 다시 동 뒤란 (밤)

분루를 삼키는 해승... 안타까움에 어쩔 줄 모르는 이강의 모습에서.

17.　황진사댁 / 석주의 방 안 (빈소) (낮)

잠들어 있던 이강, 눈을 뜬다. 몸을 일으켜 둘러보면 해승, 곤히 잠든... 그러나 버들의 자리가 비어 있다.

이강　　고집허고는... 측간갈 띠 야그를 허라니께... (하다가 멈칫하는)

베개와 요 사이에 쪽지가 끼어 있다. 불길한 예감이 엄습한 이강, 쪽지를 펴 본다. 표정이 굳어지는...

이강　　해승 접장... 해승 접장!
해승　　(벌떡 일어나는) 무슨 일이야?
이강　　(쪽지를 읽을수록 눈망울이 떨리는)
버들　　(E) 대장, 해승 접장... 그간 고마웠소이.

18.　거리 (낮)

헝겊으로 싼 총을 들고 힘겹게 걸어가는 버들의 모습 위로...

버들　　(E) 나가 다시 쌩쌩해지긴 글러브러가꼬... 기운이 쪼매라도 남아 있을 띠 헐 일 허고 갈라고.

19.　백가네 / 이현의 방 안 (낮)

이현, 의관을 갖춰 입는다.

버들　　(E) 도채비... 나가 델꼬 가겄소.

20.   황진사댁 / 안채 마당 안 (낮)

탕약을 들고 들어오는 명심. 해승과 함께 뛰쳐나오는 이강. 명심, 흠칫 놀란
다. 뛰쳐나가는 이강과 해승의 모습 위로...

버들   (E) 나는 먼저 가서 접장들이랑 놀고 있을라니께... 워치케든 천천히들 오쇼.

21.   백가네 앞 (낮)

교자가 놓여진... 나졸들이 삼엄한 경계를 서는...
골목 모퉁이에 몸을 숨기고 총의 헝겊을 벗기는 버들.

버들   (E) 대장... 송객주허고, 좋은 시상서, 재미진 일 많이 허고 오드라고.

백가, 채씨, 이화의 환송을 받으며 집을 나선 이현이 교자에 올라탄다. 버들,
총을 바투 쥔다.

버들   (E) 버들이... 인자 가네이.

구슬팔찌에 입을 맞추고 이현의 행렬을 향해 뛰어나가는 버들! 행인들이 깜
짝 놀라 물러선다. 무감한 표정의 이현, 일각의 소란에 고개를 돌리면... 버들
이 간신히 총을 겨눈다. 그러나 부상으로 인해 가늠자가 흔들리고, 방아쇠를
당기지만 빗나간다. 총성에 순식간에 아수라장으로 변하는 현장! 교자에서
뛰어내리며 권총을 뽑아드는 이현! 도망치는 행인들! 우왕좌왕하는 나졸들!
혼비백산한 채씨와 이화!

백가   (어딘가 보고) 쩌그여! 쩌그!

이현을 향해 비틀비틀 걸어오며 사격하는 버들! 이현 옆의 나졸이 다리를
맞고 쓰러진다! 이현, 응사한다! 마침내 조준을 포기한 버들, 달려드는 나졸
들을 향해 닥치는 대로 난사한다! 그 틈에 이현, 차분하게 버들을 조준한다!
나졸의 칼에 베임과 동시에 나졸을 사살하는 버들! 울컥 피를 토하며 이현
을 향해 방아쇠를 당기는 버들! 동시에 이현의 총구가 불을 뿜는다. 탕! 탕!
이현의 팔과 버들의 가슴에서 피가 솟구친다. 털썩 무릎을 꿇는 버들, 이현
을 죽일 듯이 노려본다.

버들   (절규하듯) 도채비~!!!

안간힘을 써서 다시 일어나는 버들! 그녀를 향해 짓쳐드는 나졸들의 창검!
이현, 권총을 겨누고 달려와 선다. 버들이 이현을 노려본다. 황망한 이현... 백
가... 채씨... 이화... 이윽고 버들의 눈이 서서히 감긴다.

22.   백가네 안채 / 거실 안 (낮)

의원, 총알이 스친 이현의 팔을 치료하고 있다. 채씨와 이화, 두려움이 가시
지 않는 듯 떨고 있는... 백가, 식식대며 서성인다.

백가   잡것이, 감히 누구헌티 덤비고 지랄이여? 이현아! 저년 말고 일당이 또 있지
         않겠냐?
채씨·이화 !
이현   그랬다면 혼자 공격을 했겠습니까?
백가   그래도 혹시 모르니께 고부를 이 잡듯이 뒤져야 혀. 수상헌 늠들 싹 잡어다
         가 물고를 내믄 또 으디서 언 늠이 튀어나올지 몰러.
이현   필요 없습니다.
백가   이현아!
이현   필요 없다지 않습니까!
백가   !
이현   이건 내 일이에요. 아버진 나서지 마세요.

백가	(말문 막히는)
이화	(떨리는) 근디 엄니... 나 으째야 되는겨?
이현	(보면)
채씨	(파르르 떠는)
백가	갑자기 먼 소리여?
이화	아니... 나가 이거를 야그를 혀야 되나 으쩌나 몰러가꼬... 아, 엄니!
채씨	(눈물만 글썽이는)
백가	머 아는 거 있구먼! 싸게 말혀 봐.
채씨	(토하듯) 이현아...
이현	(보는)
채씨	(보는)
백가	말허라고!!!
채씨	이강이가...
이현	!
채씨	(우는) 이강이가 살어 있구먼!

백가, 벙한... 이화, 탄식하는... 채씨, 오열하는...

23.   **황진사댁 / 석주의 방 안 (빈소) (낮)**

이강과 해승, 비통한 표정으로 앉아 있다. 명심이 보퉁이를 들고 다급히 들어
온다.

명심	급한 대로 돈과 먹을 것을 챙겨봤습니다. 날이 어두워지면 속히 떠나세요.
이강	해승 접장... 오늘 끝을 봐야겠지라?
명심	!
해승	그래... 이제는 끝내자구. (하는데)

대문이 열리는 소리, 쾅! 일동, !

24.   동 마당 안 (낮)

창검과 총을 든 나졸들이 들어와 안채를 포위한다.

25.   다시 석주의 방 안 (빈소) (낮)

겁에 질린 명심. 문가에 붙어선 해승과 이강.

해승   빌어먹을... 포위됐어.
이강   ...

26.   다시 마당 안 (낮)

침묵이 흐르는... 안채의 문이 벌컥 열리고 이강과 해승, 명심이 걸어 나온다.
나졸들, 무기를 겨눈다.

해승   여인은 아무 잘못 없소. 우리한테 겁박을 받은 거요.

이강과 해승, 무기를 버린다. 나졸들이 달려들어 포박한다. 명심, 털썩 주저앉
는다. 나졸들이 무릎을 꿇리자 거칠게 반항하던 이강이 멈칫한다. 권총을 든
이현과 백가가 들어온다. 백가, 믿기지 않는다는 표정으로 이강을 본다. 이강,
피식 웃는...

이현   대단하시네요. 여태 살아 계셨습니까?
이강   느헌티 나가 약속헌 거시 있잖애. 기억허제?
이현   다음에 보면 저를 꼭 죽이겠다고 하셨지요.
백가   이런 미친늠...

피식 웃는 이강... 덤덤히 바라보는 이현... 두 형제의 모습에서.

27.　　일본공사관 앞 (낮)

다케다, 걸어 나와 마차 앞에 선다. 공사관에서 서양 외교관 세 명 정도 걸어
나와 마차에 오른다. 이노우에, 따라 나와 인사를 한다. 마차가 떠나자 이노
우에와 다케다의 표정이 심각해진다.

28.　　경복궁 건청궁 앞 (낮)

김홍집, 뛰어 들어간다.

김홍집　　(E) 기쁜 소식이옵니다!

29.　　동 관문각 안 (낮)

고종과 중전, 놀란 표정으로 김홍집을 바라본다.

고종　　기쁜 소식이라니?
김홍집　　법국[2], 아라사[3], 덕국[4], 세 나라의 정부에서 일본의 요동반도 소유를 반대하
　　　　고 나섰사옵니다!
중전　　!
고종　　그들 삼국이 어찌 일본을 간섭하고 나선 것인가?
김홍집　　이들 삼국이 일본이 요동반도를 갖게 되면 청나라의 수도가 위태로울 뿐 아

2　　법국: 프랑스.
3　　아라사: 러시아.
4　　덕국: 독일.

니라 조선의 독립이 유명무실해진다며 즉각 청나라에 반환하라 요구하였사옵니다!

고종 　　(화색) 오, 저런!

중전 　　해서! 해서 일본은 어찌한다 합니까?

김홍집 이등박문 내각이 발칵 뒤집혀서 대책을 마련하고 있다 하옵니다! 하오나 아라사가 군함을 출동시키는 등 삼개국과 전쟁이 터질 수도 있사온지라 일본으로서도 묘책이 없는 것으로 사료되옵니다!

중전 　　(고종에게) 하늘이 도왔습니다! 비로소 조선에 서광이 비치는 듯하옵니다!

고종 　　(들뜬)

30.　일본공사관 / 다케다의 집무실 안 (낮)

격노한 다케다, 소리를 지르며 책상 위의 서류를 쓸어버린다. 숨을 몰아쉬는데 노크소리 들려오는... 다케다, 신경질적으로 돌아보면 자인이 들어온다.

자인 　　제가 때를 잘못 맞춰 왔군요.

다케다 (훅! 숨 내쉬고 이내 부드럽게) 무슨 일입니까?

자인 　　계약했던 마지막 군량미를 납품하였기에 알려드리러 온 것입니다.

다케다 (씁쓸한 미소로) 역시 최후의 승자는 장사꾼이라니까...

자인 　　네?

다케다 우리는 피땀 흘려 뺏은 요동반도를 토해내기 일보 직전인데 송객주 금고의 돈은 변함이 없을 테니까 말입니다.

자인 　　일본 덕분에 번 돈이니... (의미심장하게) 일본과 관련된 일에 아낌없이 쓰겠습니다.

다케다 (피식) 그만 나가보시오.

자인 　　(인사하고 나가다가) 헌데 전봉준은 언제 처형되는 것입니까?

다케다 (귀찮은 듯 보다가) 오늘.

자인 　　!

31. 처형장 건물 앞 (밤)

포도청 느낌의 건물. 차인을 대동한 자인이 다가오자 경계병이 막아선다. 자인, 안타까운 듯 처형장을 바라본다.

32. 동 안 마당 (또는 복도) (밤)

들것에 앉은 전봉준 뒤로 손화중, 최경선, 김덕명, 성두한 등이 압송되어간다. 덤덤한 표정의 전봉준, 노기 어린 최경선, 조금 지친 기색의 손화중, 김덕명, 성두한.

33. 처형장 안 (밤)

김홍집, 이노우에, 다케다, 그리고 서광범 등의 재판관들, 참관석에 앉아 있다. 이규태와 이두황이 처형대를 지킨다. 형리의 부축을 받고 들어오는 전봉준을 필두로 사형수들이 들어와 처형대 위에 앉혀진다. 집행인들과 사형수들 간에 침묵의 대면!

서광범   성두한.
성두한   (노려보는)
서광범   김덕명.
김덕명   (피식)
서광범   최경선.
최경선   어른 함자 함부로 부르덜 말어.
서광범   (큼) 손화중.
손화중   (눈을 감은 채 나직이 주문을 읊조리고 있는)
서광범   전봉준.
전봉준   (부드러운 미소)
서광범   형을 집행하기 전에 남길 말은 없는가?

전봉준 … 내가 불만이 아주 많소.

일동 (보는)

전봉준 내 종로 한복판에서 목이 잘려 죽으려 하였거늘… 만백성이 보는 앞에서 피를 뿌리고자 하였거늘… 어찌 이런 도적떼 소굴만도 못한 곳에서 죽이는 것이오?

서광범 (당혹스러운 듯 돌아보면)

이노우에 (다케다의 통역을 듣고, 일본어) 문명국 일본의 배려로 교수형에 처해짐을 다행으로 아시오!

다케다 문명국 일본의 배려로 교수형에 처해짐을 다행으로 알라 하십니다.

전봉준 부탁이 하나 있소.

김홍집 말해보시오.

전봉준 내가 죽으면 귀를 깨끗이 씻겨주시오. 저승길에 개소리가 들리면 아니 되잖소.

사형수들 (킥킥 웃는)

참관인들 (당혹스러운)

김홍집 그리하겠소.

다케다 (불만스러운)

전봉준 나 전봉준… 죽어서도 이 나라를 지켜보겠소.

사형수들 (의연해지는)

서광범 형을 집행하라~!

사형수들의 목에 올가미를 걸기 시작하는 형리들.

34. 다시 처형장 건물 앞 (밤)

바닥에 다소곳이 앉은 자인, 간절히 기도를 올린다.

35. 다시 처형장 안 (밤)

형 집행 준비가 끝난... 의연하게 두려움을 견디며 정면을 응시하는 사형수들. 불편한 기색의 참관인들.

손화중 (눈을 감으며) 저승에서 만납시다.

전봉준 ...

최경선 장군.

전봉준 (보는)

최경선 (미소) 뫼실 수 있어 영광이었습니다... 같이 죽게 되어서 더 영광이고요.

전봉준 (미소)

최경선 (눈물 맺히는) 딱 한 가지... 인즉천 시상을 못 보고 가는 거이 한시럽네요이.

전봉준 우린 갑오년에 이미 보았어... 눈을 감아보게... 그럼 보일 것이야.

최경선 (미소) 야... (경건히 눈을 감는)

전봉준 (눈을 감는)

36.   (상상) 들판 (낮) + 처형장 안 (밤) + 처형장 앞 (밤) 교차

- 하늘 서편이 붉게 타오르는... 바람에 일렁이는 들풀들.
- 전봉준의 감은 두 눈.
- 간절히 기도하는 자인.
- 평온한 전봉준의 표정.
- 저 멀리 하루의 노동을 마치고 단란하게 걸어가는 농부, 부인, 아이들...
- 미소 짓는 전봉준.
- 장엄하게 펼쳐진 대지의 전경에서 (E) 철컹!

37.   고부관아 형옥 안 (밤)

다리에 쇠사슬을 찬 이강과 해승, 나졸에게 떠밀려 들어온다. 억쇠, 구석에서 등 돌리고 누워 있다. 옥방 문이 닫힌다.

억쇠	(눈 감은 채 피곤한) 인사는 차차 허기로 헙시다.
이강	(놀라 보는)
억쇠	나가 덩치가 있어가꼬 쪼까 비좁을 거인디... 미안허요.
이강	(알아보는... 옅은 미소) 으병끼린 미안헌 거 읎소.
억쇠	(낯익은 목소리에 눈을 번쩍 뜨는)

억쇠, 돌아앉아 이강과 해승을 확인한다. 믿기지 않는 억쇠. 씁쓸하지만 옅은 미소를 지어보이는 이강과 해승. 말도 없이 대뜸 이강을 얼싸안는 억쇠.

이강	그려... 살아 있었구먼...

참고 참았던 설움이 터져 나오는 억쇠, 애통하게 운다. 이강, 먹먹하게 억쇠의 등을 쓰다듬어주는... 해승, 안쓰러운...

38. 백가네 안채 / 복도 안 (밤)

봇짐을 멘 당손, 얼떨떨한 표정으로 이화와 들어오는...

당손	무슨 소리야... 거시기가 살아 있다니...

39. 동 거실 안 (밤)

이화와 들어서던 당손, 흠칫한다. 채씨가 이현 앞에 무릎을 꿇다시피 하고 애걸한다. 백가는 덤덤하게 밥을 먹고 있다.

채씨	이강이 살려야 헌다이? 워치케든 목심만은 살려주란 말이여.
백가	동비 별동대장허든 늠을 살려줬다 먼 꼴을 당헐라고... 말 겉잖은 소리 말어.
채씨	영감은 제발 고 입 좀 닥치고 기쇼!
백가	(부라리는)

이화	(보다 못해 이현에게 다가서며) 엄니 말대로 혀. 이강이... 니 형이잖애. 우덜이 소 닭 보디끼 헐 띠 니가 고로코롬 아꼈던 그 형 말이여...
이현	(건조한 어조로) 지금은 저를 죽이려고 혈안이 된 사람이기도 하구요.
백가	이현이 말이 맞어. 살려줘봤자 또 죽일라고 달려들것제.
채씨	영감!!!
백가	조용히 못혀!!! 여편네가 으디서 눈을 치켜뜨고 지랄이여!!!
채씨	(노려보는)
이현	... 그만들 하세요. (나가는)
당손	(벙한)
백가	(당손 보고) 전주 매파들은 만나봤어?
당손	아, 예... (얼떨떨한)

40.   동 이현의 방 안 (밤)

이현, 홀로 술을 마신다. 백가, 서찰봉투를 들고 들어온다.

백가	전주에 혼처를 좀 알어봤는디 골라볼텨?
이현	놓고 나가세요.
백가	이현아...
이현	제발...
백가	(보는)
이현	(보는, 피식) 놓고 나가라구요...

백가, 봉투를 고이 내려놓고 나간다. 문가에 서서 돌아보는 백가. 애써 냉정을 유지하며 술을 마시는 이현. 무언가 결심하는 백가.

41.   고부관아 외경 (밤)

42.   동 작청 안 (밤)

꽁꽁 포박당한 이강이 나졸들에게 끌려 들어온다.

이강   살살 좀 허제! (하다가 보면)

백가가 이방석에 앉아 있다. 나졸들, 백가 앞에 이강을 무릎 꿇린다.

백가   나가 있으.

나졸들, 나간다. 백가와 이강, 복잡한 감정이 뒤얽힌 시선을 주고받는다.

이강   답답허니께 헐 말 있으믄 싸게 허시지라.
백가   여그 이 자리 보믄 뭐 느끼는 거 없냐?
이강   이방 안 허길 참말 잘했다는 생각이 드는디라.
백가   이방 안 허고 으병 혀서 니가 머슬 얻었는디?
이강   아부진 말혀줘도 알아묵지 못허는 것입니다. 사람으로 살어본 사람만 알 수 있는 것이니께요.
백가   (노기 어리는)
이강   (덤덤한)
백가   (답답함이 섞인) 인즉천이네 뭐네 설치든 늠덜 싹 다 디져블고 도채비 소리 듣던 이현이는 군수가 되야서 왔으... 그거 보믄 시상 으째 살어야 허는지 답이 나오덜 않냐?
이강   고거이 짐승덜 놀이터제 사람 사는 시상이라 헐 수 있겄소?
백가   끝꺼정 거시기로 살어야 혔구먼... 시상은 거시기, 도채비로 살어야 허는 거이제 백이강, 백이현으로 살 수는 없는 거란 말이여!
이강   깝깝서러 더는 못 듣겄는디 그만 가봐도 되겄습니까?
백가   살려주믄...
이강   !
백가   이현이 해코지 안 헐 자신 있냐?
이강   ... (의연한) 아부진 지가 으쩔 놈 같습니까?

백가, 체념의 한숨을 내쉬고 이강 앞에 다가와 쪼그려 앉는다. 이강을 바라보는 시선에 언뜻 애잔함이 묻어난다. 이강, 묵묵히 바라보는... 백가, 이강을 가만히 끌어안는다. 이강, !

백가　　깨끗이 다 포기허고 동상 생각혀서... 자결을 혀.
이강　　...
백가　　이현이 큰일 헐 늠인디... 지 형 죽였다는 야그 돌믄 쓰겄냐? 마지막으로 형 노릇 지대로 허고 가.
이강　　...
백가　　(일어나는... 바깥을 향해) 야그 끝났어!

나졸들, 들어와 이강을 데리고 나간다. 이강, 굳은 표정으로 나간다. 백가의 표정이 다시 싸늘해진다.

43.　　동 수령 집무실 안 (밤)

포박당한 명심이 나졸들에게 끌려 들어온다. 취기가 느껴지는 이현이 앉아 있다. 명심, 두려움과 분노가 뒤섞인 표정으로 이현을 바라본다.

이현　　포박을 풀어드리고 나가세요.

나졸들, 포박을 풀어 명심을 앉히고 나간다. 이현, 명심을 본다. 명심 역시 버티듯 응시한다.

이현　　동비들에게 겁박을 당한 것으로 처리할 것이니 너무 심려마세요.
명심　　백대장을 어찌하실 작정이시오?
이현　　(피식) 조선에서 동비들의 운명을 잘 아시지 않습니까? 더욱이 별동대장입니다.
명심　　동비라 부르지 마시오. 그들은 조선을 위해 싸운 의병들이오! 당신 같은 자는 발끝에도 미치지 못하는 그런 사람들이란 말이오!

이현	(노기를 참고) … 명심아씨.
명심	나를 그리 부르지도 마시오. 나는 당신을 알지 못하오.
이현	(킥킥 웃고) 이거 좀 서운한데요… 그래도 아씨만은 좀 달리 대해주실 줄 알았는데… 제가 얼마나 고통스러워했는지… 그래도 아씨는 아시잖아요?
명심	고통스러워한 것은 백이현이지, 당신이 아니오.
이현	(피식) 아버진 늘 제게 말씀하셨습니다. 세상은 돌고 도는 것이라고… 사람도 그러하지 않겠습니까? 백이현이 도채비가 되구 도채비가 오니가 되었는데… 그렇다면 다시 백이현으로 돌아갈 수도 있지 않겠습니까?
명심	살아 있다면 그리될 수도 있겠지요. 허나 백이현은 죽었소.
이현	(노려보며) 말씀이 지나치시군요.
명심	분명 죽었소.
이현	어찌 그리 확신을 하십니까?
명심	(다부지게) 내가 사랑했던 백이현은 아름다운 사람이었으니까… 절대로… 스승을 총으로 쏴 죽이진 못하니까.
이현	(조금 놀란 듯 보는)
명심	(노려보는 눈동자에 눈물이 어리는)
이현	(아프게 보는)

인서트들 빠르게〉
-1회 37씬의, 복엿을 주고 수줍게 웃는 명심.
-3회 34씬의, 한복배자를 이현의 상체에 갖다 대며 수줍게 웃는 명심.
-5회 3씬의, '벽창호' 내뱉는 명심.
-14회 18씬의, 이현에게 음식을 먹여주며 흐뭇해하는 명심.
-13회 43씬의, 이현을 끌어안는 명심.

이현	(헛헛한 어조로) 이제 그만… 댁으로 돌아가세요.

명심, 일어나 뒤도 돌아보지 않고 나간다. 이현, 멍하니 허공을 응시한다. 극한의 고독과 절망감이 엄습해오는… 그런 이현의 모습에서.

44. 고부관아 동헌 안 (낮)

마당에서 형리들이 죄인의 곤장을 때리고 있다. 의자가 있음에도 대청 바닥에 앉아 턱을 괴고 있는 이현. 조금 멍한 표정이다. 아전1이 뛰어 들어와 이현에게 귀엣말을 건넨다. 묵묵히 듣고 있던 이현, 생각에 잠긴다.

45. 동 형옥 안 (낮)

보따리를 든 이현, 나졸들과 형옥의 복도를 걸어온다. 이강, 해승, 억쇠가 갇힌 옥방 앞에 선다. 죽일 듯이 노려보는 해승과 달리 덤덤한 이강.

이현 (이강을 물끄러미 바라보다가) 슬픈 소식과 기쁜 소식이 있는데 슬픈 소식부터 알려드리죠. 전봉준이 처형되었답니다.

이강 (덤덤한)

해승 너도 결코 제명에 죽진 못할 거야.

억쇠 기쁜 소식은 먼디요?

이현 일본이 아라사 등 세 개 나라의 협박에 굴복하여 영토로 삼으려 했던 요동반도를 청나라에 돌려줬다는군요. 조선을 비롯한 동아시아 지역에서 일본이 주도권을 상실할 위기에 처했다는 얘기지요.

이강 일본이건 아라사건 우덜이 정신 안 차리믄 언 늠헌티건 먹히는 건 마찬가지여. 외국놈들 장단에 일희일비헐 일이 아니다 이 말이시.

이현 (보다가 왠지 부러움이 느껴지는 어조로) 참... 많이 변하셨네요.

이강 ...

이현 (나졸에게) 백이강만 남기고 모두 끌어내세요.

나졸들 예!

이강 ...

이현 (주시하는)

46.   한양 - 광화문 앞 (낮)

이규태, 놀란 표정으로 자인을 바라본다.

이규태   지금 제정신으로 하는 말인가?

자인   그렇습니다.

이규태   대역죄인의 시신을 빼돌리다 들키면 어떤 처벌을 받는지 몰라서 하는 소린
가?

자인   이보다 더 위험한 일을 한다 해도 제가 그분과 의병들에게 지은 죄를 갚을
순 없습니다.

이규태   ... 시신을 버린 자는 저기 있는 이두황 영관일세.

자인, 보는... 멀찍이 서 있던 이두황, 자인과 눈이 마주친다.

자인   금괴 열 덩이면 나라도 팔아치울 위인이겠지요?

이규태   (피식) 한 덩이면 충분할 것일세.

자인, 이두황을 바라보며 회심의 미소를 짓는다. 영문을 모르는 이두황, 의아
해하는...

47.   다시 고부관아 / 형옥 안 (낮)

창살을 마주하고 앉아 서로를 응시하는 이강과 이현, 이미 오랜 침묵이 흐른
뒤다.

이현   (옅은 미소 머금으며) 혹시 그거 기억나세요?

이강   ...

이현   제가 서당에 다닐 때 양반집 자제들에게 몰매를 맞았었는데... 형님이 복면을
쓰고 하나하나 찾아가서 복수를 해줬잖아요.

이강   형님 소리 말어.

이현	근데 그거 실은... 양반한테 맞은 거 아닙니다. 평민 아이들이었어요. 맞은 건 맞은 거구 기왕에 이리된 거 평소 꼴 보기 싫던 양반 애들이나 혼내주자 싶어 거짓말을 했던 것입니다. 제가... 그렇게 영악한 놈입니다.
이강	그만허세.
이현	솔직히 잘 모르겠습니다. 양반이 싫어서 싫었던 것인지... 양반이 되지 못해 싫었던 것인지... 마치 전봉준이 내게 해준 말처럼 말입니다. 일본에게 속은 것인지... 아니면 이 영악한 놈이 알면서도 속은 척한 것인지...
이강	으째 맴이 쪼까 거시기헌 거 겉은디... 인자 와서 그러기에는 너무 멀리 와브렀다는 생각 안 드냐?
이현	절절히 느끼는 중입니다. 고부에 사또로 와보니 더 실감이 나더군요. 분명히 난 고향에 왔는데... 낯선 곳이었습니다. (피식) 그나마 고부관아는 별로 변한 게 없더군요. 어릴 때 나졸들 몰래 드나들던 개구멍도 그대로구요.
이강	(피식) 오래 살고 싶으믄 거그부터 막아야 되겠구먼.
이현	(먹먹하게 보는)
이강	(보는)
이현	(일어나는) 내일 전라감영으로 압송되어 처형을 당할 것입니다.
이강	기다리던 바여.
이현	(진솔한) 지금은 비록 원수지만... 그래도 적지 않은 시간 함께 해줘서 고마웠습니다.
이강	... 그려.
이현	(보따리를 창살 안으로 넣으며) 고부에서의 마지막 밤이니 동무들과 만찬이나 즐기세요. (걸음을 떼는데)
이강	나도... 이거 하난 고맙구먼.
이현	(멈추고) 뭐 말입니까?
이강	내 손으로 너를... 죽이지 않게 혀줘서 말이여.
이현	...
이강	대신 다음에 누가 니 목심 가지러 오믄 기꺼이 줘. 나가 먼저 가서 터 잡아 놓을팅게 저승이라고 겁내딜 말고 그냥 오라고.
이현	가면 그땐... 형님이라 불러도 되는 겁니까?
이강	온 늠이 도채비가 아니라 백이현이믄... 나헌티 백이강의 길을 가라겠던 그늠이 맞으믄...

이현	(먹먹하게 보는)
이강	기대허겠네.
이현	(미소) 그래요... 저승에서 뵙죠. (작심한 듯 자리를 뜨는)
이강	...

48. 동 수령 집무실 안 (낮)

이현, 무심한 표정으로 권총에 총알을 장전한다.

49. 백가네로 가는 길 (밤)

이현을 태운 교자 행렬이 나아간다.
굳어 있는 이현의 표정 위로...

전봉준	(E) 나는 속지 않았고 자넨 속았으니까.

플래시백〉23회 23씬의,

이현	**제가 무엇에 속았다는 것입니까?**
전봉준	**야만이 뒤집어쓴 화려한 가면... 문명.**

현재〉
이현의 굳은 표정 위로...

다케다	(E) 자네가 인정하든 안 하든...

플래시백〉23회 52씬의,

다케다	**자넨... 일본이야.**

현재〉

이현, 결기가 서리는...

50.   고부관아 형옥 안 (밤)

이강과 해승, 상념에 잠긴... 옆에서 이현이 주고 간 보따리를 풀어서 음식을
꺼내던 억쇠가 멈칫한다.

억쇠   대장? 이거이 뭐대?

이강, 돌아보면 억쇠의 손에 크고 작은 열쇠들이 들려 있다.

해승   이리 줘 봐. (열쇠를 낚아채서 옥방의 자물쇠를 열어보는... 거짓말처럼 쉽게
           열리는)
억쇠   (작은 열쇠로 쇠사슬을 풀고는) 어!
이강   (생각하는)
이현   (E) 그나마 고부관아는 별로 변한 게 없더군요.

           플래시백〉 47씬의,
이현   **어릴 때 나졸들 몰래 드나들던 개구멍도 그대로구요.**

           현재〉
이강   !

           플래시백〉 47씬의,
이현   **그래요... 저승에서 뵙죠.**

           현재〉
이강   (불길한)

51. 백가네 앞 (밤)

교자가 내려지고 이현, 들어간다.

이현 (아전1에게) 오늘은 나졸들 모두 철수시키세요.
아전1 야...

이현, 들어가고 나졸들과 아전1, 철수한다.

52. 고부관아 근처 거리 (밤)

이강, 해승, 억쇠, 달려 나온다.

해승 일단 고부를 빠져나가세.
억쇠 쩌리로 가시지라이.
이강 억쇠랑 도교산 서낭당에 가 기쇼. (어디론가 뛰어가는)

53. 동 안채 / 거실 안 (밤)

백가, 당손, 채씨, 이화, 진수성찬을 앞에 두고 있다.

백가 몸보신 좀 시켜줄라는디 으째 이리 늦는겨?
당손 장인어른... 음식 다 식는뎁쇼.
백가 (쓰읍) 식으믄 다시 뎁히믄 되잖애.
당손 (찔끔)

이현이 들어선다.

백가 (반갑게) 이현이 왔나?

이현	(보는)
백가	(일어나) 싸게 안거. 기력 회복허라고 보양식 좀 혔다.

이현, 말없이 식구들을 둘러본다. 일순 긴장한 기색의 채씨, 이화, 당손.

백가	아, 앉으라니께 으째 그냐?
이현	아버지.
백가	이?
이현	(권총을 빼드는)
일동	!
채씨	이현아!
이현	(백가에게) 미안해요. 아버지 소원... 이루지 못할 것 같습니다.
백가	(당황해서) 자, 잠깐만 느... 으째, (하는데)
이현	소자가 아버지께 드리는 마지막 선물입니다.

이현, 권총을 자신의 관자놀이에 대고 미련 없이 당긴다. 일동, 경악하는!

54. 백가네 근처 거리 (밤)

달려오던 이강, 총소리에 흠칫 멈춰 선다!

55. 다시 거실 안 (밤)

처연하게 스러지는 이현... 경악하는 채씨, 이화, 당손...

백가	(절규하는) 이현아~!!!!!

56. 동 안채 복도 안 (밤)

이강, 뛰어 들어온다.

57. 다시 거실 안 (밤)

이강, 들어오다 멈칫한다. 절명한 이현을 끌어안고 통곡하는 채씨와 이화... 이강을 보고 흠칫 놀라는 당손... 이강, 백가를 본다. 혼이 나간 듯 이현에게서 시선을 떼지 못하는 백가... 이강, 한쪽 무릎을 꿇고 이현을 애통하게 바라본다. 비로소 고뇌에서 벗어난 듯 평온한 이현의 얼굴...

이강   (따뜻하게) 동상... 편히 가드라고...
백가   (주저앉으며 울부짖는) 이현아~!!!
　　　　채씨... 이화... 당손... 백가... 이현... 그리고 이강의 표정에서 F.O.

58. 전주여각 외경 (낮)

59. 동 자인의 집무실 안 (낮)

유골함이 올려져 있는... 자인, 이강의 장갑을 보면서 애틋한 미소를 짓고 있다.

자인   이강이 넌 참 좋겠다... 장군하고 같이 있게 돼서... (먹먹한... 애써 밝게) 나중에 저 시상서 나 보믄 고맙다고 인사 지대로 해라이... 안 그믄 콱! (하는데)

문이 열리고 차인1이 들어온다.

차인1   객주님... 의병사 주지스님이 공양을 좀 해달라는디라.
자인   (대수롭지 않게 장갑 보면서) 의병사란 절도 있는 모양이군요. 법명이 뭐라 하십니까?

차인1	해승이라는디요?
자인	해승... (표정이 굳어지는... 벌떡 일어나면)

스님과 종으로 변복한 해승과 억쇠가 들어선다.

자인	(울컥) 해승 접장...
해승	(제법 위엄 있게) 나무아미타불...
억쇠	(장단 맞추는) 관세음보살...
자인	(기쁨에 헛웃음이 터져 나오는) 살아 계셨군요.
해승	소승이 여기 오면서 계시를 하나 받았는데... 에... (억쇠에게) 어디였지?
자인	?
억쇠	그네!
해승	그네가 있는 곳으로 가면 귀인을 만날 거라 하였소이다.
자인	!!!
해승·억쇠	(미소)
자인	(희열이 북받쳐 오르는)

60.　그네가 있는 연못가 (낮)

자인, 달려와 멈춘다. 저만치 그네에 앉아서 먼 산을 바라보던 이강, 서서히
고개를 돌린다. 자인, 울컥하는...

이강	(피식) 나가 죽은 줄 알았담서... 이녁이 다 좋은디 가끔씩 사람을 띄엄띄엄 보는 버릇이 있다니께...
자인	백이강...
이강	으쩨? 인자는 내 사람 헐텨?
자인	(격하게 끄덕이는)
이강	머더고 섰어... 그라믄 일루 와야제!!!

자인, 달려가 이강에게 안긴다. 그들의 뜨거운 포옹에서!

61.   녹두밭 (낮)

이강, 전봉준의 유골을 뿌린다. 자인, 해승, 억쇠가 지켜보고 있다. 침통함 대
신 애틋한 석별의 감정으로 지켜보는... 한 줌 한 줌 정성스레 유골을 뿌리는
이강의 모습 위로...

전봉준   (E) 무장에서 포고문을 선포할 때 녹두씨앗을 뿌렸었다.

         플래시백〉 11회 48씬의,
전봉준   (먹먹한) 그 씨가 싹을 틔우고... 꽃을 피우고... 또 그 씨앗이 바람을 타고 날아
         가... 이 두메에서 저 산골로... 저 골짝에서 이 개울가로 그렇게 피고 피어서...
         천하가 온통 녹두꽃으로 흐드러진 그런 날에... 한 줌의 거름으로 죽고자 했었
         다.

         현재〉
이강   장군... 편히 쉬십서... 지켜보십쇼.

이강의 손 위에서 가루들이 바람에 흩날린다. 하늘로, 밭으로, 사방으로 퍼
지는 뼛가루들... 먹먹하게 바라보는 사람들... 그 장엄한 풍광에서.

62.   〈에필로그〉 고부 / 황진사댁 안채 대청 안 (낮)

       〈자막〉 일 년 후

명심 앞에서 천자문을 열심히 읽고 있는 남루한 차림의 학동들. 명심, 아이
들의 낭랑한 목소리를 흐뭇하게 듣고 있는... 고개를 돌리면 쌀가마를 진 차
인을 대동한 자인이 미소를 짓고 서 있다.

63. 동 별당 대청 안 (낮)

명심과 자인, 차담을 나눈다.

자인 서당에 아이들이 더 늘었군요.
명심 강미[5]를 받지 않는 데다 서책도 공짜니까요. 다 객주님 덕분입니다.
자인 (미소) 돈 버는 재주밖에 없는 사람이니 돈으로 도와야지요.
명심 참, 백가네 식구들이 야반도주한 거 아십니까?
자인 왜요?

64. 과거 - 백가네 안채 마당 안 (밤)

광인이 된 백가가 일각에 기름을 끼얹고 불을 붙이는 모습 위로.

명심 (E) 사위가 노름빚을 져서 집이 넘어가게 됐는데 백가가 홧김에 집에 불을 질러버렸습니다.

65. 다시 대청 안 (낮)

자인 (쓸쓸한 듯 피식 웃는)
명심 백대장은... 잘 계시는 것입니까?
자인 무소식이 희소식이니 잘 있을 겁니다. (아련해지는)

---

5   강미: 수업료.

66.   의주 - 외딴 집 (낮)

해승이 총을 손질하고 있다. 유월이 뛰어 들어온다.

유월	이강이 으딨소?
이강	(E) 여그 있잖애.

유월, 보면 초가지붕 위에서 팔자 좋게 늘어져 있는 이강.

유월	잡것... 또 농땡이여?
이강	대장이 너무 부지런허잖애? 그믄 대원들 맨날 쌍코피 터져 디져브러...
유월	허이구...
이강	먼 일인디?
유월	아 참, 의병부대가 왔는디 의병장이 느럴 잘 안디야.
이강	(보는)
이규태	(E) 오랜만일세.

이강, 보면 이규태가 의병 몇 명과 들어선다.

이강	음마?
이규태	같이 싸우려고 왔는데 받아주겠는가?
이강	(씨익 웃는) 으병은 쪼까 거친디...
이규태	그걸 나만큼 잘 아는 관군 출신이 있겠는가?

날렵하게 뛰어내리는 이강, 다가와 이규태와 악수한다. 미소를 주고받는데 억쇠가 헐레벌떡 뛰어온다.

억쇠	대장! 대장!
이강	으쩐 일이여?
억쇠	희한헌 늠이 나타났구먼!
이강	?

67.　산골 일각 (낮)

의병들을 대동한 이강, 억쇠와 저벅저벅 걸어온다. 저만치 다부지게 생긴 김창수가 껄렁하게 걸터앉아 있다. 이강, 살펴보면.

억쇠　황해도서 동학접주 험서 선봉장을 했다는디 얼마 전에는 왜늠 중위를 때려죽이고 도망을 치는 중이랴...

이강　어따, 어린 늠이 제법이구면.

억쇠　그러니게 말이여... 간자 아니겠냐?

이강　(다가가 쪼그려 앉는)

김창수　(당돌하게 보는)

이강　간자 아녀... 진짜배기여.

김창수　왜놈들한테 쫓기는 중인데 여기서 잠시 있어도 되겠습니까?

이강　이름이 머여?

김창수　창숩니다... 김창수[6].

이강　나 아부지가 유별난 사람이래가꼬 식구도 밥값 모더믄 식구로 치덜 안혔구면... 느넌 있는 동안 으떻게 밥값헐래?

김창수　(곁에 놓인 총을 집어 드는) 이거면 되겠습니까? (미소)

이강　창수야... (씨익 웃는) 되고도 남어.

68.　전주여각 대청 안 (낮)

대청을 나온 자인, 기둥을 짚고 먼 산을 바라본다. 이강을 그리워하는 듯 아련하고 간절한 표정이다.

6　〈자막〉 훗날 김구.

자인   (Na) 이건 그냥... 잊혀진 누군가에 관한 이야기다.

69.   **의주 – 외딴 집 앞 (낮)**

      무장한 이강, 해승, 이규태, 억쇠, 김창수 등 의병들이 집결한다. 유월이 의연
      한 표정으로 지켜보고 있다.

자인   (Na) 그 뜨거웠던 갑오년... 사람이 하늘이 되는 세상을 향해 달려갔던 위대
      한 백성들...

70.   **능선 + 평원 (낮)**

      이강, 해승, 이규태, 억쇠, 김창수 등 기마의병들이 능선 위에 줄지어 선다. 저
      만치 소규모 일본군 보급 부대가 지나간다.

이강   준비됐제?
일동   예!
이강   우리가 누구라고?
일동   의병!!!
이강   사람이 머라고?
일동   하늘!!!
이강   진격~!!!

자인   (Na) 역사는 그들을 무명전사라 부르지만... 우리는 그들의 이름을 안다.

      평원을 향해 맹렬하게 말을 달려가는 의병들...

자인   (Na) 녹두꽃... 그들이 있어... 우리가 있다!

장엄한 질주! 김창수, 억쇠, 이규태, 해승, 이강... 투지에 불타는 이강의 모습
에서 대단원!

작가 인터뷰

● 제작발표회에서 오래 전부터 동학을 드라마화하자는 제안을 받은 적이 있으나 그 때는 손을 댈 엄두가 나지 않았다고 답했다. 어떤 계기로 마음을 바꿨는지, 왜 이 드라마를 쓰기로 결심했는지 궁금하다.

손을 댈 엄두가 나지 않았다기보다는 손을 대고 싶지 않았다는 게 더 솔직한 표현일지 모른다. 암울했던 구한말의 시대 위에 펼쳐지는 좌절한 혁명의 이야기가 아닌가? 쓰는 이나 보는 이나 단단히 각오(?)를 해야 하는 드라마일 게 뻔했다.

정서적인 문제 말고도 극화하기에는 난제가 많다고 생각했다. 청일전쟁, 갑오경장 등 굵직굵직한 사건들과 맞물려 혁명이 전개된 탓에 이른바 드라마 속 '세계'를 압축적으로 구축하기가 쉽지 않아 보였다. 종교를 베이스에 깔고 있다는 점, 중앙이 아닌 전라도가 주 무대라는 점도 부담이었다.

특별히 집필을 결심한 계기랄 것은 없다. 세월이 흐른 어느 날, 동학을 떠올렸고, 우금티를 떠올렸고, 거기 있었던 사람들이 궁금해진 것이 계기라면 계기다. 그들은 어떤 사람들이었을까? 왜 거기에 있었을까? 하고.

취재를 통해 내가 만난 우금티의 민초들은 이전의 조선인과는 본질적으로 다른 인간들이었다. 우리 민족사에서 자유와 평등과 민주주의를 인식하고 경험한 최초의 근대인들이었다. 혁명의 운명과는 무관하게 그들은 분명 승자였다. 혁명의 실패가 아니라 인간의 승리를 그린 드라마라면 쓸 수 있을 것 같았다. 그래서 〈녹두꽃〉은 동학농민혁명이라는 사건이 아닌 혁명의 속살, 즉 사람들을 그린 드라마다.

● 복잡하고도 슬픈 역사적 사실을 드라마에 자연스럽게 녹여냈다는 평을 듣고 있다.

동학농민혁명을 그려내기 위해 어떤 준비를 했고, 어떤 과정을 거쳤나?

첫 사극이었던 〈정도전〉을 준비할 때와 특별히 다를 것은 없었다. 관련된 역사 서적과 논문들을 많이 봤다. 〈정도전〉 때도 그랬지만 소재와 관련된 창작물은 거의 보지 않았다. 구한말의 시대상이 나타난 사진집과 외국인들의 기행문이 도움이 많이 되었다.

전봉준을 주인공으로 삼지 않고 가상의 인물 이강과 이현, 그리고 자인을 통해 당시 '민초'들의 마음과 입장을 잘 그려냈다. 그들의 캐릭터를 어떻게 구상했는지? 또한 등장인물 중 가장 마음이 가는 캐릭터는?

흥선대원군은 당시 조선을 망치는 삼대 사회악으로 '평양 기생', '충청도 양반', '전라도 아전'을 꼽았다고 한다. 동학농민혁명의 원인이 탐관오리의 수탈이라고만 알고 있었는데, 그런 탐관오리들 못지않게 민중을 수탈한 사람이 전라도 아전이란 사실이 매우 흥미로웠다.

여기에 착안하여 고부관아의 악명 높은 이방과 그 가족이 겪은 혁명기라는 〈녹두꽃〉의 큰 틀을 구상했다. 여기에 이복형제의 설정을 넣으면서 '백이강', '백이현' 두 주인공 캐릭터들을 구축했다. 또 동학농민군과 대립하면서 외국상인과도 힘겨운 경쟁을 해야 했던 조선상인을 대변하는 인물로서 '송자인'을 구상했다.

등장인물들 중 가장 마음이 가는 사람은... 이런 거 잘 얘기해야 하는데. (웃음) 가장 애착이 간다기보다 '어떤 일이 있어도' 끝까지 살리고 싶은 캐릭터가 있었다. 바로 이강의 엄마, 유월이다.

원래는 극 중반부에 죽음을 맞이함으로써 이강을 더욱 각성케 하는 역할로 생각했던 캐릭터다. 하지만 극이 전개될수록 죽어서는 안 된다는 확신이 강해졌다. 끝까지 살아남는 유월의 모습을 통해 민초의 끈질긴 생명력과 희망을 보여주고자 했다.

● **귀에 착착 감기는 전라도 사투리가 매우 인상적이다. '네이티브'도 아니면서 어떻게 이런 맛깔나는 전라도 사투리 대사를 쓸 수 있었는가? 또한 가장 곱씹게 되는 사투리 대사가 있다면?**

나는 부산 출신이지만 처가가 전북 김제다. 십오 년 넘게 구수한 전북 사투리를 들은 것이 큰 도움이 되었다. 맛깔나게 잘 썼는지는 모르겠는데 안간힘은 썼다. 전라도 사투리가 들어간 영화, 소설, 동영상 등을 많이 봤다. 보조작가들은 전라도 사투리 사전도 만들었다.

개인적으로 자주 곱씹게 되는 사투리는 '잡것'이다. 욕임에 분명한데 이상하게 정감이 간다. 사투리만이 갖는 매력이다.

● **동학농민혁명은 근대의 신새벽을 열어젖힌 전환기적 사건인 동시에, 결국 완성시키지 못한 혁명이다. 이러한 아픈 역사를 묘사하기 쉽지 않았을 것 같다. 가장 쓰기 힘들었던 씬은 무엇인지? 또한 기억에 남는 씬, 마음이 가는 장면 역시 궁금하다.**

가장 쓰기 힘들었던 장면은 우금티 전투다. 슬픈 씬을 쓰면 눈물을 흘릴 때가 간혹 있는데 우금티 전투 회차는 거의 흐느끼면서 쓴 것 같다. 슬플 거라 예상은 했지만 이 정도로 슬플 줄은 나도 몰랐다.

모든 장면이 다 소중하고 기억에 남겠지만 굳이 꼽으라면 우금티 전투에서 이강의 연설 장면과 이현이 석주를 죽이는 장면, 두 가지다. 드라마를 통해 하고 싶었던 얘기가 이 두 장면에 압축되어 있는 것 같다.

● **패배라는 정해진 결말을 안고 썼다. 이 점이 대본을 써나가는 데 있어 부담스럽지는 않았는지?**

별로 부담스럽지 않았다. 애초에 역사의 패배가 아닌 인간의 승리를 그리는 것이 목표였으니까. 그런데 좀 안일한 생각이었던 것 같다. 방송 초반 반응을 보니까 '결국은 다 죽는 이야기다'라고 단정 짓는 분들이 많아 당혹스러웠다. 그때 부담감이 확 생기더라. (웃음)

● **이 드라마를 통해 궁극적으로 무슨 이야기를 하고 싶었나?**

한계에 내몰린 인간군상들의 선택과 투쟁.
좀 더 정확히는 인간 중에서도 청춘들의 이야기를 하고 싶었다.

〈녹두꽃〉에서는 젊은 캐릭터들의 이상과 기성세대의 현실론이 끊임없이 충돌한다. 이강, 이현, 자인은 백가, 송봉길, 황석주로 대표되는 기성의 질서와 가치관에 순응하지 않고 자신의 신념에 따라 움직이는 젊은이들이다. 극한의 상황에 내몰린 청춘들의 방황과 성장기라고나 할까?

● 《녹두꽃》 시청자 반응 중 가장 기억에 남는 것은?

대하소설을 읽는 것 같다는 반응들이 더러 있었다. 다양한 인간 군상들이 등장하여 각자의 서사를 가져가는 대하소설 느낌의 드라마를 쓰려 했었다. 원하던 반응이어서 참 반갑고 고마웠다.

● 차기작 계획은 어떻게 되는지 궁금하다.

시청자들에게 고구마를 많이 드렸으니 다음엔 사이다로 목을 축이게 해드려야 할 것 같다. 몇 가지 구상해둔 것이 있기는 한데, 무엇이든 〈녹두꽃〉보다는 마음 편히 볼 수 있는 드라마가 될 것이다.

● 작가님이 생각하는 '드라마'란 무엇인지 궁금하다.

이제 좀 안다 싶으면 여지없이 뒤통수를 후려치는 고약한 놈.